KATERINA

KATERINA

Sandra Laguilliez

Romans
PGCOM Editions

KATERINA
© PGCOM Editions 2019
Tous droits réservés
http://www.pgcomeditions.com/
ISBN : 978-2-917822-63-0

Prologue

Toute cette neige autour de lui le mettait mal à l'aise. Il n'avait jamais aimé la neige. Il aimait mieux la chaleur des îles et la douceur du soleil, seulement, d'après la magie des flammes, c'était ici que se cachait l'élu. Il attendait depuis si longtemps de le retrouver. Trois ans qu'il se terrait comme un rat, avec toute sa famille. Aujourd'hui, il avait trouvé la tanière. La porte d'entrée grinça, l'homme entra dans le chalet. Les sphères de lumières topaze éclairaient la minuscule entrée.

Il savait exactement ce qu'il venait chercher et il était prêt à tout pour l'obtenir. Rien ni personne ne se mettrait entre lui et la vie éternelle. Il ne s'attendait pas à tomber nez à nez avec l'un des occupants de la maison. La femme poussa un cri, un long hurlement strident. Dans le fond du chalet, il y eut un bruit de vaisselle brisée, l'élu n'était pas loin. L'homme extirpa son arme magique de sa large ceinture de tissu violet et pointa l'arme en forme de pelle à tarte en direction de la femme. Elle tenta de se protéger de ses bras. Dans un murmure rauque, l'homme prononça la formule consacrée « Orlool », une lumière violette aveuglante emplit le petit chalet de bois. Lorsque la lumière disparut, la femme gisait sur le sol, les yeux ouverts, les bras le long du corps, morte. Elle était belle avec ses cheveux châtains, ses yeux verts et ses taches de rousseur. L'homme regrettait sa mort, mais elle se mettait en travers de sa route. Son mari apparut, son propre athamé à la main, grand, blond aux yeux bleus, Andréïlévitch était de ces hommes que l'on ne peut ébranler. Une odeur de fleur emplit la pièce dès qu'il apparut. Il n'y avait aucun doute, il était l'élu. L'élu hurla à l'homme de partir et à la petite fille agrippée à la rambarde de l'étage de se cacher. « *Papa va bien chérie, va te coucher.* », assura le mari, alors qu'il se défendait bec et ongles. L'homme leva les yeux pour regarder la fillette accrochée à la balustrade. L'élu se battrait pour elle, cela ne faisait aucun doute. L'homme avait attaqué le premier, l'élu répliquait par des sortilèges de protections, mais non part des assauts. L'homme demanda la clé, jura à l'élu qu'il suffisait qu'il lui donne la clé pour qu'il s'en aille sans faire de mal à la petite. Mais Andréïlévitch refusait, assurant qu'il ne l'avait pas. Il mentait, toutes les preuves indiquaient qu'il la possédait. Il y avait cette odeur de fleur, cette force magique autour de la maison et toute la magie qu'il possédait ne pouvait venir d'ailleurs que de la clé.

Andréïlévitch s'épuisait vite, il tremblait à bout, sa puissance magique diminuait, il n'était pas assez concentré. Il s'inquiétait pour la fillette. Elle regardait la bataille dans un silence pesant. L'homme lui donnait six ou sept ans, elle survivrait si Andréïlévitch obtempérait, mais il refusa. Le bouclier magique du mari s'étiola. L'homme sourit alors qu'il prononça la formule consacrée. La lumière violette éclata dans la pièce, Andréïlévitch s'écroula sur le sol, les bras ouverts, son athamé tomba sur le sol avec un bruit de métal. L'homme avança pour le récupérer, puisqu'il ne lui avait pas donné la clé, autant qu'il soit mort.

« -Non ! cria la fillette depuis. C'est à mon père.

-Ton père est mort, petite ! dit-il.

Il prit l'arme, la soupesa. Elle était d'excellente facture. Il ne fallait pas s'attendre à moins de la part d'un Barthély. Alors qu'il allait la ranger sous sa ceinture de tissu, l'athamé magique s'envola dans la main de la fillette. Il leva les yeux vers l'enfant, un peu agacé. Elle ne le craignait pas. Elle était amusante et forte : une tête brûlée. Elle ferait de grandes choses dans l'ordre des nécromanciens. Il pouvait l'emmener avec lui au lieu de la laisser mourir de faim ici. Elle serait utile, un jour ou l'autre, dans ses rangs. Tous les mages peuvent être utiles. Il aimait les enfants, les enfants étaient plus motivés, plus forts, plus déterminés.

-Tu veux que je ramène ta maman ? demanda-t-il, en changeant de ton et de stratégie.

Elle était assez grande pour savoir ce que signifiait la mort. Il ne pourrait pas ramener l'élu, son âme était trop forte pour qu'il puisse le ramener dans son corps, mais avec la femme, c'était différent : elle était faible. Avant, il fallait qu'il trouve la clé. L'homme se pencha sur le père, il regarda autour de son cou, il n'y avait pas la moindre trace de la clé. Alors il parcourut le corps de la mère, en vain.

-Est-ce que tu sais où ton papa range la clé magique ? demanda-t-il, d'une voix douce.

La fillette le dévisageait, elle était droite et sûre d'elle, comme aucune fillette qu'il n'avait vue auparavant. Elle restait stoïque, silencieuse, d'une force mentale et magique imparable. L'homme la voulait dans ses rangs : avec elle, il serait plus fort, il l'élèverait pour prendre sa relève. Il la voyait déjà à ses côtés. Rien à voir avec son dégénéré de fils. Avant, l'homme avait besoin de la clé. Avec la clé, il pourrait obtenir tous les pouvoirs, être plus proche de la grande Déesse et aussi envoyer son fils dans les limbes une bonne fois pour toutes.

-Dis-moi où est la clé, petite.

L'homme posa son athamé sur la poitrine de la mère, ce ne serait pas difficile de lui rendre la vie. Elle ne serait plus la même, mais elle pourrait passer pour vivante assez longtemps pour que la fillette ne le suive. Cela fonctionnait avec les enfants. Il parla longuement à la fillette, tout en récitant les paroles ancestrales, agitant son athamé comme il le fallait.

La femme se redressa, comme au sortir d'un rêve, se tourna vers la fille et lui demanda de donner la clé à l'homme, parce que tout allait bien. L'homme monta les escaliers, une marche à la fois, pour ne pas la brusquer. Il la vit fermer les yeux l'espace d'une seconde, puis l'athamé, qu'elle tenait à la main frémit, siffla, cracha un son strident, un éclair vert toucha l'homme en pleine poitrine. La bataille s'engagea. Il ne s'était pas attendu à devoir se battre contre une si petite fille. Il pouvait gagner, elle n'était qu'une enfant faible et sans défense. Seul son instinct magique s'emportait, mais il faiblirait rapidement. Elle le repoussa, pendant que la femme tentait de la convaincre d'arrêter, mais la fille n'écoutait pas. L'homme luttait pour sa vie et sa puissance magique. La fillette était plus puissante qu'il ne l'aurait pensé, bien plus que ne l'avait été Andréïlévitch. Elle avait en elle le feu sacré de la Grande Déesse, une haine et une noirceur jamais égalée. Les sphères de lumière volèrent en éclat, réduites en lambeaux colorés. La maison tout entière trembla. La fillette avança dans sa direction. Il recula, le sol s'ouvrit sous lui. Elle le dévisageait, froide, dure, incisive. Elle n'était pas cruelle, elle était tout simplement puissante.

Alors que le sol s'ouvrait sous lui, il la considéra avec émerveillement. Il venait de trouver l'élue. Il sourit. Il ne se serait jamais attendu à cela. Il lui assura qu'elle était les ténèbres, qu'elle serait seule si elle ne venait pas à lui, qu'il était le seul à pouvoir la comprendre, qu'il l'aimerait et qu'il l'aiderait à trouver ses pouvoirs et sa voie dans le monde de la magie. Comme il s'y attendait, elle lui répliqua en soulevant une tempête de neige magique.

Un jour, elle viendrait à lui, il saurait être patient. Il attendait depuis tellement longtemps... Elle viendrait à lui et lui offrirait le monde sur un plateau. Pour l'heure, il fallait fuir.

Chapitre 1 : Katerina

Katerina s'éveilla tremblante et terrifiée. L'homme de son enfance revenait toujours la hanter. Elle ne savait rien de lui, à part qu'il était venu un soir dans leur petit chalet pour assassiner ses parents. Il réclamait une clé. Katerina avait trouvé cela tellement étrange qu'elle n'en avait jamais osé en parler. Souvent, elle rêvait de ce qu'il s'était passé : l'homme dans la maison, le cri terrible de sa mère, la lumière aveuglante qui l'avait tué alors qu'elle n'avait aucun réceptacle magique pour se défendre. L'arrivée de son père qui lui assurait que tout irait bien. Elle avait suivi le combat et la victoire de l'homme. Il aurait pu la tuer, mais il ne l'avait pas fait. Il n'avait pas pu, elle s'était défendue avec trop de force et de courage. Elle regrettait de ne pas avoir protégé sa famille. S'ils étaient morts, c'était de sa faute. Allongée sur son grand lit, elle agita le réceptacle magique qu'elle cachait sous son oreiller, le petit saphir s'illumina et une sphère de lumière bleue s'éleva au plafond. La chambre était plongée dans une obscurité terrifiante. Le bureau en face du lit était dangereusement encombré de livres de magie, de même que la table basse près du fauteuil à oreillette et de la porte-fenêtre. À sa droite, le miroir sur l'armoire en bois blanc reflétait la lumière bleue. Katerina se sentit rassurée, l'homme n'était pas là. Il n'y avait rien d'autre que le silence.

La chaleur du mois d'août se faisait moins étouffante. Le jour était encore loin, mais elle ne se rendormirait pas. Elle repoussa le drap, se leva et à petits pas, elle sortit de son immense chambre. La sphère de lumière la suivit, flottant lentement devant elle. Le long couloir du premier étage était désert. La villa Miller était si grande qu'elle aurait pu accueillir toute une délégation chinoise, se plaisait-elle à penser. Depuis le départ sur les chapeaux de roues de Thomas à l'hiver dernier, Katerina et sa tante Delphine n'étaient plus que toutes les deux à la villa. Thomas voulait étudier la pyromancie, ce n'était pas du goût de sa mère, alors il avait fait son sac et il était parti. Parfois, Camille Dellait restait à la villa, il s'était fait une place au grenier. Tous les greniers du monde semblaient plus accueillants que la chambre qu'il avait chez ses parents, du moins c'est ce qu'il prétendait.

Katerina tendit l'oreille. Sa tante ne devait pas être là, sans quoi elle aurait entendu son petit ronflement, venant de la chambre du fond. Aucune lumière ne filtrait sous la porte du bureau de Delphine. Camille ne travaillait pas, cela ne signifiait pas qu'il n'était pas là. Sans prendre garde aux marches grinçantes de l'escalier du deuxième étage, Katerina monta à l'étage. Le second étage était calme depuis l'absence de Thomas, personne n'y mettait plus les pieds. Katerina passa devant la bibliothèque, puis devant les chambres d'amis qui n'accueillaient jamais personne, la chambre de Thomas, évita de regarder en direction du bureau d'oncle Maxence. Son oncle était mort, cinq ans auparavant, assassiné, par une bande de mages noirs, sous les yeux de Thomas qui n'avait rien pu faire. Longtemps, Katerina consola son cousin jusqu'à ce qu'il découvre la science du feu magique. La pyromancie changea toute la vie de Thomas et le réconforta, mieux qu'elle n'avait su le faire. Elle aussi aurait aimé trouver un passe-temps qui parvienne à la distraire, mais rien ne parvenait à la satisfaire très longtemps. Katerina ouvrit la dernière porte au fond du couloir, observa le raide escalier jusqu'au grenier, se mordit la lèvre et monta. Elle éteignit sa sphère de lumière pour ne pas réveiller Camille. Il suffisait qu'elle pose la main sur la sphère pour qu'elle disparaisse lentement jusqu'à épuiser toute la magie lumineuse.

Dans la pénombre, elle distingua une forme sur le canapé-lit déplié. Camille dormait. Sur la pointe des pieds, elle traversa le grand espace encombré d'objets magiques. Au milieu de l'immense grenier se trouvaient la table en bois brut et épais, les chaudrons et sur les murs du fond s'entassaient carton, boîte de rangement, vieux vêtements et livres de magie. À l'opposé du lit, s'empilait de vieux chaudrons, des bougies, des encens, de vieux jeux de tarot qui ne servaient plus et des nappes de couleurs pour les différents rituels. Chez les sorciers, les greniers servaient souvent de salle de travail magique bien à l'abri des regards indiscrets des simples humains. Il y flottait une odeur de jasmin, de rose, de lavande, de bois d'ébène et de magie. Elle aimait cette atmosphère chargée de magie, de poussière et de vieilleries.

Katerina s'allongea contre Camille. Même dans l'obscurité, elle pouvait voir ses cheveux roux flamboyant sur l'oreiller, elle connaissait par cœur les contours de son visage, les creux sur ses joues, la forme épatée de son nez, la largeur de son front et le bombé de ses sourcils. Elle aurait pu dessiner ses lèvres tant elle les trouvait charmantes. Il avait un visage délicat, résolu, souriait peu, riait moins encore, lorsqu'il le faisait tout son visage s'illuminait. Katerina posa la tête sur son torse musclé, posa une main sur son ventre plat. Il avait la peau douce, soyeuse et couverte de grains de beauté. Elle l'entendit soupirer, avant qu'il n'enroule un bras autour de ses épaules.

« -Kate, tu ne peux pas faire ça, dit-il, très bas, la voix lente et endormie. Tu ne peux pas venir dormir avec moi.

Katerina gémit quelque chose entre le couinement de souris et un oui inaudible. Il le lui avait dit tellement souvent, ces derniers mois, qu'elle ne pouvait faire mine d'avoir oublié. Avant qu'il ne sorte avec Mélinda Wagon, elle pouvait rester près de lui autant qu'elle le désirait, mais à présent, il lui adressait à peine la parole. Il n'y en avait que pour cette garce de Mélinda. Katerina la maudissait et lui aurait bien envoyé un sort d'acné si elle avait eu le courage. Seulement, Camille aurait su que le sortilège venait d'elle et il en aurait parlé à Delphine.

-Tu as fait un cauchemar ? demanda-t-il, d'une voix lointaine et douce.

Katerina hocha la tête vigoureusement. Il lui caressa l'épaule, l'embrassa sur le sommet du crâne, puis assura qu'il était là. Camille savait qu'elle faisait des cauchemars. Tout le monde savait que ses parents étaient morts et qu'elle avait dû s'enfuir pour éviter de mourir.

-Il a dit qu'il reviendrait pour moi, hoqueta Katerina. »

Camille la serra plus fort, l'embrassa de nouveau sur le sommet du crâne et lui caressa la joue du bout du pouce. Il lui conseilla de dormir. Il sentait bon, une odeur sensuelle, de musc, de tilleul et de café. Camille travaillait comme secrétaire de Delphine Miller depuis quatre ans. Il se chargeait du courrier, de la gestion de l'agenda et du budget de la première magistrate. En tant que première magistrate des sorciers, Delphine Miller avait le rôle le plus important du pays chez les sorciers, Camille lui était devenu indispensable. À Katerina aussi, Camille était indispensable. À l'époque, il avait seize ans, il rayonnait, entouré d'un halo de lumière, il était mal à l'aise, mal habillé, maigre et terrifié, mais il avait un sourire amical, chaleureux et contraire aux autres, il se moquait bien de la traiter comme une

Barthély. Elle en était tombée amoureuse et rien n'avait changé depuis ce jour-là.

Katerina resta lovée contre lui, il se rendormit rapidement. Jamais elle n'avait aimé personne d'autre et si on lui demandait, jamais elle n'aimerait quelqu'un d'autre. Sa meilleure amie, Willa, se moquait d'elle, mais elle l'attendrait. Camille finirait bien par se rendre compte que Mélinda n'était pas une fille pour lui.

Katerina sortit de sa chambre, le cœur léger. Elle ne voulait plus penser aux cauchemars ni à la mort de ses parents. Elle voulait être heureuse. Dans le vase posé près de l'escalier, un bouquet de bleuets et de frésias et d'iris apparut, venu de nulle part. Katerina se pencha pour humer le parfum des fleurs. Elle venait de passer une robe bleue, qui rehaussait celui de ses yeux et ses taches de rousseur, attacher ses longs cheveux châtains la vieillissait. Autour de son cou brillait un saphir, sa pierre précieuse. Dans sa poche se trouvait son réceptacle magique, alourdissant le bas de sa poche et grossissant sa hanche droite. Depuis longtemps, elle n'aimait pas son corps, ses hanches, elle les jugeait trop larges, de même que ses cuisses et ses genoux, elle n'appréciait pas sa taille non plus. Pourtant, Willa, toujours au fait de la mode et obsédée par son propre poids, assurait que Katerina avait des mensurations parfaites. Bien sûr, elle ajoutait toujours que cette perfection aurait été bien plus intéressante si Katerina avait eu un tour de taille inférieur de dix bons centimètres. Katerina déboutonna sa robe, rentra ce qu'il y avait en trop de tissu et découvrit son décolleté. Sa tante désapprouvait, mais elle n'était pas là, et Willa jurait qu'avec une poitrine comme la sienne, il ne fallait pas la cacher.

Elle descendit les escaliers de marbre pieds nus. La journée était radieuse, il faisait moins chaud que ces dernières semaines. La voix d'Anatole l'arrêta net dans sa course en direction du petit-déjeuner. La présence d'Anatole alors que Delphine ne se trouvait pas dans les parages était étrange. Le second magistrat, Vincent, était un vieil ami de la famille Barthély. Il avait connu les parents de Katerina alors qu'ils étaient encore à l'école. Il avait même vécu à quelques pâtés de maisons de la famille de sa mère et de sa tante. Katerina l'avait toujours connu et n'imaginait pas la vie sans lui. Elle s'approcha de la porte du salon, pour écouter discrètement.

« -Combien est-ce qu'elle te paie ? demanda Anatole. Je double. Je t'assure.

-Vous n'avez pas à faire ça, assura Camille. Je dois voir Mélinda...

Katerina entendit le bruit des pas de Camille s'approcher, puis faire demi-tour. Il hésitait, de toute évidence. Katerina ne comprenait pas pourquoi Anatole et lui parlaient d'argent. Elle savait Camille très pauvre et toujours en demande de travail, mais Anatole avait déjà un assistant, il n'avait pas besoin d'un secrétaire.

-Elle a perdu ses parents il y a dix ans, je ne veux pas qu'elle reste seule jusqu'à la rentrée, dit Anatole. Delphine sera très occupée. Tu sais comment elle. C'est une solitaire.

Katerina n'avait pas oublié l'anniversaire de la mort de ses parents, mais elle s'efforçait de ne pas y penser. Ils étaient partis depuis si longtemps qu'elle ne se rappelait plus la voix de sa mère, en dehors de ce cri et de sa voix d'outre-tombe. Anatole avait tort de s'inquiéter pour elle. Katerina allait à merveille. Elle n'était pas non plus une solitaire, elle avait simplement du mal à faire confiance aux autres.

-Je comprends, assura Camille. La rentrée est dans deux semaines, je ne vais pas rester coincé ici tout ce temps. Mélinda ne comprendrait pas.

-Par la Grande Déesse, ne me parle plus de Mélinda. Combien ?

-Je suis pauvre, mais pas à vendre, grinça Camille, aussi têtu qu'il pouvait l'être.

Katerina s'approcha un peu plus. Elle ne voyait pas Camille, et juste assez du second magistrat Anatole Vincent, pour le voir fouiller dans la poche arrière de son jean, pour en extirper des billets. Anatole n'était pas très grand, mais il avait de l'allure, avec ces cheveux sombres clairsemés, ses yeux noirs et son teint légèrement hâlé.

-J'ai été pauvre, Camille. Je sais ce que c'est. Tu as besoin d'argent, j'ai besoin que tu travailles pour moi. Ce n'est pas comme si je te demandais de pouponner une manticore ou un dragon blanc.

Katerina n'aimait pas se voir comparer à une lionne à queue de scorpion et encore moins au dragon le plus dangereux du monde. Elle fit la moue. Camille accepta, avec un profond soupir, jurant que Mélinda ne comprendrait pas, mais qu'il se devait d'être raisonnable. Katerina serra les dents. C'était dégoûtant, une véritable trahison. Il n'avait donc aucune amitié pour elle, elle l'avait pourtant aidé chaque fois qu'il en avait eue besoin. Elle le soignait chaque fois que son père le battait, elle lui donnait de l'argent quand il disait en manquer. Katerina entra dans la grande pièce, le salon devant la grande cheminée, le côté salle à manger dans le fond. Ils la blessaient l'un et l'autre. Elle était seule. Elle les dévisagea, avant de faire volte-face. Anatole l'appela, il voulait lui expliquer, il n'y avait rien à expliquer. Elle avait tout entendu. Anatole pensait-il qu'elle était incapable d'avoir de vrais amis ? Combien Delphine payait-elle Willa ?

Katerina éclata en sanglots et s'enfuit, elle eut le temps d'entendre Camille dire à Anatole de partir, qu'il se chargeait d'elle. Elle s'enferma dans sa chambre, révoltée par ses propres larmes, elle s'essuya d'un mouvement du bras, chercha un mouchoir. Camille entra sans même se faire annoncer, elle le méprisait. Il s'installa sur le bureau, les fesses appuyées contre le meuble en merisier blanc.

-Viens, exigea Camille.

Katerina refusa de bouger. Elle ne se ridiculiserait pas pour ce garçon qui ne l'aimait pas. Il réitéra son ordre. Cette fois, elle s'avança, mais uniquement pour lui faire face et l'affronter. Elle avait affronté un mage noir, un assassin, elle pouvait affronter un minable gratte-papier.

-Combien il t'a payé pour me...

-Tais-toi, personne n'a besoin de me payer pour te prendre dans mes bras, dit-il, en l'attirant contre lui. Ferme les yeux. Obéis, dit-il doucement.

Elle entendait son cœur battre à un rythme régulier. Il lui caressait les cheveux d'une main, de l'autre la maintenait contre lui, doucement, il la berça. Il savait l'amadouer, il était bien le seul. Longtemps, ils restèrent l'un contre l'autre. Il ne pensait pas à Mélinda, mais seulement à elle. Elle avait tellement envie qu'il l'oublie. Ils pouvaient être ensemble maintenant, elle avait l'âge, elle n'était plus une enfant. D'ailleurs, dans le pays de son père, elle avait même l'âge de se marier et de payer des impôts, selon les lois magiques.

-On n'a jamais retrouvé tes parents. Ce doit être terrible pour toi de n'avoir nulle part où les pleurer, dit Camille, en lui caressant les cheveux d'un geste affectueux.

-Elle l'a mangé, dit-elle, les yeux clos, rapide, avouant ce qu'elle n'avait jamais dit à personne durant toutes ses années. Ma mère a mangé mon père. J'ai tout vu, j'étais là.

Camilla l'éloigna pour la contempler. Elle n'avait pas la force de le regarder en face. Il devait la prendre pour une folle, mais elle savait ce qu'elle avait vu. Elle se mordit la lèvre. Un mouchoir apparut pour qu'elle s'essuie les yeux et se mouche.

-Je ne me suis pas enfuie, avoua-t-elle, le cœur lourd. J'étais à l'étage, je ne pouvais pas fuir. Quand il est entré, j'ai vu ma mère mourir dans un éclair de lumière. Mon père a combattu, mais il a échoué. Il a dit qu'il me rendrait mes parents si je lui donnais ce qu'il voulait, alors il a ramené ma mère. Elle parlait, mais sa voix, son regard, ses gestes… J'ai dû me battre contre le mage noir. Il voulait que je sois à lui. Il a dit que j'étais les ténèbres. Je l'ai blessé. Il est parti, alors elle s'est mise à le manger.

Katerina revoyait la scène. Elle se tenait sur le palier, une main serrant l'athamé de son père, l'autre enroulée autour d'un des piliers de la rampe. Elle avait tout regardé, sans sourciller. Il fallait qu'elle se souvienne. C'est ce qu'elle s'était dit, lorsqu'elle avait vu sa mère tomber. Elle n'avait pas compris qui était l'homme, elle l'avait simplement vu entrer dans la maison et sa mère accourir. Pourquoi était-elle venue ? Katerina l'avait-elle appelé ? Ou était-ce l'arrivée de l'homme ou l'ouverture de la porte qui l'avait attiré ? Katerina ne saurait jamais. Elle avait vu sa mère mourir, les yeux ronds, puis elle s'était dit qu'elle devait regarder la suite, pour se souvenir toujours. Pour graver le visage du mage noir dans sa mémoire. Son visage, elle ne l'oublierait jamais.

-Quand elle a eu fini, elle est partie, dit-elle, après une pause. La porte était ouverte, mais je ne crois pas qu'elle savait où elle allait, ajouta l'adolescente, alors que Camille la prenait dans ses bras de nouveau. Elle n'était plus…humaine. C'était une créature. Une créature, répéta-t-elle, tout en serrant les doigts autour du tissu de la chemise qu'il portait. Elle n'était plus ma mère.

Camille l'avait lâchée, les bras le long du corps. Il la contemplait en s'humectant les lèvres. Il cherchait ses mots. Il s'essuya les mains sur son pantalon, de nouveau. Tout cela le mettait très mal à l'aise. Elle aurait dû s'en douter. Camille détestait la magie. Il n'y avait pas de sorcier plus hésitant sur l'usage de la magie que Camille. Il n'y entendait rien et ne souhaitait pas en apprendre plus que nécessaire pour la poursuite de ses études. Camille était un politicien né, mais un pitoyable sorcier, un incroyant. Il ne croyait ni au Dieu Cornu ni en la Grande Déesse. Il n'envisageait pas que l'on puisse prédire l'avenir, que le monde ait pu être conçu par la magie et que la magie puisse créer un monde meilleur.

-Pourquoi n'as-tu rien dit ? s'enquit Camille, sortant Katerina de ses pensées.

-Tu crois que tante Delphine voulait l'entendre ? Tu crois que quelqu'un voulait savoir ?

Il ne prit pas la peine de répondre. Katerina sentit un goût de métal dans sa gorge. En parler la rendait nerveuse et fébrile. Elle ne savait pas ce que Camille ferait de ces informations. Elle n'en avait jamais parlé parce qu'elle pensait que personne ne la croirait. Camille n'était pas comme les autres. Il savait qu'elle ne mentait pas. Elle avait confiance en lui, autant qu'il avait confiance en elle.

-C'est de ça dont tu rêves toutes les nuits ? demanda Camille.

Elle hocha la tête. Il y avait tellement longtemps qu'elle gardait ce secret enfoui au fond d'elle-même qu'elle se sentait soulagée d'un fardeau et tant pis, s'il ne se sentait pas capable de le supporter à son tour. Camille était ce qu'il y avait de plus stable dans la vie de Katerina. Si lui ne parvenait pas à entendre l'horreur de la tragédie, personne ne le pouvait.

-Ce n'était pas qu'un simple mage noir ! médita le jeune homme, passant une main dans ses cheveux roux un peu trop longs.

Katerina savait ce qu'il voulait dire. Elle ne pouvait que confirmer. Oui, le sorcier portait la ceinture des nécromanciens et la tunique noire, les bottes de cuir de dragon violet et il avait un athamé recourbé en onyx noir.

-Tu savais à quoi il ressemblait, alors. Pourquoi est-ce que tu n'as rien dit ? Ils auraient pu le retrouver. Ils l'auraient retrouvé, dit-il, convaincu.

-J'ai dit à oncle Maxence à quoi il ressemblait, assura Katerina. Le monde est grand et les mages noirs savent se cacher. »

Camille capitula, d'un mouvement vif, il l'attira à lui et la serra si fort qu'elle en eut le souffle coupé, elle se garda bien de lui dire. Camille n'aimait pas que l'on mette en doute les capacités magiques des forces de l'ordre. Camille détestait les mages noirs et la magie noire. Il n'aimait que l'ordre et l'intelligence. Tout ce qui n'était pas fait dans le respect des lois magiques n'était pour lui que désordre et bêtise. Elle ébranlait ses convictions profondes, elle le savait, mais il n'y avait que sur lui qu'elle pouvait se reposer.

Willa se pencha si près de Katerina que leur nez se frôlent. Willa, avec ses cheveux très courts blonds décolorés, avait un air mutin et joli minois. Derrière ses longs cils, ses yeux violets la rendaient mystérieuse. Willa était maigre à faire peur, mangeait peu et pratiquait le sport avec une intensité religieuse. Elle ne cessait de demander à Katerina de pratiquer des rituels amaigrissants, qui pour la plupart fonctionnaient trop bien, laissant Willa squelettique et décharnée, le visage émacié, les yeux immenses semblant réclamer une attention démesurée. Au bord de la piscine de la villa Miller, Willa était un squelette dans un maillot de bain deux pièces, à la peau ambrée, et elle sentait le baume magique de Madame Rougris, aux vertus anticellulite, au café, et le shampoing à l'huile essentielle d'arbre à thé et à la menthe poivrée. Un mélange des plus particuliers, ni tout à fait agréable, ni tout à fait désagréable, simplement entêtant, un peu comme la personnalité de Willa.

La piscine couverte de la villa Miller était baignée de lumière. Le soleil de la fin du mois d'août rendait les lieux plus chaleurs encore qu'ils ne l'étaient. La piscine de bonne taille était une construction ancienne des années trente, tout en mosaïques. Une cascade magique assurait le renouvellement de l'eau, par la bouche d'un elfe des mers et d'une sirène majestueuse. Les immenses baies vitrées ouvraient sur le jardin interminable d'un côté et de l'autre sur la terrasse de devant, avec sa table en marbre, ses bancs et ses chaises. Un peu plus loin, Katerina arrivait à distinguer le saule pleureur et la balancelle, petit recoin romantique et discret, qu'elle affectionnait.

« -Alors il a annulé pour toi ? susurra Willa, comme s'il s'agissait là d'un lourd secret. C'est formidable ! hurla-t-elle soudainement, prenant Katerina au dépourvu.

-Uniquement parce qu'Anatole lui a donné de l'argent, répondit la brune, après s'être remise du cri qui venait de lui percer les tympans.

-Et alors ? s'enquit l'adolescente à la peau tannée par les soins de beauté. Il est resté, il va passer quinze jours avec toi. Je tuerais pour que Jason fasse la même chose pour moi.

Katerina se contenta de sourire bêtement, en s'éloignant d'une manière qui se voulait naturelle. Camille arrivait pour sa séance de sport quotidienne, lui aussi passait tout son temps libre à la salle de sport, mais il n'avait pas la même constitution que Willa. Parfois,

Katerina se demandait s'il savait qu'elles parlaient aussi souvent de lui. Avec Camille, il était difficile de savoir ce qu'il pensait et ce qu'il savait. Katerina regrettait de lui avoir juré de ne jamais lire ses pensées sans son consentement. Elle aurait pu savoir ce qu'il ressentait vraiment pour Mélinda. Une promesse était une promesse. Elle ne pouvait revenir dessus. Son père n'aurait pas apprécié.

-Toi, au moins, tu as des seins ! assura Willa, avec un regard en coin à l'intention de Camille et bien assez fort pour qu'il entende et se sente mal à l'aise.

Camille s'accroupit près de Willa, ils se dévisagèrent un petit sourire sur les lèvres. Ils se détestaient cordialement. Camille jugeait Willa trop insipide, matérialiste et trop futile, quant à Willa, elle estimait que Camille était plus coincé qu'une sous-tasse et plus sérieux qu'un bureau du magistère.

-Toi aussi tu en aurais, si tu mangeais, déclara Camille.

-Je mange, protesta Willa.

Willa détestait qu'on lui rappelle qu'elle était malade, maigre et toujours affamée. Elle croisa les bras sur son ventre ultra plat et considéra Camille avec un sourire ironique et dédaigneux. Camille attrapa Willa par la taille et la souleva avec une aisance déconcertante. Il la mit sur en travers de son épaule et la transporta autour de la piscine, en faisant mine de la jeter dans l'eau. Au grand étonnement de Katerina, ils riaient tous les deux. Katerina les regarda, une boule dans le ventre, un goût de métal dans la gorge. Jamais Camille n'avait fait ça avec elle. Peut-être parce qu'elle était trop grosse et qu'il ne pouvait pas la soulever. Katerina baissa les yeux, l'eau déformait de ses cuisses, elles ressemblaient à des troncs d'arbre. Elle se détesta de ne pas être plus mince et plus musclée. D'une poussée, Camille jeta Willa dans l'eau, éclaboussant les rebords et le sol, et sauta à son tour. Katerina en avait la nausée.

-Mon maillot de bain ! protesta Willa.

-À quoi il te sert si tu ne te baignes pas ? demanda Camille.

-À faire joli. Où tu vas ? demanda Willa. »

Si elle restait là plus longtemps, elle allait défaillir. Elle étouffait. La jalousie lui dévorait les entrailles. Elle ne supportait pas de les voir aussi proches. Willa jurait pourtant depuis toujours détester Camille et le trouver insupportable et prétentieux.

« *Tu es les ténèbres. Tu es mauvaise à leurs yeux,* chuchota la voix du mage noir, dans son esprit. *Rejoins-moi. Je te comprends. Viens à moi.* » Elle chercha à chasser la voix en hochant la tête. Il fallait qu'elle parte.

Katerina monta quatre à quatre les marches du grand escalier, referma la porte de sa chambre avec une force et se laissa tomber, la tête entre les bras, le long du mur. Elle éclata en sanglots, pleura quelques instants, puis s'essuya les yeux grâce à un mouchoir magique, qui apparut devant elle. Elle remercia la magie de lui fournir ce dont elle avait besoin. Il fallait qu'elle se ressaisisse, avant de devenir folle. Cette voix qu'elle entendait de plus en plus fréquemment lui rappelait les paroles du mage noir. Elle ne comprenait pas ce qu'il lui avait pris. Willa et Camille étaient-ils devenus amis soudainement ? Quel mystère ignorait-elle encore ? Que lui cachait-on ?

Willa entra dans la chambre, marcha jusqu'au lit d'un pas aérien tant sa maigreur était effrayante. Willa avait un peu trop tendance à faire comme si tous les lieux lui appartenaient. Elle se sentait chez elle partout et n'avait jamais dû ressentir une quelconque gêne à faire comme si tout sur terre lui appartenait. Willa se laissa tomber sur le lit, les bras ouverts. Elle battit des jambes un instant, puis s'arrêta. Katerina savait qu'elle avait quelque chose à lui demander.

« -J'ai besoin que tu m'aides ! dit Willa. J'ai besoin d'un sortilège.

-Je ne crois pas que l'on puisse te faire maigrir davantage, répliqua Katerina, après avoir essuyé ses larmes.

-Très drôle.

Katerina haussa les épaules. Willa n'avait que deux choses en tête, maigrir et trouver un petit ami. Elle avait eu la maigreur, il ne lui restait plus qu'à trouver quelqu'un. Willa n'était jamais très exigeante quant à ses petits amis et les qualités dont ils devaient être dotés. Willa s'assit sur le lit, puis se rallongea sans un mot. Katerina aurait pu lui faciliter la tâche et fouiller dans ses pensées, mais elle renonça. Willa lui avait caché qu'elle s'entendait bien avec Camille et Katerina craignait d'en connaître la raison.

-Un sort d'amour, tu saurais faire ? Plutôt un rituel. Tu saurais ?

N'ayant jamais essayé Katerina ne savait au juste si elle en était capable. Le réaliser, certainement, le réussir cela relevait d'une autre compétence. Willa insista, jurant sur la Grande Déesse que Katerina était la sorcière la plus puissante de toute l'école. Katerina hésitait cependant, jouer avec l'amour n'avait rien de très moral. Beaucoup juraient que c'était dangereux. Katerina se mordit la lèvre inférieure puis accepta. Elle le regretterait. L'amour n'était pas un jeu, et il n'était pas très bon de jouer sur les sentiments.

-Tu as déjà le rituel, j'imagine ! dit Katerina, toujours assise le dos contre son bureau blanc.

Willa hocha la tête, bondit hors du lit, traversa la chambre au pas de course jusqu'à son sac à dos et en sortit un vieux livre à la couverture brisée. Katerina s'approcha à quatre pattes. Un livre de magie rouge dans un aussi mauvais état signifiait que Willa l'avait acheté chez MoLo, leur libraire favori, dans les rayons des livres d'occasion. Cela signifiait également qu'elle y était allée sans Katerina. Il n'y avait qu'une seule raison à cela. Willa savait que Katerina aurait tout fait pour la dissuader d'acheter ce livre. Les sorts qu'elles trouvaient dans les livres d'occasion de MoJo ne fonctionnaient généralement pas. Katerina observa Willa, avant l'été, elles avaient fait un rituel pour que Willa perde dix kilos, Willa avait effectivement perdu dix kilos. « *Comment se faire aimer en un rituel.* » Lut Katerina. Elle soupira, elle n'y croyait pas.

-Tu as vu tout ce qu'il faut ? s'écria Katerina. Vingt-six bougies rouges, autant d'allumettes. Je me demande bien pourquoi d'ailleurs. Du sel, des pétales de rose rouge, de l'encens de rose, des aiguilles, une bougie rose, de l'huile de rose et de lavande, de l'herbe à chat, de la peau de dragon des mille et une nuits, de la valériane en poudre, de la corne de fanus. Willa tu es folle, ce n'est pas un rituel, c'est une escroquerie.

-Tu veux le faire ou non ? J'ai déjà les bougies, protesta Willa, en guise de bonne foi.

Willa extirpa de son sac treize bougies. Katerina lui fit remarquer qu'il en manquait, mais Willa s'en moquait, jurant que ce serait bien assez suffisant. Elle sortit également de son sac des allumettes, de l'encens de rose, des aiguilles et de l'huile de géranium, assurant que ce serait tout aussi efficace. Elle laissa de côté l'herbe à chat, et elle avait même un peu d'écaille de dragon qui lui restait de l'année précédente.

-Des écailles de dragon vert, c'est différent, protesta Katerina.

-Je ne vois pas en quoi ?

-Les peaux de dragons des mille et une nuits ce n'est pas vraiment du dragon, assura Katerina. Ce sont des sortes de lézards des sables.

-Un dragon ce n'est pas un gros lézard ?

Katerina renonça à lui expliquer la différence entre un dragon et un lézard. Elle ne pouvait dire à son amie que les lézards n'avaient pas d'ailes, qu'ils étaient incapables de cracher du feu à des dizaines de mètres, qu'ils n'avaient pas non plus des capacités magiques extraordinaires et par-dessus tout qu'ils ne mesuraient pas douze mètres de long au minimum.

Willa remit les bougies dans son sac à dos, s'empressa de refermer le livre et décréta qu'il fallait essayer le rituel avant que Camille ne sorte de la piscine. Katerina leva les yeux plafond, mais décida de la suivre jusqu'au grenier. Katerina installa le tout sur la table de travail magique, une énorme table en bois, recouverte d'un sortilège pour empêcher les incendies. Willa mit en place les bougies en cercles autour d'elles, plaça le livre au milieu de la table de travail pendant que Katerina formait un cercle de sel autour des bougies. Elles placèrent l'encens au milieu de la table, prirent les ingrédients qu'elles avaient sous la main. Il fallait invoquer la Grande Déesse et lui demander humblement de rendre amoureux l'homme que Willa avait choisi. Les bougies symbolisaient l'amour, les roses représentaient le cœur de l'être aimé, l'encens appelait la déesse à se manifester, l'huile de rose devait sceller le serment d'amour que Willa devait faire à ce garçon que Katerina ne connaissait pas. La corne de fanus symbolisait la fidélité et la peau de dragon des mille et une nuits devait rendre l'amour sincère. Le sel servait uniquement à les protéger contre les mauvaises énergies magiques.

Katerina sortit son réceptacle magique de la poche de la robe qu'elle venait de passer. Katerina commença l'incantation d'appel. Les yeux fermés, elle conjura la grande déesse de répondre à son appel, de venir à elle, d'entendre sa voix et d'éclairer les ténèbres. La Grande Déesse avait certainement mieux à faire que de répondre à deux adolescentes, pourtant Katerina récita plusieurs fois l'incantation sacrée, avant d'allumer les bougies à la force de sa magie.

-Elle nous a entendues.

-C'est moi qui ai fait ça, Willa, dit Katerina, dans un soupir.

-On devait attendre qu'elle nous réponde, protesta Willa. Imagine qu'elle soit furieuse.

Katerina leva les yeux au plafond. Elle n'allait pas attendre toute la journée. Elle n'avait, certes, pas mieux à faire, mais l'idée d'attendre que la Grande Déesse se manifeste ne l'enchanter pas.

-La suite ? demanda Katerina.

-Il faut arracher les pétales d'une rose et les percer avec les aiguilles et demander à la grande Déesse d'infuser l'amour.

Les deux filles commencèrent le travail délicat d'ôter les pétales des six roses que Willa avait ramenées. Katerina se demandait si cela était suffisant, le livre indiquait qu'il fallait autant de roses que de bougies, mais elles n'en avaient pas sous la main, il faudrait faire avec. Chaque fois qu'elles ôtaient un pétale, elles invoquaient la grande Déesse tout en lui demandant d'infuser de l'amour dans le cœur de Jason Pièce. Une fois tous les pétales arrachés, il fallait brûler l'herbe à chat, avec la peau de dragon des mille et une nuits et la corne de fanus. Elles firent avec ce qu'elles avaient. Une fois brûlés, elles firent tomber des cendres d'encens de roses dans la main de Willa, puis un peu de cire chaude et l'huile de rose. Willa mélangea les ingrédients et se frotta le sein gauche avec, puis elle se dessina un pentacle sur le front. La dernière étape consistait en une longue méditation.

-C'est bientôt fini ? interrogea Willa, alors qu'elles venaient à peine de fermer les yeux.

-Chut.

Willa resta assise encore quelques instants, mais n'y tenant plus, elle se leva. Katerina l'entendit marcher, puis il y eut un bruit et un juron sonore. Katerina ouvrit les yeux. Plusieurs bougies étaient sur le sol, éteintes, répandant leur cire sur le parquet, le cercle de sel était rompu.

-Je suis désolée, bredouilla Willa. Je suis désolée.

Katerina serra les lèvres, referma sa main sur le petit réceptacle, toutes les bougies s'éteignirent. Elles s'élevèrent pour retourner dans le sac de Willa, le reste de leur rituel se rangea tout seul, par l'action de la magie.

-Tu sais qu'il ne faut jamais détruire un cercle de sel !

-Tu ne crois tout de même pas aux démons ?

-Je crois en la magie. La magie a besoin de respect. »

Willa se plaindrait que le rituel n'avait pas fonctionné, mais elle n'avait aucun sérieux. Le dîner s'annonçait des plus moroses. Delphine était là en compagnie d'Anatole, mais Katerina refusait toujours d'adresser la parole à Camille et à Willa. Même Delphine qui pourtant n'aurait pas vu un dragon au milieu de son salon le remarqua. Elle s'en inquiéta, peut-être uniquement parce qu'Anatole se trouvait là.

Après dîner, Camille ne trouva rien de mieux à faire que de venir lui parler. Willa était partie depuis longtemps et tante Delphine ne semblait pas décidée à rentrer de la nuit. Ils étaient seuls tous les deux. Avant que Camille ne sorte avec Mélinda, ils profitaient souvent d'être seuls pour discuter. Camille lui racontait ses misères, ses ambitions et ce qu'il pensait de la politique magique actuelle et elle lui parlait de magie, tentait de le convaincre d'apprécier ses dons. Ce soir, Camille désirait une explication sur son état. Il insista tant et si bien que Katerina finît par lui parler, trop désespérée pour se battre contre lui. Elle hésita, après tout, elle n'avait rien à perdre à demander, s'il riait et bien tant pis, au moins elle serait fixée. Elle ne pourrait pas vivre sans savoir ce qu'il ressentait pour Willa et s'il trouvait ce genre de fille désirable, et bien, elle se mettrait au régime jusqu'à ressemblait à un os, s'il le fallait.

« -Willa ? dit Camille, en éclatant de rire, alors qu'une sphère de lumière bleue venait de se taper contre son front. Willa ? Katie, soit raisonnable.

-Ne m'appelle pas Katie, protesta-t-elle.

Personne n'avait le droit de l'appeler Katie, en dehors de sa mère.

La petite sphère de lumière passa entre les jambes de Katerina, comme l'aurait fait un animal domestique, avant d'aller rejoindre d'autres sphères au plafond dans un crépitement magique.

-Franchement, continua-t-il sans l'avoir entendu. Willa est convaincue qu'être maigre la rend belle. C'est dommage pour elle, parce qu'elle pourrait être vraiment canon si elle ne se rendait pas malade. Si je m'entends bien avec elle, c'est uniquement parce que c'est la seule qui me parle dans les soirées où m'entraîne Mélinda. Même Lola a cessé de s'y rendre, alors je m'ennuie et je parle avec Willa. Si tu venais, je discuterais aussi avec toi.

Katerina fronça les sourcils. Elle n'avait jamais rien entendu d'aussi ridicule. Cette excuse était pitoyable. Camille ne lui parlait plus depuis des semaines et voilà qu'il mettait ça sur son dos.

-Personne ne m'invite, répondit l'adolescente.

-Personne ne t'invite parce que tu ne viens jamais, contredit Camille.

-Je ne viens pas justement parce que personne ne m'invite, protesta l'adolescente. Je suis la Barthély. Je suis la folle, je suis la cinglée qui dit qu'Andy est mort. Le grand et puissant Andy, le diable russe. Ça ne meurt pas un diable. « *Non, ils l'ont certainement abandonnée parce qu'ils ne voulaient pas d'elle, qui voudrait d'une fille complètement folle ? Peut-être même que ce n'est pas l'héritière des Barthély, mais une remplaçante. Ça ne serait pas étonnant, avec Miller. Elle est fourbe, Miller.* »

-Tu n'aurais pas dû lire ces maudits articles. Tu sais ce que c'est la presse, ils n'ont rien de nouveau alors...

- « *Il se pourrait même qu'elle ait assassiné toute sa famille pour hériter des millions de son cher papa. Après tout c'est vrai, on ne sait rien de ce qu'il se tramait là où ils s'étaient réfugiés. D'ailleurs pourquoi est-ce qu'ils sont partis ? Pour mener la belle vie ?* » Moi aussi, je sais ce que c'est d'avoir faim. On avait faim, on avait froid au chalet. Grand-père ne donnait rien, maman était malade et papa ne pouvait pas la laisser, alors il ne travaillait pas. On devait toujours s'inquiéter et rester ensemble. Tout le monde s'en fiche. « *On évite de lui parler de son enfance au cas où elle déciderait de nous tuer, nous aussi. Elle n'est pas normale. Elle est dangereuse, ça se voit dans son regard.* »

-Hector est jaloux, dit Camille. Et son père est journaliste.

-Je n'avais pas d'amis lorsque j'étais enfant, je n'avais pas le droit, c'était dangereux. Pas pour moi, mais pour les autres. Ma mère était toujours malade, je n'avais que papa. Puis il est mort. Quand je suis arrivée ici, on m'a mise à l'école et personne ne voulait me parler, parce que je connaissais des sorts qui n'étaient pas de mon âge. Je n'avais qu'oncle Maxence et Thomas, mais oncle Max est mort et Thomas est parti. Je t'avais toi, maintenant, tu as Mélinda. J'avais Willa et maintenant, elle t'a toi. »

Chapitre 2 : Camille

Camille emmena Katerina chez son frère William. Il espérait qu'une sortie lui changerait les idées. Il avait prévu d'aller voir le fils de William et de Jamine en compagnie de Mélinda, mais Mélinda détestait les bébés. Elle n'aimait pas non plus la famille de Camille, qu'elle ne connaissait presque pas. Camille s'efforça de convaincre Katerina qu'elle n'avait pas besoin d'acheter quoi que ce soit à William et Jasmine et que Norvac, ayant à peine quelques jours, n'avait besoin de rien. Toute leur vie, les Dellait avaient vécu dans la haine des Barthély et William était de loin celui qui était le plus proche de leur père et de ses convictions politiques et personnelles. Devant la porte de l'appartement, Camille regrettait de ne pas avoir prévenu son frère aîné qu'il viendrait accompagné de Katerina. Il espérait que William ne leur fermerait pas la porte au nez.

William et Jamine vivaient dans un quartier plutôt tranquille, dans un appartement plutôt vieillot, dans un immeuble plus vieillot encore, mais c'était tout ce qu'ils avaient les moyens de se payer. William travaillait à la boutique de réparation magique familiale, mais cela ne lui permettait pas de gagner assez pour s'offrir un plus grand appartement. Quant à Jamine, elle venait de décrocher un poste d'assistante à l'ambassade d'Iran. Elle travaillait à la fois pour les sorciers et les humains, mais son poste n'était pas très prestigieux et la paie non plus. Ils semblaient pourtant très heureux. Ils s'étaient mariés huit mois plus tôt, sous le regard noir de leur père respectif. Camille avait cru l'espace d'une longue journée que son père était un sorcier connu. Il avait surpris de nombreuses conversations sur le compte de son père, mais il avait fini par se dire que la famille de Jamine ne faisait que répéter ce qu'il se disait sur les Dellait, qu'ils n'étaient qu'une famille de bons à rien, et des marginaux, pauvres et brutaux.

William ouvrit la porte. Il ouvrit les yeux, l'air endormi. Il ne semblait pas surpris, ni même dérangé de la présence de Katerina. William était tout le portrait de leur père, un peu plus grand que la moyenne, les épaules carrées, les yeux bleus, les cheveux sombres. Il avait le nez aquilin, la même fossette au menton. Il était brutal, viril, renfrogné et colérique. Tout du moins, c'est l'image que Camille gardait du William adolescent avec lequel il s'était battu durant des années.

« -Monsieur Dellait, tiens donc, pouffa l'aîné.

À presque vingt-six ans, William était le premier à avoir un enfant et il semblait ravi de pouponner. Jamine apparut avec un être minuscule, aux cheveux sombres et à la peau cannelle dans les bras. Norvac tenait plus de sa mère. Jamine, dont les cheveux courts et noirs tombaient de chaque côté de son visage rond et bronzé, les invita à entrer. Jamine embrassa Camille sur les deux joues, jurant qu'il avait grandi depuis la dernière fois qu'ils s'étaient vus. Camille leva les yeux au plafond et William limita.

-Pourquoi tu appelles ton frère Monsieur Dellait ? demanda Jamine, interloquée.

-Tout le monde appelle ce bon vieux Cam, Monsieur Dellait, répliqua William.

Camille serra les dents. Tous les membres de sa famille se faisaient une joie de lui rappeler à quel point, il paraissait prétentieux à leurs yeux et bouffi de prétention. Camille avait de l'ambition, plus qu'aucun autre membre de sa famille, pourtant personne ne semblait le comprendre. Comme son père, William associait l'ambition, à la prétention. Camille n'était pas d'accord, mais il ne pouvait rien dire. Critiquer William aurait été aussi néfaste que critiquer son père.

-Tu dois être Mélinda, dit Jamine avec un sourire figé, en direction de Katerina.

Camille se mordit la lèvre. Il craignait que Katerina ne s'en aille. Elle qui détestait Mélinda n'apprécierait pas la comparaison. Il sentait qu'il allait avoir des ennuis. Pourtant, Katerina se contenta de sourire avec politesse et bienveillance.

-C'est Katerina Barthély, corrigea William, venant en aide à Camille.

-Oh ! fit Jamine avec étonnement. C'est incroyable. Une célébrité chez moi. Quand je vais dire ça à ma mère, elle va être folle de joie. Une célébrité dans ma maison ! s'enthousiasma Jamine, en entraînant Katerina vers le canapé.

William entraîna, quant à lui, Camille dans la cuisine, laissant les deux jeunes femmes entre elles. Camille n'osait lui dire qu'il aurait préféré rester en compagnie de Katerina. Il craignait qu'elle ne se sente mal à l'aise.

-Tu aurais dû prévenir, dit William, en se servant une bière, au beau milieu de l'après-midi. Tu ne bois toujours pas ?

William décapsula la bouteille avec sa ceinture en cuir de dragon et but une rasade si longue qu'il vide la moitié de la bouteille, avant de s'essuyer les lèvres d'un revers de manche.

-La Barthély, chez nous, dit-il en se grattant la joue. Si papa savait ça.

-Je ne pouvais pas la laisser seule. S'il te plaît, ne lui dis rien.

-Il saura quand même. Papa sait toujours tout. Tu sais ce qu'ils disent dans les journaux. Ce qu'ils disent d'elle ?

Camille s'assit sur le plan de travail encombré. William le regardait d'un drôle d'air. Dans l'autre pièce, les rires des deux femmes semblaient avoir réveillé le bébé, à moins que ce ne soit l'heure de son biberon.

-Tu ne crois tout de même pas qu'elle a tué ses parents, murmura Camille.

-Papa dit que les Barthély ont été tués par un mage noir. Papa ne se trompe jamais, sur rien.

Camille ravala sa salive, tout en observant William terminer sa bière, avant d'agiter un petit athamé d'argent en direction de la cafetière qui s'enclencha rapidement. Camille ignorait que William utilisé ce genre de réceptacle magique. Les mages noirs utilisaient souvent les athamés et les autres sorciers se contentaient des pierres magiques. Les dragonniers avaient leurs épées liges pour réceptacle magique. D'autres sorciers utilisaient des baguettes magiques, des ciseaux, des bollines ou encore des pendules.

-Un athamé ? demanda Camille, méfiant.

William jeta un coup d'œil par la baie vitrée, l'air méfiant. Camille se demandait bien ce qu'il pouvait lui prendre et pourquoi il faisait tant de mystère.

-Papa dit que ça devient dangereux.

-Papa ? demanda Camille, stupéfait.

-Il se passe des trucs bizarres depuis quelque temps. Je sais que toi, avec le magistère vous pensez que tout va bien, mais les mages noirs sont plutôt inquiets. Il se passe des trucs, ajouta William, à voix basse.

Camille fronça les sourcils. Il préférait ne pas demander à William comment il pouvait connaître les milieux des mages noirs. William avait ses secrets et Camille les siens.

-Depuis quand tu n'es pas rentré à la maison ? demanda William, pour changer de sujet.

-Des semaines.

-Tu fais quoi quand il te met dehors ? Tu vas où ?

Camille se mordit la lèvre pour ne pas lui répondre qu'en quatre ans, c'était bien la première fois qu'il s'en inquiétait et qu'il s'était toujours débrouillé pour s'en sortir, qu'il n'avait pas besoin d'aide.

-Chez les Miller, répondit Camille. J'ai un coin à moi à la villa.

-Plutôt cool de leur part, répliqua William. Je ne suis pas sûr que j'aimerais t'avoir dans les pattes aussi longtemps. T'as essayé de lui parler ? De lui demander pourquoi il te déteste autant ?

-Il me déteste parce que je suis né. Il voulait une fille, j'ai eu le malheur d'être un garçon. Alors il m'a affublé d'un prénom de fille et il s'est mis à me détester.

-Papa n'est pas aussi mauvais. C'est un chouette gars quand on sait le prendre.

-Tu veux dire lorsque l'on est raciste, sexiste, anti-Barthély et alcoolique ? demanda Camille.

William se maîtrisa. Camille le connaissait assez bien pour savoir qu'en un autre lieu et à une autre époque, Camille aurait eu à se battre contre son frère. Cette fois, William se contenta de grimacer.

-Tu devrais venir nous voir à la boutique. Viens discuter avec lui lorsqu'il n'est pas à la maison. Vois-le dans un autre contexte, je suis sûr qu'il apprécierait.

-Je travaille pour Delphine Miller et il déteste tous les Barthély.

-Peut-être bien que papa déteste les Barthély, seulement, Andy voulait t'arracher à la famille. Papa n'a pas toujours été un bon père. Et nous, on n'a pas toujours été très cool avec toi. C'est vrai. Devenir père ça m'a ouvert les yeux sur pas mal de choses. Il ne savait juste pas comment faire avec toi. Tu es tellement différent de nous.

-Je ne suis pas si différent, protesta Camille.

-Oh, si. Tu es mieux que nous. Toi, tu as envie de réussir, de faire des choses importantes. Et toi, tu aimes beaucoup Katerina d'après ce que j'ai entendu dire, minauda William.

-Charles parle trop, conclut Camille, renfrogné.

Camille détestait parler de son enfance et bien plus encore de parler de ses sentiments pour Katerina. Cela le mettait mal à l'aise et il détestait être mal à l'aise, plus encore devant un membre de sa famille.

-Charles parle trop, répéta William, avec un sourire. En tout cas, il y en a une à qui la maternité irait très bien, dit William, en désignant le salon d'un geste du menton.

Camille jeta un coup d'œil à travers la fausse baie vitrée qui donnée sur le salon encombré d'objets pour bébé et de linge se repassant tout seul sur la table de la salle à manger. Katerina gazouillait, le petit Norvac dans les bras, attentive aux conseils de Jamine.

Camille ne voulait pas d'enfant. Il ne les détestait pas, il craignait simplement d'être comme son propre père, violent, mauvais et dangereux. Il ne voulait pas prendre le risque de faire du mal à un enfant. Depuis l'enfance, il s'était juré qu'il n'aurait jamais d'enfant.

-Parle à Katerina, conseilla William. Avant qu'un autre ne lui mette le grappin dessus. »

« -Où est-ce que tu étais ? hurla Mélinda, pour couvrir le bruit de la musique et des conversations.

Camille soupira. Il le lui avait pourtant expliqué plusieurs fois au téléphone et par courrier magique. Mélinda le dévisageait les mains sur les hanches, ses longs cheveux blonds colorés savamment travaillés lui donnaient l'air d'une tête à coiffée trop maquillée. La fête battait son plein, dans la petite maison de vacances que Guillaume et Alcidie avaient louée pour fêter la fin des vacances scolaires. C'était une charmante petite maison, avec un petit jardin, un grand salon et de l'espace pour danser. Camille soupçonnait Guillaume d'avoir agrandi les lieux par un sortilège d'expansion, mais il n'aurait pu le jurer. Des bouteilles et des verres volaient devant les convives, ainsi que des petits fours et des fleurs. Alcidie aimait les fleurs et la nature, chaque année le thème de la fête de fin de vacances était les fleurs. Tout le monde s'y était fait. Cette année la décoration ressemblait à une décoration de mariage, avec des arches fleuries, des bouquets de mariées, des nœuds, des ballons, et une énorme pièce montée pour le dessert.

-Je travaillais, répondit Camille.

-Tu veux dire que tu étais chez la Barthély. Elle est dangereuse, c'est écrit dans les journaux, elle a tué ses parents.

-Katerina n'a tué personne, et elle n'est pas plus dangereuse que toi.

Camille ne vit pas venir la gifle que Mélinda lui donna. Elle fulminait, les yeux, étrangement, plissés, comme si elle essayait de sonder ses pensées. Camille avait l'habitude de ses sautes d'humeur et de ses crises de nerfs. Elle dépassait les bornes plusieurs fois par semaine, mais il lui pardonnait. Ce n'était pas par amour, Camille ne l'aimait pas autant qu'il l'aurait fallu, au contraire, parfois, il en venait à la haïr. Mais Mélinda lui changeait les idées, tant qu'il pensait à elle il ne pensait pas à Katerina.

-On voit mes parents dans trois jours, tâche de ne pas l'oublier.

Mélinda tourna les talons pour danser en compagnie de sa bande de copines. Camille détestait plus encore la bande copine de Mélinda qu'il ne méprisait Mélinda. Elles étaient toutes plus bécasses les unes que les autres.

-Ne la laisse pas te traiter comme ça, dit Guillaume apparaissant derrière Camille.

Guillaume était grand, tout en muscles, son plaisir et son travail c'était l'escalade, dès son plus jeune âge, il s'était décidé à devenir chercheur pour les centres magiques. En plus de l'escalade, il se passionnait pour la botanique magique et les créatures magiques. Mais à vingt-quatre ans, il n'était pas encore parvenu à obtenir son diplôme de cycle sept magique, indispensable pour son métier.

-Tu aurais dû venir avec La Barthély, dit Guillaume, en pouffant.

-Et Mélinda l'aurait tué ou c'est moi qu'elle aurait tué. Ou peut-être qu'elles se seraient entretuées toutes les deux.

Guillaume éclata de rire, le grand gaillard blond avait le rire facile. Camille esquissa un sourire, l'idée était plutôt amusante, mettre Katerina et Mélinda dans la même pièce serait comique. Camille savait que Katerina gagnerait. Mélinda pouvait être plus âgée, Katerina avait plus de pouvoirs magiques dans le petit doigt que Mélinda dans tout le corps. Guillaume lui tapa dans le dos.

-J'aurais préféré que tu viennes avec la Barthély qu'avec « chieuse de service », dit-il en minant des guillemets avec ses doigts. Elle n'a pas arrêté une minute de nous bassiner avec son beau-frère le député et les droits des vampires. Julien a failli lui arracher la langue, il déteste les vampires. Tout le monde sait bien que Mélinda n'accorderait aucun droit à personne à part à elle-même. Elle est raciste, qu'est-ce que ça peut lui faire les droits des vampires ? Elle sait bien que Julien est aussi raciste qu'elle. Tu crois qu'elle fait ça pour l'embêter ?

Camille attrapa une bière qui flottait devant lui, il ne buvait jamais, mais pour une fois, il s'autorisa un verre. Dans sa robe mauve très simple, Alcidie s'approcha d'eux, une couronne de fleurs posée sur ses cheveux bouclés, elle souriait radieuse et rayonnante. Camille se laissa embrasser sur les joues, elle s'extasia de sa présence. Camille remarqua qu'elle flottait à quelques centimètres du sol, un sortilège de lévitation. Alcidie était douée pour la lévitation.

-Tu es tout seul ? Il est tout seul, Guillou ! Tu aurais dû lui dire de venir avec quelqu'un ! Méchant Guillou, dit-elle, avec affection.

Quelqu'un l'appela à l'autre bout de la salle, Alcidie s'excusa et partie flottant dans un nuage de couleur rose magique qui venait de se former autour d'elle.

-Mélinda lui a dit qu'elle ressemblait à un pot de chambre, expliqua Guillaume. Depuis elle a décidé de faire comme si elle n'existait pas. Excuse-moi, je dois aller séparer Régis et Victor, avant que l'un d'eux n'éborgne l'autre.

Camille leva sa bouteille et se rembrunit. Au milieu de la salle, Mélinda dansait en compagnie de Virginie et d'Hector. Camille se contenta de les observer longuement en regrettant de ne pas avoir encore eu le courage de quitter Mélinda plus tôt. Il faudrait bien qu'il le fasse cependant. Il ne pouvait pas rester avec elle. Elle le dégoûtait et il était convaincu qu'elle le trompait.

-Tiens, tiens ! Monsieur Dellait, il me semblait que vous travailliez ce soir.

Camille fronça les sourcils. Le professeur de magie noire Sébastien Hurvin avait trente ans, mais il paraissait facilement dix de plus depuis qu'il avait passé quelques années dans l'est à la recherche de ce qu'il appelait la vérité magique. Ce qui se traduisait par la magie la plus noire du monde et les sorciers les plus dangereux. Hurvin portait son éternel jean, sa chemise blanche et sa veste bleue marine, à croire qu'il ne possédait rien d'autre, avec ces cheveux courts grisonnants et ses yeux bleus électriques, il impressionnait autant qu'il charmait. Seulement, il n'impressionnait pas Camille, qui savait exactement ce que valait cet homme. Ce n'était qu'un être fourbe, dangereux, dont il fallait se méfier.

-Je suis en congé, ce soir, répliqua Camille, avec un sourire forcé.

Il lui semblait toujours qu'il devait se justifier auprès du professeur de magie noire, il ignorait pourquoi. Le sorcier le toisa avec un demi-sourire. Camille se sentit mal à l'aise. Le regard du professeur était étrange, lui aussi paraissait vouloir sonder ses pensées.

-C'est étrange, puisque pas plus tard qu'hier, Anatole m'a confié que vous aviez beaucoup de travail jusqu'à la rentrée. Que vous étiez bien payé pour ces heures supplémentaires.

Camille serra la bouteille de bière. Ce maudit Anatole avait parlé à son cher ami. Si Hurvin allait parler avec Anatole, Camille aurait des ennuis, de gros ennuis. Il n'avait pas le droit de laisser Katerina toute seule, c'était écrit dans son contrat. Delphine Miller ne l'avait pas tant engagé pour qu'il lui serve de secrétaire pour que servir de baby-sitter à Katerina. Elle n'avait plus l'âge d'être surveillée, selon Camille, il n'en restait pas moins que son contrat de travail n'avait pas changé.

-Katerina est avec sa tante, elle n'a pas besoin de moi, mentit Camille, s'efforçant d'avoir autant d'aplomb que possible.

-Étrange, pas plus tard que ce matin, Delphine me disait qu'elle s'envolait pour le Japon. Soit elle n'est pas partie et prendrait le risque d'un conflit protocolaire, soit vous êtes un très mauvais secrétaire, pour l'avoir oublié. Dans tous les cas, vous restez le pire menteur que la Déesse n'ait créé.

Camille le dévisagea agacé. Il détestait plus encore Sébastien Hurvin qu'il ne détestait son père, au moins Camille pouvait éviter son père, Hurvin malheureusement, il ne le pouvait pas.

-Allez donc faire ce pourquoi on vous paie, maugréa le professeur.

-Sinon quoi ? demanda Camille, avec assurance, ici Hurvin n'était qu'un simple sorcier pas le professeur, il ne pouvait rien contre Camille.

Une lueur éclaira le visage du professeur, il souriait supérieur et satisfait. Camille sentit une boule se former dans son estomac, ses mains devinrent moites et sa bouche s'assécha. Hurvin marqua une pause, détailla Camille de la tête aux pieds avec un sourire amusé. Le professeur savait que s'il en parlait à Anatole, Delphine serait au courant et Delphine s'empresserait de prévenir Gilles Dellait. Par instinct, Camille se frotta l'arrière de la tête. La dernière fois que Camille avait croisé son père, il s'en était sorti avec une fracture du crâne, la prochaine fois, il le tuerait.

-Dis-moi, pourquoi Mélinda ? interrogea le professeur, alors que Camille buvait sa bière, décidé à rentrer avant qu'Hurvin ne se mette en tête de parler à Anatole de son escapade. Elle ne ressemble pas à une petite amie aimante ou à la figure de la femme de politicien qu'il te faudrait. Elle ne ressemble en rien à sa sœur, ajouta Sébastien Hurvin. Delphine ne te forme pas pour le plaisir d'admirer tes beaux yeux, ajouta le professeur. Il te faut autre chose que ça, dit-il en désignant Mélinda dansant lascivement entre Hector et Jérémie.

Camille ne put s'empêcher de faire la moue devant ce trio. Hurvin avait raison, elle serait un frein à sa carrière si elle ne se reprenait pas très vite, un scandale entacherait à jamais sa réputation, il ne pouvait se le permettre.

-Katerina est prête à soutenir tes ambitions, continua le professeur, son verre vide se remplit d'un liquide transparent à la forte odeur d'alcool. Lavrenty ne semblant pas décidé à casser sa canne, il ne serait pas étonnant qu'il accepte ce soutien. La Russie en guise de cadeau de mariage, peu pourrait se vanter d'un tel exploit.

-Katerina est trop jeune pour se marier, assura Camille, comme si cela ne lui faisait rien.

-Vraiment ? Pourtant, Anatole m'a certifié qu'elle avait déjà reçu plusieurs demandes. Lavrenty a tout un stock de prétendants sur liste d'attente. Katerina est la dernière héritière, il serait dangereux qu'elle le reste trop longtemps. »

Camille éclata de rire. Il n'imaginait pas Katerina accepter l'une de ces demandes farfelues qu'elle avait reçues au cours de l'été, pas plus que d'accepter de jouer les poules pondeuses. Hurvin lui rappela qu'entre le cœur et la raison, il y a parfois un gouffre à combler.

La semaine passa si vite que Camille ne la vit pas s'écouler. Le déjeuner en compagnie des parents de Mélinda avait été annulé, car sa sœur ne pouvait y être présente. Camille acceptait volontiers ce répit. Ce soir-là, Katerina dormait, Delphine et Anatole discutaient au salon. Camille les avait souvent vu monter dans la chambre du premier étage tous les deux, mais se gardait bien d'en tirer des conclusions, cela ne le regardait pas. Delphine buvait du vin, dans un verre immense, en riant. Elle assurait n'avoir eu une réunion aussi captivante depuis des années. Anatole était de son avis. Camille s'excusa de les déranger. Delphine semblait intriguée de le voir là, elle détestait Mélinda, estimant que depuis que Camille sortait avec elle, il négligeait son travail.

« -Anatole, est-ce que je peux vous parler ?

Delphine éclata de rire. Elle voulait en savoir plus sur la teneur de leur conversation, assurant que tout ce qui se passait sous son toit la concernée forcément. Camille exécuta une pirouette lui jura qu'il s'agissait d'une conversation entre hommes. Delphine rit de plus belle.

-Si c'est donc si sérieux, je vous laisse, dit-elle, hilare.

Camille la regarda sortir, son verre à la main. Jamais il ne l'avait vue aussi guillerette, pas même les jours de fête magique.

-Pour elle, tu es encore un adolescent, s'excusa Anatole.

Camille savait bien ce qu'il inspirait à sa patronne, et elle n'avait pas tort, s'il voulait devenir magistrat un jour, il avait encore beaucoup à apprendre. Camille s'approcha de la porte-fenêtre, signifia à Anatole qu'il désirait sortir, l'homme le suivit dans le grand jardin, jusqu'à une table en marbre, accompagnée de ses bancs. La maison était presque fantomatique de là où ils se trouvaient. Elle semblait immense, imposante, mais vide et abandonnée, comme si la vie l'avait déserté.

-Tu ne m'as pas fait venir ici pour parler de toi, je me trompe ?

Camille se gratta la joue, sa vie n'avait d'ailleurs aucun intérêt pour qui que ce soit. Anatole s'allongea sur l'un des bancs, les yeux tournaient vers les étoiles brillantes de la fin août. Camille l'avait toujours trouvé bien étrange cet homme-là, peut-être moins qu'Andréïlévitch Barthély, personne ne pouvait être plus étrange que le père de Katerina. Camille hésitait encore à parler de ce qu'il avait appris. Katerina ne lui avait pas fait jurer de garder le secret, mais tout de même, il la trahissait. Il avait dû mal à se résoudre à faire une chose pareille.

-Que savez-vous de la mort des parents de Katerina ?

Anatole ne prit pas la peine de se redresser. D'une voix lente, il expliqua à Camille qu'il en savait plus que celui-ci ne l'imaginait, sauf qu'il n'était pas disposé à en parler, à moins que Camille n'en sache, lui aussi, plus qu'il ne voulait bien l'admettre. Il conclut, en assurant qu'il savait tout. Camille s'assit sur le banc opposé, incapable de savoir si le magistrat lui disait la vérité ou s'il essayait de lui faire dire ce qu'il savait.

-Enfant, Katerina faisait des cauchemars terribles. Maxence s'inquiétait pour elle. Il a fait venir Lavrenty pour qu'il lise ses rêves. Elle ignore cela. Elle ne doit pas savoir. Cela ne servirait à rien, d'ailleurs.

Camille entendait souvent parler du patriarche Barthély, Lavrenty, jamais il n'avait eu l'occasion de le rencontrer. Le père de Camille assurait qu'il fallait mieux ne jamais voir le vieux Barthély, qu'il était plus roublard que tous les roublards du monde et plus rusé que tous les rusés de la terre. Gilles Dellait disait toujours que Lavrenty avait tout du vieux dandy gentleman, avec en plus l'âme d'un pirate sans foi ni loi. Lavrenty n'était pas seulement le patriarche de la famille Barthély, il était riche à millions, surveillait de près cette fortune, en plus de veiller sur la Russie avec une jalousie farouche. Lavrenty avait présidé le ministère russe des sorciers durant des décennies, à présent, il ne servait plus que de consultant, Camille n'était pas de cet avis. Si Lavrenty murmurait, on exécutait, qu'importe ce qu'il pouvait en coûter. Camille se souvenait encore des menaces de guerres lorsqu'il était enfant, à l'instant même où Andy et sa famille étaient partis de France, le gouvernement des sorciers russes avait voulu les attaquer. Au retour de Katerina, les menaces de guerre s'étaient de nouveau envolées.

-Elle a souffert, dit Camille. Vous saviez et vous n'avez rien fait.

-Nous savions, Maxence et moi. Delphine n'en sait pas la moitié, elle ne voulait pas savoir. Elle ne supporte pas l'idée que sa sœur soit morte, alors que sa sœur ait pu être transformée en une créature magique...

La voix d'Anatole s'éteint. Il resta un instant silencieux, Camille l'entendit renifler, incapable de savoir s'il pleurait ou s'il était incommodé par les pollens ambiants.

-Lavrenty a retrouvé le corps de son fils, annonça Anatole. Il est parti le chercher. Il savait où trouver leur maison. Il n'a pas voulu faire enterrer Andy, officiellement.

-Pourquoi ? C'est cruel pour...

-Parce qu'il aurait fallu expliquer l'état de son corps. Dire ce qu'était devenue Solange. Personne n'aurait pu le supporter. Ce qu'il reste d'Andy est dans la crypte familiale en Russie. Il se peut qu'un jour Lavrenty en parle à Katerina. J'ai des doutes là-dessus. En tout cas, pas pour le moment.

Camille ne supportait pas l'idée que l'on puisse laisser Katerina dans l'ignorance. Elle méritait de savoir. Elle vénérait son père depuis toujours. Elle aurait un endroit où le pleurer, et où lui rendre hommage. Camille renonça à en discuter avec Anatole.

-Et Solange ? questionna Camille. On a retrouvé Solange ?

-Non, pas officiellement. Lavrenty assure qu'il ignore où elle se trouve. Peut-être pourrit-elle dans un coin, peut-être était-elle chez son maître.

-Vous n'y croyez pas.

-Je sais qu'il l'a trouvé. Un homme comme Lavrenty ignorait où trouver une créature dangereuse comme un nécromant, tu peux y croire, toi ? demanda Anatole.

Camille accepta cette explication. D'accord, Lavrenty avait retrouvé Andy et l'avait enterré dans le plus grand secret pour protéger la réputation de Solange, pour protéger les gens de la panique aussi, sûrement, les Barthély étaient très appréciés. Pourquoi cependant, ne pas avoir parlé du nécromancien ? Il était dangereux cet homme-là, il pouvait recommencer et faire pire encore.

-Tu as entendu parler du massacre des nécromanciens ? interrogea Anatole, toujours le nez dans les étoiles.

-Oui, en Russie, il y a une dizaine d'années. Oh ! s'exclama-t-il. Lavrenty a fait chasser les nécromanciens de Russie. C'est vrai qu'ils ont toujours été bien accueillis là-bas.

-Des siècles d'accords entre les sorciers russes et la guilde des nécromanciens, balayés du jour au lendemain, dit Anatole, avec un geste de la main. Ce n'est pas juste les nécromanciens qu'il a expulsés, mais une bonne partie de leur économie. Un homme comme Lavrenty n'aurait jamais pris le risque de faire crouler son pays sans une bonne raison.

Anatole avait raison. Camille regrettait de ne pas avoir fait le rapprochement de lui-même. Rester à savoir si Lavrenty avait trouvé le nécromancien en question et s'il pourrissait dans l'une des atroces prisons sans nom dont les sorciers russes avaient le secret.

-Il y a autre chose, dit Camille. Lorsqu'elle me raconte ses rêves, elle parle de neige, de froid, elle dit qu'il neigeait beaucoup, qu'il faisait froid. Ça ne colle pas, ils sont morts en été.

-On ne sait pas, Camille. On ne sait pas quand ils sont morts. Mise à part Lavrenty, personne n'a vu l'état du corps d'Andy. Il n'a pas voulu nous laisser voir. Rien n'exclut que Katerina soit restée des semaines, ou des mois, toute seule, là-bas. Elle n'a aucune idée de la date à laquelle ils ont pu être assassinés. Elle ne se souvient pas de ce qu'elle a fait entre le moment où ils sont morts et celui où elle est arrivée ici. Elle ne se rappelait pas il y a dix ans.

Camille chancela sous le coup de l'émotion. Il tomba assis sur le banc, les bras le long du corps. Il n'en croyait pas ses oreilles. Il lui avait toujours semblé que la mort des Barthély avait eu lieu la veille du retour de Katerina, un trente août.

Anatole marqua une pause. Camille s'efforçait de comprendre ce qu'on venait de lui dire, mais il n'y arrivait pas. Il n'imaginait pas une si jeune enfant restée seule durant des semaines en compagnie d'un cadavre, sans personne pour s'occuper d'elle.

-Il est revenu, annonça Anatole d'une voix morte. Il s'appelle Basileus. Il est en France quelque part, à rassembler une armée. On essaie de l'arrêter, mais il est bien plus malin et puissant qu'on ne le pensait. Katerina l'ignore. Elle ne doit pas savoir pour le moment. Ce qu'elle ignore également, c'est qu'à la rentrée, il y aura quelques petits changements. Hurvin pense que c'est ce qu'il y a de mieux à faire, Delphine n'est pas de cet avis, mais il en va de la vie de Katerina. »

Camille écouta, médusé, ce qu'Anatole avait à lui révéler. Il resta assis bien après le départ d'Anatole, les bras ballants les yeux hagards avec la terrible sensation qu'un malheur allait lui tomber dessus. Il dut jurer de ne rien dire à Katerina. Il devait garder le secret, pour ne pas l'inquiéter. Il comprenait mieux à présent pourquoi Anatole tenait tant à ce qu'il reste auprès d'elle durant les vacances.

Chapitre 3 : Katerina

Katerina ne voulait pas aller dans la même classe que Camille. Lorsque sa tante lui avait annoncé qu'elle n'avait pas le choix, que ce n'était pas à elle de décider, Katerina avait hurlé, tapé du pied, crié et cassé le vase de la cuisine, qui s'était réparé de lui-même. Pas moyen d'y couper, elle devait changer de classe, tous les professeurs s'accordaient à dire qu'elle n'avait pas sa place en cycle 5 qu'elle était bien trop douée pour rester à s'ennuyer dans leur classe. Katerina avait imploré sa tante, si elle quittait sa classe, elle quitterait Willa et ses quelques amies. Katerina savait bien que jamais elle ne se ferait d'autres amis, surtout dans la même classe que Mélinda la garce. Katerina avait fini par céder à la seule condition qu'elle puisse suivre le cours de magie noire du professeur Hurvin.

À présent, elle attendait dans le couloir circulaire du septième étage, de la tour du Coven, que le fameux Sébastien Hurvin n'arrive pour assurer le premier cours de l'année. Camille refusait de lui adresser la parole. Il minaudait en compagnie de Mélinda. Katerina en avait la nausée de les voir enlacés. Katerina restait aussi loin que possible des autres élèves. Ils parlaient d'elle à voix basse, marmonnant qu'elle n'avait rien à faire là et se demandant justement pourquoi elle se trouvait là. Certains pensaient qu'elle devait avoir quelque chose à dire au professeur Hurvin, d'autres qu'elle s'était perdue et certains estimaient qu'elle ne pouvait être que punie pour se trouver là. Sauf qu'ils ignoraient ce qui lui avait valu une telle punition le premier jour de classe à dix heures du matin.

La tour du Coven était l'école des sorciers, elle s'érigeait là depuis une époque si reculée que pour tous, le Coven existait depuis la nuit des temps. Il y avait toujours eu une école de magie à cet endroit, même avant qu'il n'existe des écoles de magie. Les sorciers se réunissaient ici pour transmettre leur savoir, au tout début de façon orale, puis il y avait eu les livres de magie, des livres clandestins. Durant des siècles, les sorciers avaient été persécutés et il fallait être discret. À présent, les humains préféraient ignorer l'existence des sorciers et mettre cela sur le compte de légendes ou de fantasmes religieux.

Haute de dix étages et de deux sous-sols, le Coven était la plus haute tour de magie du monde, elle n'était pas l'école la plus réputée pour ses enseignements, mais de nombreux sorciers importants y avaient étudié ce qui faisait d'elle une école en vue. La répartition des élèves se faisait en cycle d'études de deux à trois ans. Il y avait les cinq premiers cycles obligatoires, de trois à seize ans, puis les autres cycles de formations plus spécialisés, les cycles six à neuf. Il était très rare que des sorciers aillent au-delà du cycle neuf, dans certaines écoles on pouvait aller jusqu'au treizième et dernier cycle d'étude, mais pas ici.

La tour était en pierre, de différents styles architecturaux qui s'étalaient de l'architecture néo-gothique au style Art déco des années 1920. Puisque la tour était ronde, les salles de classe s'alignaient le long de deux couloirs. Un couloir externe depuis lequel on pouvait admirer le paysage et un second couloir interne qui permettait d'accéder à la bibliothèque de l'étage. Chaque cycle d'études possédait son propre étage et sa propre bibliothèque. Il était formellement interdit à des élèves de cycles inférieurs d'accéder aux bibliothèques des cycles supérieurs. À chaque étage, il y avait des panneaux d'affichage magiques et des alcôves dans les murs pour s'y reposer et discuter, le tout très confortable. Des sphères de lumières blanches flottaient dans les couloirs. Les élèves à partir du cycle trois étaient autorisés à avoir leur propre réceptacle magique, mais uniquement à l'école. Les élèves à partir des cycles cinq pouvaient rapporter leur propre réceptacle magique à la maison. Aucun élève de l'école n'était autorisé avant le cycle huit à posséder un autre réceptacle magique qu'une pierre, sauf pour les cours de cette matière et uniquement à la discrétion du professeur. Katerina rêvait de posséder son propre athamé, une longue lame magique, une dague en or blanc incrustée de saphirs. Elle en rêvait depuis toute petite. Enfant, elle avait le droit de se servir de l'athamé de son père, mais une fois chez sa tante tout cela avait été terminé. Il avait fallu respecter les traditions de l'école.

Le professeur Hurvin apparut dans le couloir, une tasse de café dans la main, un tas de feuilles dans l'autre et son paquet de cigarettes coincé entre son menton et sa poitrine, le jeu de clés de l'école entre les lèvres. Le professeur Hurvin était presque aussi légendaire que Katerina. Personne ne savait au juste ce qu'il avait fait entre vingt et vingt-huit ans dans l'est, mais tous savaient qu'il n'en était pas revenu tout à fait indemne. On le disait fou, on le proclamait génie. Il effrayait autant qu'il fascinait. Du reste, le professeur ressemblait à un homme dans la quarantaine, alors qu'il entrait à peine dans la trentaine. Ses cheveux châtains grisonnaient sur les tempes, ses yeux bleus étaient cernés et ridés, il paraissait à la fois épuisé et plein de vie. Il n'en était pas moins charmant, séduisant, charmeur et grand sorcier. Il s'arrêta devant la porte de sa salle de classe, agita les lèvres au bout desquelles pendaient les clés qui cliquetèrent, une fille aux cheveux fort courts s'en saisit et ouvrit la porte d'un geste amusé. Un garçon jura qu'il n'était pas un pro de l'organisation.

« -Non, mais je sais très bien faire disparaître les petits imbéciles, assura le professeur, déclenchant une vague d'hilarité.

D'un signe de tête, il les encouragea à entrer. Katerina s'engouffra dans la vague pour ne pas rester la dernière et se faire plus remarquer encore, c'était sans compter sur le professeur de magie qui l'arrêta avant qu'elle ne franchisse le seuil.

-Elle a accepté finalement, remarqua le professeur.

Katerina haussa les épaules. Sébastien Hurvin lui demanda de rester près de la porte, Katerina sentit un poids immense lui tomber sur les épaules. Elle pouvait déjà entendre les moqueries de Mélinda et de ses amies, qui assuraient à leurs voisins de table que Katerina allait suivre leurs cours, qu'elle n'était qu'une enfant et que ce serait sûrement amusant de la voir échouer. Lorsque le dernier élève s'installa, il ne restait plus aucune place assise pour Katerina. L'enseignant monta sur l'estrade, déposa son paquet de cigarettes sur le bureau, son café et son tas de copie, puis il s'adressa aux élèves, d'une voix claire et assurée.

-Bien, comme vous pouvez le voir, nous avons une nouvelle élève.

Katerina s'avança d'un pas mal assuré. Mélinda ricanait en la dévisageant.

-Sans déc, on nous envoie une gamine ? demanda un garçon au fond de la classe.

-Sans déc, Hector, on nous envoie une gamine, répliqua-t-il, avec un demi-sourire.

Katerina croisa les bras, pressée d'avoir une place assise et de se fondre dans la masse. Elle avait su que tout ceci lui causerait des problèmes. À présent, elle ne pouvait plus faire machine arrière et retourner en cycle cinq. Elle était assez puissante et douée en magie pour suivre les cours de Camille, elle le savait. Depuis quatre ans, elle l'aidait à préparer des potions, à réviser sa magie et à apprendre des sortilèges, elle pouvait le faire.

-De toute manière, d'ici deux jours, ils se rendront compte qu'ils ont fait une erreur, assura Mélinda. Elle est tellement... jeune qu'elle n'arrivera jamais à avoir notre niveau.

Ses amies gloussèrent en cœur. Le professeur les fit taire d'un geste de la main. Il ne voulait pas de ce genre de comportement dans sa classe. Il claqua des doigts, une table et une chaise apparurent dans le fond de la classe. Katerina se dirigea vers elle, mais il l'arrêta. Il voulait que Mélinda aille à sa place. Il ajouta que ses résultats aux derniers examens étaient pitoyables et que sa nouvelle place l'attendait. Cela n'améliorerait pas le ressentiment de Mélinda à l'intention de Katerina.

Mélinda rejeta en arrière ses longs cheveux, foudroya le professeur Hurvin du regard. Le professeur de magie noire expliqua que dans sa classe les mauvais élèves se retrouvaient toujours placés au fond et les bons au premier rang, par souci de logique. Katerina estimait ce procédé fort désagréable, mais elle évita d'en faire la remarque, pendant qu'elle prenait place à la table qu'occupait Mélinda auparavant.

Le cours du professeur Hurvin était dynamique, et les trois heures passèrent bien plus vite qu'elle ne l'aurait cru. Il assurait que la magie noire n'était pas mauvaise, qu'il s'agissait d'une conception. Katerina buvait ses paroles, les autres se contentaient de hocher la tête comme s'ils avaient déjà entendu ce discours, ce qui devait être le cas. Sébastien Hurvin assura également que les plus anciens sortilèges de magie étaient considérés comme des sorts noirs. Il s'empara de son athamé, l'agita en prononçant quelques mots que personne ne put entendre, aussitôt une vingtaine de petits papillons s'envolèrent autour du professeur, avant de s'élevaient jusqu'aux élèves. Katerina observa les papillons multicolores battre des ailes. C'était magnifique.

-En quoi des papillons seraient-ils dangereux ? C'est une question qui a été posée au premier magistrat Rolland, il y a soixante-dix-neuf ans. Il n'a rien trouvé de mieux à répondre que l'ancienne magie était bien trop dangereuse pour les nouvelles générations et qu'il fallait protéger la jeunesse des méfaits de la magie ancestrale. Depuis, aucun magistrat n'a estimé qu'il était utile de revenir sur ce décret et malheureusement, beaucoup de sorts anciens ont tout simplement disparu. Ce semestre, nous étudierons les sortilèges anciens.

-En espérant que personne n'aille cafter ! Pas vrai, Dellait ?

-Ce n'est pas moi, assura Camille, sans même se tourner en direction de l'élève accusateur. Peut-être que si le professeur Hurvin cessait de papoter avec le second magistrat Vincent, il aurait moins d'ennuis.

-Le second magistrat Vincent est un mage noir, il n'irait jamais trahir le professeur, assura une fille au premier rang avec de longues boucles rousse.

-Ce n'est pas un mage noir, c'était son travail de traquer les mages noirs, répliqua une autre fille assise au deuxième rang. »

Le débat s'amplifia et une moitié de classe affrontait l'autre, pendant qu'Hurvin buvait son café, une cigarette dans l'autre main, silencieux et observateur. S'il pratiquait des cours de cette manière, il n'était pas étonnant qu'il soit aussi populaire. Katerina se demanda si tous les cours des cycles 7 se déroulaient de cette façon ou si les autres professeurs exerçaient réellement leur travail.

À la fin du cours, Hurvin retient Katerina pour lui parler d'heures de cours supplémentaires pour elle, elle avait besoin d'une nette remise à niveau en magie. Le rendez-vous fut pris pour le jeudi soir. Tous les jeudis soir, elle aurait le droit à un cours particulier. Elle ne savait si elle devait en être heureuse ou désespérée.

Après la pause déjeuner, Katerina rejoignit Camille et une partie de la classe pour le cours de divination générale. Elle avait déjà assisté à plusieurs cours de divination dans ses autres classes, mais elle n'avait jamais accordé beaucoup de crédit à ce genre de pratique. Elle s'étonnait, d'ailleurs, de voir Camille y participer, lui pourtant si sceptique, incapable de croire en la grande Déesse, c'était surprenant de le trouver là.

« -Deux heures par semaine, pour avoir quinze de moyenne, avec un coef quatre ce n'est pas si mal, expliqua le rouquin, agacé que Katerina puisse lui poser la question.

-Et Mélinda ?

-Elle suit les cours de manière assidue, elle n'a pas les mêmes horaires.

Katerina sourit au moins elle n'aurait pas à supporter Mélinda durant ce cours-là, ce qui n'était pas si mal. Et puisque deux cours par semaine lui fallait une bonne note, elle pourrait suivre le cours sans trop de difficulté. La divination ne devait pas être une science si complexe.

La professeure de divination était une sorcière grande et maigre, aux cheveux frisés et aux yeux globuleux, vêtue d'un tailleur blanc immaculé. Elle les observa attentivement, ils n'étaient que huit, comparé à la vingtaine d'élèves du professeur Hurvin cela faisait peu. Katerina remarqua qu'aucune des amies de Mélinda ne se trouvait là, elles aussi devaient suivre les cours de divination en matière principale, ce qui était une chance. Personne ne pourrait raconter à Mélinda à quel point Katerina pouvait se montrer mauvaise voyante.

-Ah oui, la Barthély, dit la professeure.

Katerina serra les dents, mieux fallait ne pas répliquer. La professeure expliqua qu'il fallait l'appelait Maud, car tel était son prénom et l'usage chez les professeurs de divination. Katerina se jura qu'un jour, elle l'appellerait La Maud pour voir si elle appréciait. Une fois à l'intérieur de la salle de classe, dont les tables individuelles avaient été remplacées par des tables rondes recouvertes de nappes colorées et des fauteuils de couleurs, la professeure leur demanda de se mettre par groupes de quatre. Camille s'installa en compagnie d'un couple et Katerina lui emboîta le pas, puisqu'ils étaient huit et que les quatre autres étaient déjà assis. Des jeux de tarot apparurent sur les tables, chaque élève s'empara d'un jeu et commença à battre les cartes. Katerina les imita sans savoir pourquoi elle le faisait. Quelques instants seulement après s'être emparée des cartes, Maud poussa un cri strident. Sous le choc, Katerina renversa la moitié de son paquet sur le sol. Par magie, les cartes revinrent se mettre dans sur la table.

-Sacrilège, dit la professeure. Que va dire la Grande Déesse ?

-Elle s'en moque la grande Déesse, marmonna Katerina tout bas.

-Les cartes sont le symbole de la Déesse, petite Barthély. Il faut y prendre grand soin.

Katerina serra les dents, encore une fois, elle n'était pas très grande, mais de là à la traiter de petite, il y avait un monde. La professeure sortit son réceptacle magique, souffla dessus et les cartes s'envolèrent jusqu'à elle, elle se mit alors en tête de montrer en détail à Katerina comment battre les cartes de tarot. Elle faisait des mouvements lents, amples et souples. Elle expliqua qu'il fallait se concentrer, faire le vide et surtout, ne jamais faire tomber la moindre carte.

-Vous ne jouez pas à ces jeux de mécréants, dit la professeure. Ces jeux humains terriblement insultants.

-Les humains ne sont pas insultants, répliqua Katerina.

Maud la foudroya du regard. Camille se tapota la tempe, un geste que Katerina connaissait bien, c'était sa manière de lui manifester qu'il avait quelque chose à lui dire par le truchement de la pensée. C'était un secret entre eux, Katerina lisait les pensées et elle s'efforçait de le cacher. Même Willa n'était pas au courant, sa tante détestait même l'idée que Katerina puisse avoir un tel don magique, un signe selon la première magistrate que Katerina était damnée. Lire dans les pensées était l'un des dons magiques les plus rares. Katerina pouvait également guérir par le toucher, rien à voir avec un quelconque miracle, seulement sa magie était si puissante qu'elle n'avait pas besoin de réceptacle magique.

-*Elle est raciste,* lui dit Camille. *Elle déteste tout ce qui n'est pas magique, divin même.*

-*Je n'en savais rien,* répondit Katerina.

-*Je croyais que tu lisais dans les pensées.*

-*Très drôle,* répliqua-t-elle.

-Tirez une carte, tous. Elle représentera votre journée.

Katerina tira une carte que lui présentait la professeure. Puis il fallut tirer une seconde qui représenterait la semaine, puis une autre, signifiant le mois, puis trois autres, une pour chaque semestre et la dernière représenterait l'année scolaire. Puis elle passa dans les rangs, observa attentivement chaque carte tirée.

-Bien. J'ai de très mauvaises nouvelles pour vous tous, annonça la professeure. D'abord, faites votre propre interprétation. Vous avez une heure.

Camille et les autres sortirent leur livre de divination, Katerina n'en ayant pas elle devrait partager avec Camille, qui refusa tout bonnement parce qu'il ne voulait pas perdre son temps. Alcidie la blonde dont les cheveux blonds bouclés dégager une forte odeur de fleur se proposa de l'aider.

-Vous n'avez pas vos affaires, Katie ?

-Katerina, corrigea-t-elle, agacée.

-Pardon ?

-Katerina, je m'appelle Katerina, pas Katie, si mes parents avaient voulu m'appeler Katie, ils l'auraient fait.

-Ah oui ces étrangers toujours révoltés.

-Vous verrez lorsque l'étrangère aura fait envahir votre pays avec son armée, bougonna Katerina, déclenchant l'hilarité des élèves. Et qu'elle vous aura tous réduit en miettes.

-*Arrête ça, o*rdonna Camille. *Tu vas trop loin.*

-Vous êtes exactement comme votre père, assura la professeure avec dégoût. Vous êtes une personne répugnante, dégoulinante de prétention et de supériorité. Ah, vous avez de l'argent, mais aucune modestie. Vous savez ce que deviennent les gens comme vous ?

-Des mages noirs ? proposa Katerina, alors que l'ambiance devenait si tendue que même Camille parut le remarquer.

-Alors c'est une chance que vous allez mourir avant la fin de l'année scolaire.

Katerina fronça les sourcils, la professeure observait les cartes avec amusement. C'est donc l'interprétation qu'elle en avait. Katerina ne le croyait pas, les devins imaginaient toujours le pire. Katerina termina sa prédiction en silence, l'atmosphère était tendue, mais le couple à sa table paraissait se réjouir qu'elle ait le courage de tenir tête à Maud l'implacable.

-Hurvin peut être froid et cynique, mais il n'est pas injuste. Cette bonne femme est mauvaise, assura Guillaume, le grand gaillard musclé, à voix basse pour que la professeure ne les entende pas.

-Un jour, elle a refusé une élève en lui assurant qu'elle avait du sang de vampire dans les veines. Tu te souviens ? demanda Alcidie à Camille, qui se contenta de lever les yeux au plafond. Elle est morte lorsqu'elle a appris que c'était vrai, elle s'est suicidée, pourtant ça faisait quatre générations qu'ils étaient sorciers dans sa famille.

-Elle avait les cheveux presque blancs et les yeux bleus, assura Camille, dans un chuchotis. N'importe qui aurait pu la prendre pour une vampire. Et elle n'est pas morte, elle est juste partie.

-Avant, on était obligé de suivre son cours dès le cycle 1, mais Aimias, lorsqu'il est devenu directeur, a fait changer ça, parce que c'était vraiment trop déprimant pour les petits, surtout avec elle.

-Parce qu'il n'avait pas de quoi la payer, corrigea Camille toujours aussi pragmatique, en évitant une sphère de lumière qui avancer dans sa direction. Et qu'il a fait virer les deux autres professeurs de divination.

-Quel âge elle a ? Aimias est directeur depuis douze ans, remarqua Katerina.

-Assez pour avoir été dans la même classe que ton père et qu'Anatole, dit Camille. Anatole m'a dit qu'elle était sympa, avant.

Camille ne savait ce qu'avant signifiait. Il n'avait pas jugé utile d'interroger Anatole à ce sujet. Camille ne jugeait jamais utile de se tenir informé des potins. Katerina devrait le demander elle-même à Anatole, si elle y pensait. Katerina observa la professeure par-dessus son épaule. Il lui semblait que Maud savait exactement de quoi ils discutaient. Maud regarda Katerina qui s'efforça de paraître naturelle. Elle ne l'aimait pas. Katerina savait lorsque les gens ne l'aimaient pas, et cette professeure lui ferait mener la vie dure, jusqu'à la fin de l'année.

-Bien. Camille, peux-tu ramasser les devoirs ? demanda Maud, avec un sourire factice. Nous allons voir ce que vous réserve cette année, dit-elle, en venant se placer près de leur table.

Elle se pencha sur Guillaume lui assura qu'il n'aurait pas son année encore une fois, cependant, il aurait l'opportunité de montrer de quoi il pouvait être capable et il aurait un emploi avant le mois de septembre prochain. Il ne lui en fallait pas plus pour le rendre heureux. Alcidie connaîtrait une période de crise et de doute, avant de finir par sombrer dans la dépression, ce à quoi elle ne croyait pas. Les élèves de l'autre groupe seraient morts d'ici la fin de l'année, tout comme Katerina, mais ils connaîtraient la douleur bien avant. Quant à Camille, on lui annonça qu'il irait en prison, qu'il affronterait les ténèbres, qu'il disparaîtrait et qu'il reviendrait en héros. Camille n'y croyait pas, mais il se contenta de paraître satisfait de son sort. Au moins, il survivrait à ce qui terrasserait les autres.

Un groupe d'élèves passèrent près d'eux en jetant des sortilèges de lévitation pour faire avancer leur épais sac de classe et leurs livres de bibliothèques. Katerina aurait bien aimé l'apprendre ce sortilège, il lui aurait facilité la vie, son sac de cours était déjà très lourd et elle ne possédait pas la moitié des livres que les professeurs demandaient d'avoir lu pour la fin de la semaine.

« -Et bien, l'avantage, c'est que je n'ai pas à me soucier d'avoir de bonnes notes cette année ! dit Katerina, en sortant de la salle de classe le dos courbaturer d'avoir passé aussi longtemps dans un fauteuil.

-Tu as intérêt à avoir de bonnes notes, maugréa Camille. Sinon, c'est à moi que ta tante fera payer.

-C'est sûrement pour cela que tu iras en prison, rit-elle. »

Le cours d'histoire de la magie était bien plus intéressant et reposant que les cours de divination. Le professeur Wery était un homme en fin de carrière connaissant son sujet sur le bout de ses longs ongles vernis. Il parlait d'une voix douce et claire. Il n'était ni ennuyeux, ni exalté. Il savait exactement où il voulait en venir et ce qu'il avait à leur enseigner. Il ne racontait que des anecdotes utiles à la compréhension des faits. Katerina appréciait ce professeur plus qu'elle ne l'aurait imaginé. Une craie écrivait toute seule les informations importantes au tableau et le professeur les regardait prendre des notes. Il inscrivait sur son petit carnet ceux qui prenaient des notes et ceux qui ne le faisaient pas. Katerina lut dans son esprit qu'il faisait cela pour se rappeler des élèves sérieux et des autres et qu'il en tenait compte lors de ses corrections. Elle se jura de prendre des notes de manière assidue.

Sa première journée avait été riche en émotion et s'était terminée avec joie. Mélinda ne suivait pas, non plus, les cours d'histoire de la magie. Katerina n'avait osé demander à Camille quels étaient les cours principaux de Mélinda. Elle savait que tous les élèves étaient obligés de suivre les cours de pratique de la magie, les mardis et les jeudis. Les autres cours étaient à leur choix. Comme Camille, Katerina avait choisi en cours principaux, histoire de la magie, droit de la magie et magie noire. Elle avait également choisi deux options comme Camille, la divination et l'histoire, mais elle avait pris un cours de magie noire en option. Elle se demandait si pendant ses cours en option, Hurvin leur faisait pratiquer la magie noire. Elle n'aurait pas à attendre bien longtemps pour le savoir. Le mardi était sa plus grosse journée, elle débutait dès huit heures avec les trois heures de pratique de la magie, puis elle enchaînait avec un cours d'histoire. Après une courte pause déjeuner, elle continuait avec le cours d'option du professeur Hurvin et achevait avec les cours de droit de la magie.

Durant son cours optionnel de magie noire, Hurvin les enfermait dans la bibliothèque du septième étage pour leur faire faire des recherches. Rien n'était plus mortellement ennuyeux que d'avoir le nez dans les bouquins durant une heure. Ils n'étaient que quatre à suivre le cours optionnel du professeur Hurvin et en dehors de Katerina, aucun ne suivait son cours magistral. Aussi se demanda-t-elle, si elle faisait bien de prendre cette option. Hurvin parvint à la convaincre qu'elle faisait le bon choix en restant dans ses rangs. Même au beau milieu de la bibliothèque, le professeur de magie noire fumait ses cigarettes et buvait du café, dans des tasses qui ne paraissaient jamais finir. Il observait ses élèves, tout en se balançant sur sa chaise, les pieds sur l'immense table d'acajou recouverte de cuir clouté. La bibliothécaire lui jetait des regards de braise. Elle le couvait des yeux sans même se cacher. Katerina en aurait pouffé si elle avait osé. Tous avaient raison. Hurvin était le professeur le plus étrange de toute l'école, et de loin, le plus cool.

Pour ce premier cours de l'année, il leur avait demandé de faire des recherches sur la grande Déesse et le Dieu Cornu. Katerina se demandait bien quel était le rapport entre la religion des sorciers et la magie noire. Elle déambula durant une grande partie de l'heure, à la recherche de livres et d'informations, mais elle manquait cruellement de pratique en matière de recherche dans une bibliothèque qui lui était inconnue. Elle n'avait jamais mis les pieds dans cette partie de l'école. Chaque étage correspondant à un cycle d'études, chaque centre de la tour était une bibliothèque et les livres qui s'y trouvaient étaient réservés aux élèves de ces cycles. Or, Katerina n'avait jamais eu l'occasion de mettre les pieds dans la bibliothèque des cycles sept. Se repérer était bien plus difficile qu'elle ne l'imaginait et les autres élèves étaient bien plus doués qu'elle en matière de recherche. Avant la fin de l'heure, ils avaient tous démarré la rédaction de leur devoir pour la semaine suivante. Elle sut en sortant de la bibliothèque pour rejoindre son cours suivant qu'elle ne parviendrait jamais à rattraper son retard.

Elle croisa Camille devant la double porte de la bibliothèque. Il discutait avec Alcidie, qui ce jour-là portait une robe violette et des fleurs piquées dans son chignon. Elle semblait loin des préoccupations esthétiques des autres filles de la classe. Katerina l'appréciait pour cela. Avant qu'elle ne les atteigne, Camille avançait déjà dans sa direction. Il saurait comment l'aider à rattraper son retard, alors elle s'arrêta à sa hauteur pour lui expliquer son désespoir.

« -Demande au professeur Hurvin ce que tu dois faire.

-Si je lui demande, il va penser que je n'ai pas le niveau, protesta Katerina.

-Alors demande à Anatole de lui demander ce que tu dois faire, répliqua Camille. Je ne peux pas t'aider, je n'ai pas le temps.

-Tu as Mélinda, j'oubliais, maugréa Katerina en lui tournant les talons. »

Il n'en avait toujours que pour sa Mélinda. Camille devenait insupportable depuis qu'il sortait avec cette fille. Il fallait que cela change. Avant, il aurait tout fait pour l'aider.

Chapitre 4 : Camille

Camille s'assura que sa cravate et ses cheveux étaient en place. Il boutonna sa veste et s'avança dans le grand restaurant. Il se sentait bien plus à l'aise dans le monde des humains, sans magie, que dans son propre monde. Pourtant le monde des humains lui semblait insupportablement lent. Il fallait se déplacer par voiture, ou bus, et non par miroir de transport. Les miroirs de transports étaient nettement plus rapides et pouvaient vous emmener partout, là où vous le souhaitiez.

Le maître d'hôtel le gratifia d'un long regard empli de doutes. Camille se sentait d'ores et déjà comme un chien dans un jeu de quilles. Il regrettait d'avoir accepté l'invitation de Mélinda. Camille demanda la table des Wagon, le maître d'hôtel ne put s'empêcher de faire une remarque déplacée que Camille ignora. Camille n'avait pas l'habitude du luxe et de l'argent. Il était pauvre, toute sa famille avait toujours été pauvre. Même s'il vivait depuis quatre ans chez les Miller, il ne s'était pas habitué à l'argent. Essentiellement parce que les Miller vivaient certes dans une belle maison, mais sans grand train de vie. Ils étaient des gens simples, rien à voir avec les Wagnon.

Camille n'aurait pas eu besoin qu'on l'accompagne jusqu'à sa table. Mélinda riait en compagnie de ses parents, d'un homme à peine plus âgé que Camille et d'une femme charmante, mais bien plus réservée que Mélinda et surtout plus charmante. Lorsque Mélinda riait, on l'entendait. Son rire avait tout du rire hystérique et peu communicatif.

« -Où est-ce que tu étais ? s'écria Mélinda, avec son tact habituel, couvrant le bruit de conversation des clients et des couverts.

Camille s'excusa, par habitude. Avec Mélinda, il devait constamment s'excuser d'être en retard, de travailler, d'avoir des devoirs et de vouloir passer du temps un peu seul et non constamment à ses côtés. Mélinda ne supportait pas qu'il puisse avoir une vie en dehors d'elle. Camille, justement, ne supportait pas de ne pas avoir de liberté. Il avait été assez longtemps privé de liberté lorsqu'il était enfant, à présent qu'il était adulte, il comptait bien en profiter.

-Tu ne peux pas dire que c'est un travail, elle ne te paie même pas convenablement, assura Mélinda.

Delphine payait mal, cependant, elle assurait ses frais de scolarité, elle le nourrissait, l'hébergeait, et avant que Mélinda n'apparaisse jamais Camille ne s'était senti exploité. Au contraire, il s'était toujours senti reconnaissant d'avoir cet emploi.

-C'est l'expérience qui compte dans ce métier, pas vrai, Camille ?

Camille acquiesça. L'homme assis en face de lui, Camille ne le connaissait que par ouï-dire et par les photographies dans les journaux. William Andrew Théophilus Argus Gordon douzième du nom, député sorcier britannique, avait à peine vingt-neuf ans, un sourire travaillé, des cheveux impeccables et un costume hors de prix. Camille lui trouvait l'air d'un faussaire, sans trop savoir pourquoi. William Gordon défendait les droits des créatures magiques, principalement des vampires. Il assurait qu'il fallait leur faire des dons de magie pour lutter contre le trafic de magie et de sorciers. Camille approuvait. Mélinda, en revanche, désapprouvait grandement : elle n'estimait pas nécessaire d'accorder des droits ou de la magie à des créatures aussi immondes. Sauf qu'elle ne se dérangeait pas pour prétendre le contraire à l'école. Essentiellement pour mettre les autres en colère. Mélinda était du genre versatile et capable de retourner sa veste avec une rapidité si déconcertante que personne ne pouvait comprendre.

-Tu imagines ? Et puis quoi encore ? Leur permettre d'aller à l'école, comme nous ? C'est révoltant.

-Selon toi, ce n'est pas révoltant que des vampires puissent voler la magie des sorciers ? demanda sa sœur.

-Ce ne sont que des foutaises, assura Mélinda.

Manon Gordon se pencha plus en avant sur la table pour que les autres clients ne l'entendent pas. Mélinda avait au moins la décence de parler bas sur ce sujet. Les humains autour d'eux n'avaient pas besoin de savoir.

-Des vampires enlèvent des femmes et les violent pour qu'elles mettent au monde des enfants dont ils se servent comme réserve magique. Mel, ouvre les yeux, les vampires...

-Sont dangereux, assura Mélinda. Il faut les tuer.

-Non, pas les tuer, objecta Manon. Il faut les aider et il est de notre devoir de le faire. Nous avons pris le pouvoir, mais...

-Parce que nous sommes les plus forts, assura Mélinda.

-Certains nettement plus que d'autres, intervint Camille.

-Si tu penses à la Barthély, laisse-moi te dire que tu fourres le doigt dans l'œil.

-La Barthély ? Comme tu y vas, chérie, dit la mère, qui n'avait rien dit depuis le début du repas.

Le père se contentait de boire et de manger sans même se soucier d'eux. Camille ne l'avait pas vu lever le nez de son assiette, pas même pour le saluer. Il les trouvait étranges, mais le moment était mal venu pour les juger. Ils se rencontraient pour la première fois, et il y avait un certain malaise qui ne permettait pas de parler avec sérénité.

Le reste du repas se déroula si mal que Camille crut que le maître d'hôtel allait les jeter dehors. Le père de Mélinda étant passablement ivre, il sortit du restaurant en titubant, renversa un pot de fleurs qu'il prit pour une dame et entra dans la porte vitrée sans même s'en rendre compte. Madame Wagon salua le maître d'hôtel d'une révérence des plus inappropriées et le paya en bonbons qu'elle extirpa de son sac à main. Les deux sœurs sortirent les premières, prêtent à en découdre l'une avec l'autre, puisqu'elles ne parvenaient pas à se mettre d'accord sur un sujet ou un autre. Camille et William se retrouvèrent à payer la note. Camille remercia secrètement la générosité d'Anatole, sans cela, il n'aurait jamais pu payer le moindre verre d'eau dans un établissement pareil.

-Tu tiens vraiment à faire de la politique ? lança William.

Camille observa Mélinda et sa sœur sur le trottoir.

-Elles ne risqueraient pas à la magie devant les humains. Manon n'est pas aussi stupide.

Camille ne sut s'il devait pour autant en être soulagé. William l'entraîna à l'écart, sur une banquette qui servait de lieu d'attente.

-L'important dans la politique, c'est de se faire des alliés, de puissants et solides alliés, affirma William, une main posée sur l'épaule de Camille. Trouve des gens de confiance, qui partagent tes opinions. J'ai quelques amis vampires que j'aimerais te présenter, Ernesto surtout, il est formidable. Si tu veux défendre leur cause, il te faut des amis parmi eux, ils n'ouvrent pas facilement leur porte. Si tu veux, je pourrai te trouver une place, assura-t-il, en serrant la main sur son épaule.

Camille détesta ce contact. Il n'aimait pas qu'on le touche, qu'on le traite comme s'il n'était qu'un imbécile. Il se sentait imbécile en compagnie de William Gordon.

-En Angleterre ? Merci, mais non merci. Ma place est ici.

Camille n'avait jamais imaginé partir de son pays, pas même pour travailler avec les plus grands sorciers du monde magique. Il aimait le pays dans lequel il était né. Il en aimait l'histoire, la culture, la population, et même s'il n'avait pas toujours été heureux, il appréciait ce qu'il possédait. Il appréciait surtout de pouvoir vivre aux côtés de Katerina. Il n'imaginait pas partir loin d'elle. Il en souffrirait trop.

-Ah oui ? demanda Gordon, en croisant les bras, un petit sourire aux lèvres. Et qu'est-ce qui te retient ici ? Mélinda ? Tes études ? Ta famille ?

-Mon travail, répondit Camille, avec aplomb déclenchant l'hilarité de William Gordon.

-Tu n'es qu'un simple secrétaire, s'amusa le député. Ton travail n'est pas un travail, c'est de la mascarade.

-Je suis secrétaire de la première magistrate Miller, ce n'est pas de la mascarade, corrigea Camille, avec emphase.

-Que fais-tu au juste ? Tu réponds à son courrier ? Tu lui fais son café ?

-Je gère son planning, son budget, j'...

Camille s'arrêta là. Il n'avait pas à répondre à ce genre de questions, s'il en disait trop, il aurait des ennuis, et mieux fallait ne pas trop en dire à un député britannique.

-Je fais surtout le café et je classe le courrier.

William éclata de rire. Camille serra les poings. Il n'aimait pas être traité de la sorte. Pourtant, le député était un homme important, et il ne fallait pas le mettre en colère. Il n'était pas le genre d'homme à supporter d'être insulté.

-J'ai plusieurs très bons alliés, assura William, après avoir repris son sérieux. D'excellents même. Tu ne resteras qu'un simple gratte-papier dans ce pays, tu vaux mieux que ça.

-Je serai premier magistrat ! dit Camille sans se départir de sa modestie habituelle. J'ai le meilleur allié qui puisse exister, et je sais que je peux faire de grandes choses.

-Tu es un Dellait, répliqua Gordon. Un Dellait, ce qui signifie que la moitié du monde magique préférait avoir à sa tête un vampire qu'un membre de ta famille, et que l'autre moitié t'accepterait uniquement par pitié.

-Quand je serai magistrat, j'aurais un allié de taille.

-Le Japon ? Comme Miller certainement, ricana Gordon. Ils ne font peur à personne, à part leurs fantômes, je te l'accord. Ils sont effrayants leurs fantômes.

-La Russie, dit Camille, clouant le bec du douzième William Gordon. »

Camille allongea ses jambes près de la petite cheminée crépitante. Dans l'appartement de la dragonnerie que partageaient son frère Charles et son petit ami Marlvin Crownley, il régnait un froid glacial pour un mois de septembre, que même les flammes magiques ne parvenaient pas à réchauffer. Camille ne venait pas souvent en Russie. Camille était toujours malade durant les grands voyages en miroir de transport. Charles lui avait préparé une cafetière pour qu'il se remette. Il lui faudrait plus que du café et des petites douceurs pour que Camille se remette de son voyage. Il avait la nausée et il tremblait. Un jour, il finirait bien par s'habituer. Il le faudrait s'il voulait être Magistrat.

« -Tu lui as dit ça ? Genre, comme ça ? s'étonna Charles. Tu as assuré que tu avais l'appui de la Russie ? Tu es fou. Tu n'auras jamais un tel appui. Lavrenty te méprise et il déteste notre famille. Tu verrais comme il me regarde à chaque fois, j'ai la sensation d'être une bouse de dragon sous ses chaussons de velours.

Charles le dévisageait, ses yeux noisette écarquillés par la stupeur. Ses cheveux auburn lui tombaient devant les yeux, cachant la cicatrice qu'il portait sur la tempe droite, qu'il devait à une dispute avec William. Charles était le plus grand des Dellait, il était aussi plus musclé, mais avec des muscles plus fins et plus longs. Il avait hérité du nez large de leur père, mais des traits gracieux de leur mère.

-Je vais quitter Mélinda et dire à Katerina ce que je ressens pour elle, annonça Camille.

Charles le dévisageait avec des yeux ronds. Son aîné resta un long moment la bouche ouverte, muet et immobile avant d'appeler Marlvin. Le grand brun aux yeux bleus et au corps de statue apparut, une serviette autour de la taille, brosse à dents à la main, la bouche pleine de dentifrice.

-Il va quitter Mélinda, annonça Charles.

Marlvin Crownley, maître de la guilde des dragonniers, marmonna quelque chose qui pouvait être « félicitations », ou « enfin », mais Camille n'aurait su dire exactement. Camille se surprit à observer les muscles de Marlvin en regrettant de ne pas en avoir autant.

-Il va dire à Katerina qu'il l'aime.

Camille fronça les sourcils. Il aurait préféré que Charles ne dise rien à Marlvin. Camille ne savait trop comment, mais les Barthély et les Crownley étaient cousins. L'arbre généalogique des deux familles était si complexe qu'il aurait fallu une bonne douzaine d'ordinateurs humains pour y comprendre quelque chose. Marlvin cracha son dentifrice dans la tasse de Camille et ôta sa serviette pour s'essuyer la bouche, sans la moindre gêne.

-T'es sérieux ? interrogea Marlvin.

-Tu pourrais lui dire de s'habiller, marmonna Camille.

Marlvin éclata de rire et enroula de nouveau la serviette autour de sa taille. Le maître de la guilde n'était pas un pudique, il avait hérité de la famille Barthély le côté vulgaire et conquérant. Marlvin assurait que Camille n'aurait pas pu trouver de meilleures idées que d'exprimer ses sentiments, ajoutant qu'il valait mieux tard que jamais, et qu'avec un peu de chance, il se débrouillerait assez bien pour que Katerina reste avec lui. Marlvin tourna les talons pour rejoindre la salle de bains au bout du couloir. Lorsqu'il revient dans la pièce, Marlvin avait revêtu un jean, tenue dans laquelle il ne serait jamais sorti. Le maître de la guilde se devant de porter ses vêtements de guilde, la tenue rouge et noir, les bottes en cuir de dragon, la cape rouge et l'épée lige.

-Qu'est-ce que tu vas dire à Katerina ? interrogea Marlvin, tout en boutonna une chemise d'un blanc éclatant.

Camille n'en avait pas la moindre idée, il y réfléchissait depuis des années à ce qu'il pourrait lui dire, mais il n'avait jamais pu se mettre d'accord avec lui-même. Peut-être valait-il mieux qu'il avoue ses sentiments sans fioritures. La vérité toute simple valait peut-être mieux que les balivernes.

-À Mélinda, que vas-tu lui dire ? La vérité toute bête ? Ça ne fonctionnera pas avec elle. Je connais ce genre de filles, elles ne lâchent jamais une de leur proie. Et tu es une proie. Elle va te briser. »

Camille craignait en effet que Mélinda n'accepte la vérité, pourtant elle s'y ferait, une fille comme elle ne mettrait pas longtemps à l'oublier, Camille n'en doutait pas. Elle serait un peu blessée dans son orgueil, que pour de peu de temps.

Chapitre 5 : Katerina

Katerina poussa un hurlement strident, elle ne savait ce qui était le plus horrible. Découvrir Camille et Mélinda en pleine action ou que cela se déroule dans sa chambre. Mélinda lui hurla de sortir. Camille bredouilla quelques paroles incohérentes, que Katerina ne comprit pas. Sous le choc, Katerina jeta la boîte à bijoux sur le bureau en direction du couple misérable. Par la force magique qu'elle y mit, le coffret de bois atteignit Mélinda au front et la blessa. Katerina sortit en claquant la porte, sans même écouter les protestations du couple. Elle donna mentalement à Camille cinq minutes pour venir s'expliquer, où elle se jurait de faire un scandale. Pendant ce temps, elle alla se réfugier dans le bureau de sa tante. Elle resta longtemps debout, face à la porte les bras croisés, mais Camille ne vient pas. Elle les entendait dans la pièce d'à côté, terminant leur affaire. Dégoûtée, elle se jura de brûler son lit et de ne plus jamais dormir dans sa propre chambre. Elle détestait Camille. Si Willa était là, elle dirait que le sexe est tout à fait sain et naturel. Sauf que Willa ne lui adressait plus la parole, depuis le début de l'année scolaire. Katerina ne pourrait même pas s'en plaindre à son amie.

Katerina contourna le grand bureau encombré de sa tante pour s'asseoir sur son immense fauteuil. Attendre Camille devenait insupportable. Elle sentait son cœur se serrait dans sa poitrine, un vide étrange s'était formé à la place de son estomac. Elle pleura, incapable de retenir ses larmes. Il fallait qu'elle se rende à l'évidence Camille ne l'aimerait probablement jamais. Willa devait avoir raison, il valait mieux qu'elle l'oubli, qu'elle passe à autre chose. Si seulement son père vivait toujours, Camille n'aurait jamais osé faire une chose pareille. « *Tu ne vivrais pas ici, si papa était encore là,* pensa-t-elle, pleine de regrets. ». Katerina éclata en longs sanglots bruyants, les larmes silencieuses se changèrent en torrent. « *Ils sont morts à cause de moi,* se dit-elle. *C'est à cause de moi qu'il est venu.* » Personne ne pouvait la comprendre ni savoir ce qu'elle ressentait. Il lui semblait avoir perdu toutes les personnes à qui elle tenait le plus. Tout d'abord ses parents, son père notamment, puis son oncle Maxence qui l'aimait comme une fille, puis son cousin Thomas qui avait choisi de partir loin, récemment il y avait eu Willa qui refusait de lui adresser la parole, et maintenant elle perdait Camille. Elle n'avait plus personne à qui se confier. Katerina releva la tête, si, il y avait quelqu'un. Ces dernières semaines, Hurvin avait été comme un père pour elle, il l'avait aidé à maîtriser ses pouvoirs, à aller plus loin qu'elle n'était encore jamais allée. Il ne faisait pas cette distinction entre le bien et le mal, comme les autres. Il n'avait pas eu de peur lorsqu'elle lui avait dit qu'elle pouvait lire dans les pensées. Il l'avait même encouragée à le faire, il lui avait aussi promis de lui apprendre à fermer son esprit aux attaques des autres. Il lui apprenait à se protéger en créant des boucliers magiques. Katerinna s'essuya les yeux d'un revers de main et sortit du bureau. La maison, plongée dans les ténèbres et le silence, paraissait morte. La lumière brillait sous la porte de sa chambre. Camille ne manquait vraiment pas de culot. Il était resté dans sa chambre, en compagnie de Mélinda. Katerina n'avait aucune envie de retomber nez à nez avec eux. Elle referma la porte du bureau de sa tante et s'approcha du miroir de transport, situé près de la porte. Elle ignorait où habitait Hurvin, la magie saurait l'y conduire. À moins qu'il n'ait eu l'idée de protéger sa demeure par des charmes de dissimulations. Elle prit le risque de se perdre dans les dédales des miroirs magiques. « *Tu ne manqueras à personne, si tu ne reviens pas,* se dit-elle, en traversant la face lisse et froide qui ondula à son contact. »

Katerina frissonna sur le trottoir face à une maison mitoyenne de bonne taille, en brique, une construction de l'après-guerre, comme les humains aimaient à le dire. Le vent la faisait grelotter, le ventre vide, elle espérait que le professeur serait là, sans quoi elle n'aurait aucun moyen de rentrer chez elle. Elle n'avait même pas pris son réceptacle magique, qu'elle avait laissé dans son sac de classe. Elle regrettait de ne pas avoir pris de manteau lorsqu'une bourrasque lui fouetta le visage. Elle sonna. Au cœur de la nuit, la maison et le quartier étaient plongés dans le noir. Il ne fallut pas longtemps pour que la porte s'entrouvre. Katerina regarda à l'intérieur, elle ne voyait rien, elle poussa la porte, se demandant où se trouvait le professeur. Elle entra, probablement lui avait-il ouvert par la magie et allait-il descendre l'escalier que Katerina distinguait dans la pénombre.

Quelque chose se posa sur sa gorge, une lumière vive l'éblouit, la porte d'entrée claqua dans son dos.

« -Katerina. Par la Déesse ! Qu'est-ce que tu fais ici ? Est-ce que tu sais l'heure qu'il est ? s'offusqua l'homme, la lame toujours sur la gorge de Katerina.

Le professeur baissa son arme magique, il portait un jean et un maillot qui ne couvrait pas les marques noires de son torse et de ses bras. Katerina ne voulait pas savoir d'où elles venaient, elle se moquait bien de ce qu'il avait pu faire lorsqu'il était dans l'Est. Elle savait que les marques noires signifiaient que la magie avait laissé une trace dans l'âme du sorcier. Elle savait que la plupart des sorts noirs se répercutaient physiquement et moralement sur les sorciers et qu'il était très mal vu d'être marqué par la magie. Katerina se jeta dans ses bras et éclata en sanglots pour la seconde fois de la soirée. Camille l'avait trahi, elle était seule, personne ne l'aimait, personne ne la comprenait et si Hurvin ne la retenait pas, alors elle irait rejoindre ce maudit mage noir qui avait assassiné ses parents. Elle lui hurla si fort qu'il dut la prendre pour une hystérique. C'était certainement ce qu'elle était pour le moment.

-Allons, allons, dit Hurvin, tout en lui caressant les cheveux et l'épaule d'un geste tendre et familier. Ce ne pas peut-être si grave.

Katerina bredouilla quelques mots. Tout ce que semblait en comprendre le professeur fut le prénom de Camille.

-Qu'est-ce que monsieur Dellait a encore fait ? demanda-t-il, en l'entraînant dans le long couloir, jusqu'à une cuisine de bonne taille, plutôt vieillotte.

Katerina n'osa parler. Il la prendrait pour une fille idiote et naïve. Alors elle renonça à lui raconter, elle parla en revanche de ses parents. Hurvin lui avait dit que son père était son mentor. Ils s'étaient bien connus lorsqu'ils étaient au Coven, et même après que son père en soit parti. Andy l'avait aidé et soutenu lorsqu'il était jeune, et pour cela, Sébastien Hurvin lui en serait à jamais reconnaissant.

Dans un flot de paroles discontinues, Katerina avoua comment ses parents étaient morts, qui les avaient tués et pourquoi, une maudite histoire de clé. Hurvin préparait du chocolat chaud, penchait sur une casserole, il paraissait ne pas écouter.

-Il dit que je suis comme lui. Je devrais le rejoindre, dit-elle, plus pour elle que pour le professeur.

Lorsqu'il se retourna, le professeur était dangereusement pâle, comme s'il avait vu un fantôme japonais au fond de sa casserole. Il lui sourit, cependant son regard restait trouble, à moins que les larmes qui ne montaient aux yeux de l'adolescente n'y soient pour quelque chose.

-Rejoindre un nécromancien uniquement à cause de Monsieur Dellait n'est pas une bonne idée, dit-il, en servant le chocolat fumant dans de grandes tasses.

-Personne ne m'aime, les gens se moquent de moi. Ils disent que je suis une meurtrière.

Hurvin fouilla dans un placard, en extirpa un petit flacon de cannelle dont il saupoudra largement son chocolat chaud. Il fit de même avec celui de Katerina sans savoir si cela lui plaisait. Elle adorait la cannelle. Puis il se dirigea vers le freezer, prit une bouteille de vodka dont il se versa une dose généreuse dans chaque tasse. Il l'encouragea à boire, elle obtempéra avec crainte, mais le mélange était bien meilleur qu'elle ne l'eut pensé.

-Tu penses que tous ces gens ont raison ?

Katerina ne savait quoi répondre, elle aurait pu sauver ses parents si elle en avait eu le courage, au lieu de rester bêtement debout à attendre que le mage noir ne fasse son œuvre. Katerina parla de sa mère, avoua pour la seconde fois de son existence que le mage noir l'avait transformé en nécromant, parla de la manière dont elle dévora Andy et de sa fuite à travers la neige et la forêt. Elle ne savait pas pourquoi elle parlait de neige. En septembre, il ne neigeait pas, pas même là où ils se trouvaient. Pourtant, elle se souvenait très bien des traces de pas dans la neige. Elle se rappelait également que son père lui avait interdit de jouer avec la neige, de la porter à ses lèvres ou d'en boire, mais elle ne savait plus pourquoi. Tout était si confus dans sa mémoire. Hurvin se contenta de boire son breuvage sans un mot, il ne paraissait ni choqué ni dégoûté par la révélation.

-Il a dit que j'étais les ténèbres.

-Tu voudrais rejoindre un homme qui a transformé ta mère en créature ? demanda le professeur.

-Si mes parents avaient été puissants, il ne les aurait pas tués. Il n'aurait pas pu les tuer. J'imagine que ma mère n'était pas une bonne sorcière, elle n'avait même pas de réceptacle magique et puis, elle ne faisait que pleurer tout le temps, maugréa Katerina. À chaque fois, qu'ils se disputaient, elle suppliait pour que l'on rentre, parce qu'elle avait froid, parce qu'elle avait faim, parce que nous n'avions rien, c'était lassant. Elle n'a jamais rien compris.

-Finis ton chocolat et rentre chez toi, dit le professeur dont le ton de la voix avait changé. Allez, dépêche-toi.

Il la mettait dehors. Elle s'était trompée, elle était seule. De retour à la villa, elle resta allongée sur le carrelage froid de l'entrée pour pleurer. À l'aube, elle renonça au cours de magie noire du professeur Hurvin et ne se présenta pas non plus au cours de droit magique que sa tante tenait tant à ce qu'elle suive. Avec un peu de chance, sa tante ne rentrerait pas du week-end et Camille ne se montrerait pas. Vers midi, elle se leva pour monter dans sa chambre. Katerina envoya une lettre à Thomas, qui lui répondit aussitôt qu'il n'avait pas le temps de lire sa lettre. Willa ne pouvait se permettre de manquer des cours *« à présent que tu préfères me laisser galérer seule. »* Quant à son vénérable grand-père, il ne tenait pas à ce qu'elle vienne vivre chez lui, lui rappelant que quelques mois plus tôt Katerina avait choisi de rester vivre chez sa tante. Nauséeuse, elle tituba, ne prêtant pas un regard à son lit défait et l'odeur du parfum entêtant de Mélinda qui flottait dans l'air. Elle usa de la magie pour nettoyer sa chambre. Assise sur son fauteuil à oreillettes, elle lut jusqu'à ce que l'odeur de Mélinda disparaisse totalement, que des draps frais remplacent ceux souillés, puis elle s'allongea, bien décidée à dormir, sans savoir si elle trouverait le sommeil.

Le lundi matin, Katerina n'eut d'autre choix que d'aller en classe. Sa tante s'était laissée prendre lorsqu'elle avait assuré être malade. À présent, elle devait de retourner en classe. Mélinda riait à gorge déployée lorsque Katerina arriva devant la salle de classe du professeur Hurvin. Camille faisait grise mine. Alcidie s'approcha de Katerina et lui conseilla de ne pas faire attention à Mélinda.

« -Comme tu n'étais pas là vendredi, Hurvin lui a rendu sa place, et toi, tu es bonne dernière, il nous a fait une interro. Désolée.

-C'est dégueulasse, assura Guillaume. Il n'a fait ça que parce qu'il a vu que tu n'étais pas là. Ce type est franchement naze, parfois.

Katerina haussa les épaules, elle se moquait bien d'être derrière du cours de magie noire, Hurvin avait perdu son estime, il l'avait rejetée alors qu'elle s'était confiée à lui. *« Tu ne peux faire confiance à personne,* pensa l'adolescente. *Tu es seule.*" Son père lui disait souvent que tous les mages noirs étaient seuls, il avait raison.

-Tu as lu le journal ce matin, Barthély ? claironna Mélinda. On dit que vous êtes des sympathisants vampires. Ton grand-père a accepté d'accueillir les vampires dans son école de magie. C'est affligeant. J'espère que ta tante n'aura pas la même idée. Des vampires ici, et puis quoi encore ? Pourquoi pas des lycans ou même pire : des dragons.

Katerina ignorait absolument tout de la politique de son grand-père, et puisqu'il ne laissait rien au hasard, Lavrenty devait gagner gros dans cette histoire. Ce qu'elle remarqua, en revanche, fut le changement d'idée chez Mélinda. Quelques semaines plus tôt, elle affirmait que les vampires avaient leur place dans la société des sorciers et à présent, elle les rejetait. Cette fille n'était qu'une girouette.

-C'est vrai que vous êtes partis pour que ton père puisse se marier avec une vampire ? demanda Hector, dont le visage gras était repoussant ce matin-là. Il a tué ta mère pour une vampire, c'est ce que l'on dit.

Katerina soupira. Son père n'aurait jamais fait une chose pareille. Ses parents s'aimaient, elle en était certaine, même s'ils se disputaient. Katerina était certaine qu'ils s'aimaient.

-Ferme-la, Hector, répliqua Guillaume. Vu ta tronche, même une vampire ne voudrait pas de toi.

-Il a un problème, l'alpiniste ? intervint Jérémie qui, bien que plus petit d'une tête et demie que Guillaume, osait le provoquer.

-Le problème, c'est que vous racontez n'importe quoi, objecta Guillaume.

-Tout le monde sait bien que la magistrate Miller est une conne et que le vieux Lavrenty est sénile, intervint Virginie la meilleure amie de Mélinda.

-Bientôt, Miller va disparaître, assura Mélinda. Et ce ne sera pas trop tôt.

-T'es quand même pas d'accord avec ça, Dellait ? demanda Vincent, qui soutenait Guillaume.

Camille resta muet, le nez dans un livre. Il ne prendrait pas position. Il était lâche. Mélinda s'avança de plusieurs pas, toisa Katerina avec un sourire supérieur.

-Ta tante est une salope. Elle va bientôt tomber et son gouvernement avec elle. Une chance, il y a encore de bons sorciers dans ce pays. La loi changera et les gens comme toi...

-Comme moi ? demanda Katerina. C'est quoi les gens comme moi ?

-...Seront détruits.

-C'est quoi les gens comme moi ? répéta Katerina.

Katerina avança d'un pas, elles étaient si proches à présent, que Katerina pouvait voir les pores sous la couche de maquillage de Mélinda. Pourtant, Mélinda ne répondit pas à sa question. Katerina aurait aimé savoir ce qu'elle était, ce que les gens comme Mélinda pensaient qu'elle était.

-Tu seras morte avant moi, assura Katerina, dans un souffle, pour que seule Mélinda l'entende.

Mélinda éclata de rire. Katerina agita les doigts en cercle. S'il fallait, elle pouvait la tuer maintenant.

-Qu'est-ce que tu fais ? demanda la jeune femme, avec panache. Un petit tour de pa...

Mélinda tourna sur elle-même, puis elle tendit et détendit les doigts. Une force invisible la tira en arrière et la jeta sur le sol, face contre terre. Des liens magiques rouges s'enroulèrent autour de ses chevilles et montèrent le long de ses jambes pour la maintenir, avant de la tirer en arrière de nouveau. Mélinda griffait le sol pour se retenir. Elle essayait de se débattre pour se défaire des liens magiques, mais en vain. Katerina leva les mains, Mélinda s'éleva jusqu'au plafond avec rapidité, s'arrêtant à quelques centimètres du plafond. Katerina baissa alors les mains, et Mélinda poussa un long hurlement strident, les mains tendues en avant pour amortir sa chute. Les liens magiques s'enroulèrent autour de ses bras et de sa bouche. Elle ressemblait à une momie rouge et ligotée. Quelqu'un lui demanda d'arrêter, un élève amorça un pas dans sa direction. Katerina tendit la main en direction des élèves et les repoussa tous contre le mur, éleva un bouclier magique entre elle et les autres. Fais-lui *payer*, murmura une voix dans la tête de Katerina. » Mélinda fut balancée d'un côté à l'autre du couloir. Les élèves des autres classent étaient sortis pour voir ce qu'il se passait. Des professeurs s'avancèrent pour arrêter cette bagarre, mais Katerina dressa un autre bouclier. Mélinda devait mourir. Katerina ferma les poings, les liens magiques disparurent.

Mélinda tomba sur le sol lourdement, porta les mains à ses tempes, dans des cris de douleurs terrifiants.

Quelqu'un lui hurla d'arrêter. Mélinda devait payer. La voix l'avait dit, la voix exigeait qu'elle soit punie. D'un mouvement de main, Katerina ramena Mélinda devant elle. Elle la regarda droit dans les yeux. Si Mélinda demandait pardon, elle l'épargnerait.

-Espèce de tarée ! vociféra Mélinda.

Katerina pencha la tête sur le côté. Mélinda ravala sa salive et hocha la tête rapidement, les larmes aux yeux.

-Non, souffla Mélinda. Non. Pitié !

Katerina sourit. D'un geste de la tête, elle usa de la magie. Mélinda fut projetée à travers la vitre, sept étages plus bas, le sol attendait Mélinda. Quelqu'un avait dû passer derrière le bouclier magique de Katerina, elle sentit sa magie faiblir, une force la heurta dans le dos.

-Ramène-la, ordonna une voix dans l'esprit de Katerina.

Katerina se retourna. Le professeur Hurvin se tenait devant elle, un athamé à la main d'où s'échappait un long filet bleu.

Sébastien Hurvin luttait de toutes ses forces pour l'obliger à obéir, elle voyait bien la sueur qui lui coulait le long des tempes. Il était pathétique, bien moins puissant qu'elle ne l'aurait cru. Le professeur souffla sur son arme magique, le filet bleu s'intensifia, Katerina le repoussa avec la seule force de son esprit. Elle sentit que quelque chose coulait de son nez. Elle porta la main à sa narine et observa ce qui aurait pu être du sang, mais n'en était pas. La couleur était noire, le liquide gluant et épais. Quelqu'un poussait un lourd hurlement strident, mais cela pouvait se passer à des kilomètres d'elle. Katerina était fascinée par le sang noir.

-Allez-vous-en ! hurla Hurvin. Déguerpissez !

On obtempéra sûrement, Katerina ne savait pas, plus rien ne comptait que le sang noir qui lui tapissait les doigts. Le professeur Hurvin la poussa dans sa salle de classe. Katerina crut l'espace d'un instant que les portraits des mages noirs au mur la foudroyaient du regard. Elle chassa cette image d'un geste de la tête.

-Regarde-moi ! exigea-t-il, furieux. Calme-toi, rugit le professeur Hurvin.

Katerina le dévisagea en colère. Pour qui est-ce qu'il se prenait ? Il n'était rien qu'un imbécile de plus dans le monde de la magie. Il ne savait rien d'elle ni de ses pouvoirs. Elle pouvait le tuer si elle voulait, cela serait si facile. Hurvin lui attrapa les bras et la serra contre lui comme s'il essayait de l'étouffer. Il lui chuchota de se calmer, de ne plus penser à Mélinda et à la colère qu'elle ressentait. Katerina voulut l'envoyer promener, mais elle n'en trouva pas la force, elle se sentait faible. Jamais elle n'avait usé d'autant de magie.

Une femme apparue dans la salle de classe, grande, blonde, les cheveux très courts et les yeux très rapprochés. Lorsqu'elle la vit, Katerina sut qu'elle aurait de gros ennuis. La femme fit claquer ses hauts talons sur le carrelage en damier.

-Venez avec moi, Mademoiselle Barthély, dit la femme d'une voix sèche. Et vous, professeur Hurvin, assurez votre cours, dit-elle alors qu'Hurvin s'était mis en tête de les suivre. »

Il n'objecta pas. Katerina suivit la femme. Elle vit Camille la dévisager avec une colère qu'elle ne lui connaissait pas. Il méprisait tout dans son attitude, et son regard le prouvait. Les autres ne la regardaient pas craignant qu'elle ne s'en prenne à eux.

Elle monta les étages jusqu'au onzième étage, et traversa le grand bureau des secrétaires. Des dizaines de dossiers allaient d'un bureau à l'autre, par la magie. Des papiers volaient au-dessus des bureaux. Des lettres s'envoyaient toutes seules grâce aux boîtes magiques. La secrétaire aux cheveux courts s'arrêta devant la double porte en acajou. Katerina attendit que s'ouvre l'une des portes. La secrétaire lui signifia d'un geste de la tête qu'elle devait avancer dans le couloir sombre.

-Il y a une salle d'attente, attendez là que le directeur vous convoque. Bonne journée. »

Katerina entra dans le couloir sombre, et la porte se referma derrière elle dans un bruit étrange. Il lui sembla qu'il était impossible de rouvrir la porte depuis l'intérieur. Le long couloir s'illumina de sphère de lumière blanche. Sur la droite, une plaque d'or indiquait qu'il s'agissait du bureau du directeur Aimias, sur la gauche une autre plaque indiquait *« salle d'attente »*. Katerina avança jusqu'au bout du couloir et découvrit les toilettes. Elle s'enferma dans l'une d'elles pour vomir et soulager sa vessie. Elle aurait aimé que le professeur Hurvin soit près d'elle, qu'il lui explique ce qu'il lui était arrivé. Katerina alla s'asseoir dans la salle d'attente, sur une chaise autour d'une table. Elle mangea l'un des croissants qui se trouvaient là. Elle se prépara un thé grâce à la bouilloire sur le plan de travail. Elle se demandait combien de temps elle allait attendre ici, seule.

Au bout de trois heures, une porte s'ouvrit. Katerina attendit, attentive. Elle pensait qu'enfin le directeur Aimias allait la convoquer dans son bureau. Quelle ne fut pas sa surprise de voir arriver Mélinda, fraîche et pimpante, souriante à outrance. Son sourire s'évapora lorsqu'elle vit Katerina assise sur le petit canapé inconfortable de la salle d'attente. La sorcière tourna les talons, Katerina l'entendit courir et tambouriner sur la porte qui menait au secrétariat. Elle appelait à l'aide. Katerina entendit la porte s'ouvrit de nouveau. Elle savait déjà ce que l'on allait dire à Mélinda.

-Retournez dans la salle d'attente. Cessez de faire tout ce bruit.

-Mais … protesta Mélinda. Elle va me tuer. Elle a essayé de me tuer.

-Allez dans la salle d'attente et attendez votre tour.

La porte se referma d'un claquement sinistre. Katerina pouffa. Mélinda ne s'attendait pas à cela. Elle s'ennuyait ferme dans cette salle sans distraction. Si seulement elle avait eu une idée du temps qu'elle resterait ici. Mélinda ne revient pas dans la salle d'attente. Elle ne regrettait pas que Mélinda ne soit pas morte, elle ne regrettait pas non plus de l'avoir passée par la fenêtre, seulement, elle ne comprenait pas ce qu'il lui avait pris. Plus elle y réfléchissait, moins elle parvenait à savoir pourquoi elle avait eu envie de lui faire mal. Katerina avait l'habitude que l'on médise sur sa famille. Elle savait bien que les sorciers aimaient être mauvais avec les politiciens, mais, cette fois, elle avait perdu patience. Ce sentiment qu'elle avait éprouvé lui rappelait celui de cette nuit terrible où ses parents étaient morts. Cette nuit-là, également, elle avait été dominée par la rage, la haine et la colère. Elle se rappelait bien de cette émotion, de cette bouffée de rage qui l'avait consumé. Tout était bien plus clair à présent. Que lui arrivait-il ? Était-elle folle ? Et ce sang noir qui avait coulé de son nez, de quoi s'agissait-il ?

En allant aux toilettes, elle croisa Mélinda qui s'efforça de ne pas la regarder. Il y avait quelque chose de bizarre dans l'attitude de la jeune sorcière. Devant tous les autres, elle n'avait pas eu peur de la défier, de l'insulter, de prédire que le gouvernement de Delphine Miller allait tomber, mais à présent, elle se terrait comme un animal pris au piège. Katerina renonça à fouiller ses pensées. Elle sentait qu'il ne fallait pas faire confiance à Mélinda. Mélinda traînait avec de mauvais sorciers, cela ne faisait aucun doute. Il n'y avait que les mages noirs pour prédire la fin du gouvernement de sa tante.

Il fallut encore attendre trois autres heures avant que la porte du secrétariat ne s'ouvre de nouveau. Katerina avait les muscles engourdis. Elle avait manqué toute sa journée de classe à cause de Mélinda. *« Maud a dû prévoir que je ne viendrai pas*, pensa-t-elle. »*, alors que des silhouettes familières apparaissaient dans la pièce.

Sa tante s'arrêta sur le seuil, poings sur les hanches. Elle hocha la tête, dépitée et courroucée. Katerina baissa la tête, inutile qu'elle cherche des excuses, rien ne calmerait sa tante.

« -Tu es bien comme ton père, dit la magistrate. Incapable de faire preuve de bon sens. Quand est-ce que tu comptes grandir et être raisonnable ?

Katerina se mordit la langue pour ne pas répliquer. C'était la première fois en dix ans qu'elle était convoquée dans le bureau du directeur, a contrario son cousin Thomas y était venu dix-huit fois en quinze ans. Jamais elle n'avait été punie, pas plus que subie la moindre remontrance. Elle s'était toujours montrée disciplinée et raisonnable.

-Camille a dit que tu l'avais attaqué, est-ce vrai ? demanda Delphine d'un ton cassant et cruel.

Katerina haussa les épaules. Inutile de nier ou d'essayer d'expliquer ce qu'il s'était passé. Elle ne savait pas. On ne la croirait pas de toute manière. Elle ne pouvait pas parler de la voix dans son esprit ni du sang noir ni de la haine dévorante. Elle ne pouvait rien dire. Anatole attrapa le bras de Delphine avec douceur et lui conseilla de se calmer, avec un geste de la tête en direction du couloir. Delphine reprit son bras et se contenta de s'asseoir.

-Va-t-il se dépêcher un peu celui-là, maugréa-t-elle après cinq minutes d'attente.

Katerina baissa la tête, inutile de lui expliquer qu'elle-même attendait depuis des heures et qu'elle ne pouvait souffrir davantage de rester là dans le silence. La porte du couloir s'ouvrit de nouveau. Katerina entendit Mélinda se relevait précipitamment.

-Professeur, appela-t-elle, mais l'homme ne paraissait pas s'inquiéter d'elle.

-Par la grande Déesse, vous êtes encore là, soupira le professeur Hurvin. Je craignais d'arriver trop tard.

-À ton avis qu'est-ce qu'il va lui arriver ? demanda la voix mentale d'Anatole Vincent.

Katerina releva la tête. Elle ne s'attendait pas à capter les pensées de quelqu'un. Elle qui s'efforçait de repousser les pensées des autres, elle se prit la connexion mentale en pleine face.

-Pas la moindre idée, répondit celle du professeur Hurvin. *Peut-être qu'il sera indulgent. Aimias n'est pas un type futé.*

-Grossière erreur, dit la voix mentale de sa tante. *S'il ne la punit pas, elle recommencera.*

-Espérons que Mélinda s'en tiendra là, dit Anatole. Un procès ferait mauvais effet. »

Katerina releva la tête, elle croisa le regard du professeur Hurvin braqué sur elle. Il lui sourit, mais elle voyait bien qu'il était terrifié. Elle se demanda ce qui le terrifiait à ce point. Elle hésitait entre le fait qu'elle puisse être renvoyée de l'école et souffrir un procès ou l'idée qu'elle soit si puissante qu'il n'ait rien pu faire contre elle.

Katerina se tendit. La porte du bureau du directeur venait de s'ouvrir. Elle se leva à demi, mais il demanda à Mélinda de venir, alors elle se réinstalla, décontenancée. Elle pensait qu'il y aurait eu un face-à-face. Qu'allait donc choisir le directeur Aimias ? Que pouvait-il bien faire ? Lui interdire de revenir à l'école ? Lui demander de s'excuser ? Elle ne s'excuserait pas, elle en était bien décidée.

Lorsque ce fut son tour d'entrer dans le grand bureau glacé et épuré, elle s'avança avec précaution pour ne pas souiller le beau et immense tapis de Perse qui s'étalait depuis la porte jusqu'au grand bureau en angle. Le directeur Aimias était un homme d'une soixantaine d'années, fatigué et usé, plutôt discret et presque chauve, avec de l'embonpoint. Il n'était ni jovial ni chaleureux, sans pourtant être austère. Il était seulement usé par le temps et le travail. Il considéra le professeur Hurvin sans trop d'intérêt, ne sembla pas même remarquer la présence de la première magistrate Miller ou du second magistrat Vincent. Il les encouragea à s'asseoir d'un geste de la main. Son bureau immaculé était vide, à l'exception de deux dossiers épais et d'une liasse de papier, auquel il mit de l'ordre sans qu'il n'en eût besoin.

« -Bien, dit le directeur. Vous savez ce qui vous amène ici, jeune fille, dit-il d'une voix monocorde. Les bagarres sont interdites au sein de cette école, qu'elles soient de nature magique ou non.

-C'est elle qui a commencé, maugréa Katerina, en regrettant d'être aussi puérile.

Le directeur la fusilla du regard. Une manière de lui faire comprendre qu'elle n'avait pas le droit de parler tant qu'il ne lui donnerait pas la parole.

-Il y a pourtant de nombreux témoins qui affirment que vous l'avez attaquée, en premier.

-Elle m'a insultée. Elle a dit...

-Nous savons ce qu'elle a dit, répliqua le directeur, contrarié.

-Nous, en revanche, nous l'ignorons, coupa Delphine.

Le directeur la considéra comme s'il la voyait pour la première fois de sa vie.

-Peut-on savoir ce que vous faites ici ? demanda le directeur.

-Je suis sa tutrice légale, lui rappela Delphine Miller.

-Je ne vous ai pas demandé de venir, sourit le directeur.

-Il a raison, je suis majeure, répondit Katerina. Grand-père me l'a dit, expliqua-t-elle, alors que sa tante la foudroyait du regard.

-Peut-être pourrait-on se concentrer sur ce qui vous amène dans mon bureau. Rien ne m'obligeait à vous accepter de cet établissement, et voilà que vous enfreignez les règles....

-Je suis sa tutrice légale, bien sûr que vous étiez obligé de l'accepter ! cingla la première magistrate.

-Pas de corps, pas de mort. Elle avait de toute manière de la famille plus proche dans son pays.

Delphine tapa du plat de la main sur le bureau. Katerina sentit que la situation allait dégénérer. Anatole tenta bien de calmer Delphine, mais Katerina savait qu'il n'y parviendrait pas, cette fois.

-Lavrenty a pourtant fait ouvrir les testaments. C'est qu'il devait y croire, intervint Hurvin. Un homme tel que Lavrenty Barthély n'aime pas être contrarié.

-Oh merci, je sais qu'il ne faut pas contrarier Monsieur Barthély, répliqua le directeur Aimias. Je le sais mieux que vous. »

Hurvin se mit à se curer les ongles, soudainement très intéressé par l'aspect de ses cuticules. Katerina observa le directeur dévisager Hurvin sans que celui-ci ne relève la tête. Le directeur finit par se lasser de ce jeu, referma le dossier qu'il avait devant lui et conclut qu'il s'arrêtait à un simple avertissement pour cette fois, compte tenu des propos tenus par Mélinda. Katerina fut encouragée à rentrer chez elle, à se tenir tranquille et à ne plus jamais enfreindre le règlement de l'école, sans quoi elle serait tout simplement exclue.

« -Peut-on enfin savoir ce qu'il t'a pris ? demanda Delphine dès qu'elles furent à la villa.

Katerina entra dans la cuisine pensant avoir la paix si elle ne répondait pas, mais elle sentait que sa tante n'abandonnerait pas.

-Elle a dit que ton gouvernement allait tomber et que tu serais tuée. Que les gens comme moi mourraient, dit Katerina.

-C'est pour ça que tu as voulu la tuer ? s'emporta Delphine.

-Non, je n'ai pas voulu la tuer. J'ai voulu qu'elle se taise, répliqua Katerina, en prenant une assiette dans le meuble du bas.

-En la passant par la fenêtre ?

-Non, pas en la passant par la fenêtre, assura-t-elle, qui ne savait comment convaincre sa tante de sa bonne foi. Je voulais juste qu'elle... ce qu'elle a dit, c'est de la haute trahison. On ne peut pas menacer les magistrats.

-Et ça n'a rien avoir à Camille cette histoire ? demanda Delphine.

Katerina abandonna l'idée de dîner et se laissa tomber sur une chaise. Elle n'avait pas la force de se disputer ce soir. Elle en avait assez d'entendre parler de Mélinda et de Camille. Elle ne supportait pas l'idée qu'il puisse partir avec elle. Elle l'avait lu dans l'esprit de Mélinda, Camille voulait partir avec elle, ils avaient déjà tout organisé. Elle avait su qu'il partirait lorsqu'il avait laissé Mélinda cracher son venin sur le gouvernement français. Elle l'avait lu dans son regard. Il partait, il était déterminé à tout abandonner ici.

-Il s'en va, dit Delphine. Si tu n'as pas envie qu'il s'en aille, va lui parler. Il est en haut, il prépare son départ.

-Je sais. J'ai senti sa magie.

-J'aurais aimé que ton père soit là, dit-elle.

-Tu détestes mon père, soupira Katerina.

Delphine s'assit sur une autre chaise, se fit apparaître un verre de vin rouge, dont elle but une longue gorgée, avant de reprendre la parole.

-Je ne déteste pas ton père. Je n'ai jamais détesté Andy, mais Andy a toujours été têtu, agaçant, trop sûr de lui, trop étrange. Andy pouvait avoir cinquante amis et pas un seul ne pouvait dire ce qu'il avait en tête. Il ne se confiait jamais. Il était vivant, rieur, taquin, terriblement séduisant, mais empli de mystère. Personne n'a jamais su pourquoi il est parti dans l'est, personne n'a jamais su ce qu'il était venu faire dans ce pays. Quand il est arrivé, il connaissait déjà plus de magie noire que les deux professeurs de l'école réunis, et avait déjà lu presque tous les livres de magie noire du Coven, et d'autres plus obscurs encore. J'appréciais ton père, ce que je n'ai pas supporté, c'est la manière dont il a traité ta mère, la manière dont les choses se sont passées.

Tout en parlant, Delphine vida son verre avant de le remplir de nouveau et elle le vida encore, une fois. À la fin de son monologue, elle avait les joues rosies par le vin et semblait plus belle qu'elle ne l'était déjà.

-Je ne peux pas obliger Camille à rester. Je ne peux pas non plus l'obliger à quitter Mélinda. J'ai essayé de le convaincre de rester, mais il a d'autres projets.

-Tu crois qu'il a raison ? demanda Katerina.

-Je crois que Camille sait exactement ce qu'il lui faudrait. »

Camille classait une montagne de dossiers dans un casier lorsqu'elle arriva dans le bureau. Elle était passée prendre un petit coffret en bois dans lequel elle rangeait ses économies. Elle ne pourrait pas le convaincre de rester, mais elle pouvait au moins s'arranger pour que son départ se passe bien. Il trahissait sa tante, son pays et cela n'était pas admissible. Il continua de ranger même lorsqu'elle s'assit sur le bureau pour lui parler.

« -Tu pars alors ? interrogea-t-elle sans animosité.

-Ta tante ne me gardera pas lorsque j'aurai terminé mes études, elle n'a pas les moyens de le faire. Si j'accepte l'offre du député Gordon, j'aurai un bon emploi, des opportunités, je me ferai des connaissances et des soutiens capitaux pour le reste de ma carrière. Et tu arrêteras d'essayer de tuer Mélinda, par la même occasion, ajouta-t-il, le visage fermé.

-Alors bonne chance, répliqua-t-elle, contrariée.

Il se leva, abandonnant l'espace d'un instant son rangement. Elle l'avait mis en colère. Camille ne se mettait que rarement en colère, cette fois, elle était allée trop loin. Il n'était pas près de lui pardonner.

- Tu ne pourrais pas essayer de comprendre ? demanda-t-il. Tu es riche, tu es issue de la famille la plus influente du monde magique.

-Ma famille n'a rien à voir là-dedans.

Katerina se leva de son siège de fortune, prit le petit coffret et lui tendit. Il plissa les yeux. Il lui faisait peur. La colère dans son regard, le corps tendu, il lui donna l'impression d'être proche de l'explosion.

-Prends-le et va-t'en.

Les rideaux se soulevèrent, une bourrasque fit s'envoler une partie des papiers étalés sur le sol. Camille jeta un coup d'œil à la porte-fenêtre qui venait de s'ouvrir sous l'effet d'un vent magique. Il ne paraissait pas impressionné. La force magique s'accentua.

-Tu es aussi instable que ton père, dit Camille.

Ce n'était pourtant pas elle. Elle n'avait rien à voir dans cette magie. Il lui était impossible de lui faire comprendre qu'il en était responsable. Il ne l'aurait pas cru. Camille détestait la magie, la sienne plus encore. Katerina avança encore pour l'obliger à prendre le petit coffret.

-Tu crois que j'ai envie de rester secrétaire toute ma vie ? demanda-t-il. Je vais là où l'on m'offre un emploi. Je fais ce qu'il a de mieux pour mon avenir, ajouta le jeune homme, avec résolution et fermeté. Il va me présenter à des gens importants, ta tante ne l'a jamais fait. Elle avait promis qu'elle ferait de moi son assistant, il y a quatre ans, sauf qu'elle n'a pas les moyens d'avoir un assistant à temps plein. Que veux-tu que je fasse ? demanda-t-il, à présent bien plus calme.

-Épouse-moi, dit-elle subitement.

Camille rit d'un rire sans joie et éteint. Il retourna à son travail. Il ne la croyait pas sérieuse. Il n'avait jamais cru qu'elle pouvait être sincère.

-Tu aurais le soutien qu'il te faut pour devenir premier magistrat, dit-elle, avec sérieux et raison. Tu aurais le soutien de la Russie et de ses alliés. Tu pourrais même prendre mon poste au conseil de Raspoutine, si on se mariait en Russie. C'est dans les lois, là-bas.

-Katerina, soit raisonnable ! soupira-t-il, à demi tourné vers elle pour la convaincre de se taire, l'air las et la mine défaite.

-Je suis sérieuse. Des sorciers et des sorcières se marient par devoir depuis toujours. C'est dans notre culture. C'est comme ça que nous avons survécu aussi longtemps, expliqua-t-elle, presque certaine d'avoir lu cela quelque part. Personne n'y opposerait. Pas même ton père, j'en suis sûre.

Camille se redressa, puis épousseta son pantalon et sa veste avec minutie. Il réfléchissait à ce qu'il allait lui répondre ou lui objecter, elle le connaissait assez bien pour savoir ce que son silence signifiait. Il n'était plus en colère, c'était déjà une bonne chose. Camille ne restait jamais très longtemps en colère, surtout contre elle. Il était bien plus patient, qu'elle ne le serait jamais.

-D'accord. En admettant que ce mariage soit possible. J'ai bien dit en admettant. Moi, je sais ce que j'y gagne, le soutien de ton pays, de ta famille, ta fortune, certainement plus que je ne peux le concevoir. Mais toi ? Qu'est-ce que, toi, tu y gagnerais ? Je n'ai rien à offrir. Un mariage de raison doit apporter aux deux parties.

-Je serais libre, répliqua-t-elle, sans même y réfléchir.

-Libre ?

-Libre de faire mes propres choix.

-Quels choix ? Dis-moi. Si je dois t'épouser, je dois savoir de quels choix tu parles. On ne floute pas un contrat.

Il restait bien trop raisonnable. Elle détestait son côté raisonnable. Ne pouvait-il donc rien faire sur un coup de tête ? Ne pouvait-il pas accepter sans contrepartie ? Elle hésita. Pouvait-elle vraiment lui parler à cœur ouvert ? N'allait-il pas se précipiter voir sa tante pour tout lui raconter. Il jura que cela resterait entre eux.

-Je veux devenir... commença-t-elle, mais elle renonça ce n'était pas la bonne approche. Je n'ai pas d'ambition politique, dit-elle. Aucune. Je suis loin de tout cela.

-Merci, j'ai cru remarquer. Que veux-tu alors ?

-Étudier la magie noire. La magie tout court. Y consacrer ma vie, faire des recherches, écrire des livres. Enseigner. Oui, enseigner, voilà, c'est ça que je veux. Ni tante Delphine ni grand-père n'accepterait ça.

-Alors quoi ? Tu veux que moi, idiot comme je suis, je te laisse te réfugier dans la magie noire, jusqu'à ce que tu te détruises ? dit-il, à voix basse. Tu te détruirais. Tu te plongerais là-dedans jusqu'à en perdre pied, ne le nies pas. J'ai bien vu la manière dont tu as réagi ce matin. Ce n'est pas la première fois, n'est-ce pas ? Tu aimes ce sentiment. Tu aimes la magie. Tu n'aimes rien d'autre que le pouvoir.

-Je pensais que tu comprendrais. Que toi, tu saurais ce que c'est que d'avoir un rêve et ...

-Tu es folle, dit-il, la voix brisée. Un mariage, ce n'est pas juste un contrat. C'est bien plus que ça. C'est de l'amour. Est-ce que tu sais au moins ce que c'est l'amour ? Est-ce que tu es capable d'aimer autre chose que ta magie ?

Elle ne comprenait pas de quoi il pouvait bien parler. Bien entendu qu'elle aimait sa magie, c'était une partie d'elle-même, de sa personnalité. Elle était une sorcière puissante, cela ne faisait aucun doute, son père le lui avait toujours dit, tout comme son oncle, maintenant Hurvin ne cessait de le lui rappelait. Cependant, elle n'aimait pas le pouvoir. Elle ne voulait pas posséder tous les pouvoirs magiques, simplement étudier la magie, la comprendre et aider les autres à le faire.

-Tu pourrais aller avec d'autres, si tu veux, dit-elle, pour le convaincre.

-Discuter avec toi ne mène nulle part. Je pars dans deux jours, ma décision est prise. J'espère juste qu'un jour tu deviendras raisonnable. »

Il s'en alla, en prenant le petit coffret magique avec lui. Elle regrettait de ne pas s'être montrée plus convaincante. Ils auraient pu être heureux tous les deux, elle le savait. Elle attendit qu'il s'éloigne pour pleurer. Tout était fini, et ils ne se reverraient peut-être jamais.

78

Chapitre 6 : Camille

Camille rentra chez ses parents. Il se doutait qu'à une heure aussi peu tardive, il rencontrerait son père, il espérait qu'avec un peu de chance, la présence de ses frères et sœurs l'apaiserait. Il fut soulagé de ne voir aucune lumière dans la maison. Ils devaient tous se trouver chez William, Lolita travaillait certainement. Il serait tranquille pour prendre ses affaires et partir. Il se précipita dans sa chambre pour y entreposer les affaires qu'il avait ramenées de chez les Miller et redescendit pour manger quelque chose. Il avait le temps, si la famille se trouvait chez William, de manger, avant de terminer d'emballer les affaires qu'il avait encore à la maison.

Camille se figea dans les escaliers. Devant lui se tenait son père. Il faisait noir, pourtant aucun doute n'était possible. Gilles Dellait le regardait. L'éclat de ses yeux se reflétait dans l'obscurité. Camille pâlit, remonta d'une marche, terrifié par l'apparition paternelle. Le pire restait à venir. Il ne pouvait fuir. Fuir n'aurait servi à rien.

« -Cuisine, grogna Gilles Dellait.

Camille s'exécuta, il était inutile de tenter de résister. Camille passa devant son père, huma l'odeur de whisky et de sueur qui émanait de l'homme. Il portait encore son tablier en cuir, preuve qu'il avait dû quitter le travail précipitamment. Camille était attendu.

La maison des Dellait, était petite, haute de quatre étages, les pièces très petites, l'escalier peu large. Les marches grinçaient sous les pas de Camille. Il évita la sixième marche entre le premier et le second palier, elle n'avait plus été la même depuis le jour où Lolita l'avait fendu en deux avec un hachoir de boucher. Camille traversa le rez-de-chaussée, passa devant le petit salon, longea le couloir qui menait à l'unique salle de bain de la maison, puis à la porte de derrière que personne n'utilisait jamais et entra dans la cuisine. La cuisine, bien que petite, était la pièce la plus vaste de la maison. Elle pouvait y contenir pratiquement toute la famille.

Camille resta debout devant la table de cuisine en formica recouverte d'une nappe collante qui avait perdu toute sa couleur au fil des années. Il y avait encore de la vaisselle dans l'évier et un plat à tarte reposait sur le plan de travail. Camille sentit son estomac lui rappeler qu'il n'avait rien avalé depuis la veille. Il ne mangeait jamais le matin, et la bagarre entre Katerina et Mélinda lui avait coupé l'appétit ce midi. À présent, il avait faim, son père s'en moquait très certainement et ne lui permettrait pas de manger. Gilles l'assit de force sur une chaise en face de la chaise en bout-de-table que Gilles considérait comme étant sa place, la place du chef de famille.

-Dois-je t'expliquer avant pourquoi je vais te tuer ? interrogea le père, dans un grognement. On peut savoir ce qu'il se passe dans ta petite tête de rouquin dépravé ? continua-t-il, alors que Camille ne répondait pas.

-Je...

Gilles Dellait leva la main droite. La douleur fut rapide et fulgurante, mais Camille avait l'habitude. Ce n'était qu'une gifle magique, un petit échauffement de rien du tout pour son père. Rien à voir avec les coups qu'il donnait, de sa force surhumaine. Gilles se posta devant Camille, si près que leurs nez se touchaient presque.

-Tu ? Tu ne sais pas, hein ? Tu pensais que je ne le saurais pas, c'est ça ?

Le père leva la main, mais décida de ne pas le frapper, en revanche, il l'attrapa par le col de sa chemise pour le secouer. Pensait-il que cela allait aider Camille à savoir ce qu'il voulait dire ? Gilles renonça et retourna s'asseoir à sa place à l'autre bout de la table. Il n'avait donc pas pour projet de le battre pour le moment. Camille aurait préféré. En finir avec la souffrance et la douleur et en finir avec la colère de son père.

Gilles Dellait porta la main à son tablier de cuir avec lequel il travaillait. Il en extirpa une lettre écrite à l'encre rouge sur un papier à en-tête aux armoiries du gouvernement russe. Gilles se gratta le nez de ses gros doigts tordus.

-Humm. Humm. Ouais, c'est ça, c'est écrit là, dit-il. Engageons votre fils pour protéger et veiller au bien-être de Katerina Barthély, héritière...blablabla, le temps qu'il sera nécessaire à Mademoiselle Barthély d'achever ses études à l'école du Coven. Par la présente, s'engage à respecter les accords ci-dessus. Jargon diplomatique de mes deux. Signé Lavrenty Barthély.

Gilles Dellait agita le papier, demanda à Camille si tout cela n'avait aucun intérêt pour lui. Il lui reprocha d'avoir dû signer pour un menteur.

-C'est mon honneur qui est en jeu, maugréa Gilles. Tu sais ce que c'est ça l'honneur ?

Camille parvint à tenir sa langue. Il doutait que son père puisse avoir un quelconque honneur, lui qui battait femme et enfant, buvait sans soif, et jouait de l'argent qu'il n'avait pas. Camille ne pouvait pas dire ce qu'il pensait, cela aurait causé sa perte.

-Les foutaises que tu racontes, c'est quoi ça au juste ? demanda le père, en repliant la lettre. T'imagines si ta mère l'apprenait ? Déjà, l'autre taré en Russie et ta sœur en Australie, si tu pars qu'est-ce qu'elle va penser ? On a besoin de ta piaule avec le môme que s'est fait mettre Lola, mais tout de même. Tu veux que ta mère pense que tu ne l'aimes pas ?

Gilles jouait la carte de l'affect et cela ne lui ressemblait pas. D'ordinaire, il était brut de décoffrage, il ne faisait pas dans l'affectif. Ce changement de personnalité terrifiait Camille. Son père pouvait se montrer plus terrible encore que n'importe quel mage noir. Il l'avait d'ailleurs été dans sa jeunesse, ce qui le rendait imprévisible.

-Lolita est enceinte ? demanda Camille, surpris par cette nouvelle et pour tenter de changer de sujet.

-Ouais, et pas qu'un peu. Ne change pas de sujet. Qu'est-ce que tu vas aller foutre avec ces vampires ?

Camille n'avait jamais parlé de vampire. Il n'allait d'ailleurs avoir que peu de rapport avec eux. Bien entendu, la carrière du député Gordon était axée sur l'égalité entre les vampires et les sorciers et sur l'aide que les sorciers pouvaient leur apporter. Cependant, Camille n'allait rien faire de plus que suivre les directives du député.

-Le député Gordon m'offre un emploi, dit simplement Camille. Bien payé, comme ça...

-Comme ça, tu ne foutras plus jamais les pieds ici, on a bien compris. Comme ça, t'enverras de l'argent à ta mère pour m'humilier davantage, ça aussi on a bien compris. Tout ça, je le sais, ce que j'ignore en revanche, c'est ce que ce taré de Gordon a bien pu te promettre. C'est ça qui m'intéresse, pas les foutaises qui te donnent bonne conscience.

-M'aider à évoluer, me faire rencontrer des gens importants. Il connaît un Prince.

-Un Prince vampire ? ricana le père. Ernesto Couleuvre, prince et moi, je suis le roi des trous du cul. Méfie-toi des offres alléchantes, ça pue le plus souvent. Y'a bien longtemps qu'on a pigé que toi, c'était le beau monde qui t'attirait. Le beau monde, l'ambition, le pognon, tout ça, c'est ce que tu veux, mais tout ça croit-moi ça ne vaut rien. Les gens riches sont des fumiers, des radins, des connards qui préfèrent exploiter les autres plutôt que de faire les choses par eux-mêmes. Barthély ça ne te suffit pas comme beau linge ? C'est pas assez prestigieux, peut-être ? Pas assez huppé ? Ils ont une vie trop simple, c'est ça ?

-Katerina est...

-Aussi cinglée que tous les membres de sa famille, acheva Gilles. C'est pas la peine de lui dire, elle le sait. Tout le monde le sait. Les sorciers malins ne font jamais ça devant témoins. Si elle était un peu plus maligne, la Wagon elle l'aurait buté, mais pas devant témoin. En douce, loin de tous ces petits merdeux de l'école. Tu me déçois, Camille. Je te pensais plus perspicace, plus malin, plus intelligent. Va dans ta chambre, exigea le père.

-Je n'ai rien à voir avec cette histoire, protesta Camille.

-Tu devais la protéger, répliqua Gilles.

-C'est ce que j'ai fait.

-La protéger c'était aussi la protéger d'elle-même. Tu sortiras d'ici pour deux choses. Allez dire à l'imbécile de Wagon que tu la quittes.

-Et la seconde ? demanda Camille.

-Quand tu auras changé d'avis. Pas de courrier, pas de lettre, pas de téléphone, pas de visite, juste toi et tes livres assommants. Je ne plaisante pas.

-Je suis majeur, protesta Camille.

-Mon toit, ma loi.

-J'ai un travail, objecta Camille.

-Que tu allais justement quitter.

-Et l'école.

-À ton âge, on n'a pas besoin d'aller à l'école. J'en ai d'ailleurs appris bien plus hors de cette foutue école, que durant les années que j'y ai passées. Ça sera pareil pour toi. Si t'essaies de te barrer de cette taule, je t'envoie croupir au fin fond de la Sibérie. Je connais assez de types au gouvernement russe pour qu'on te sorte de ta cellule que les pieds devant. Crois-moi, je suis sérieux. »

Camille obtempéra, monta dans sa chambre sans un mot, Gilles derrière lui, le suivant de près. Son père prit le vieux coffret à lettres magiques, lui prit son vieux poste radio et s'assura que sa fenêtre était condamnée, sans un mot et il enferma Camille. Le châtiment aurait pu être pire. Son père ne le maintiendrait pas en captivité très longtemps, la seule présence de Camille dans la maison le mettait dans des états de rage insensée. Katerina et Delphine s'inquiéteraient, tout comme ses professeurs. On viendrait pour le libérer. Camille décida de prendre son mal en patiente. Sa chambre n'avait pas changé depuis presque dix ans, la même tapisserie vieillotte en lambeau, décollée par des tâches d'humidité. La même vieille commode bancale, le lit-cage contre le mur au matelas usé et aux draps plus usés encore. Le même bureau fait d'une vieille porte dans laquelle on voyait encore le poing de William après qu'il ait couru après Charles pour lui faire la peau. Il y serait parvenu si son poing ne s'était pas encastré dans la porte lui brisant tous les os. Camille avait eu le droit de récupérer la vieille porte pour la transformer en bureau. Il avait aussi eu le droit de récupérer une vieille chaise que son père avait accepté de rénover. C'était là le seul et unique cadeau qu'il n'avait jamais obtenu de son père. Une étagère contenait tous les livres que Camille avait récupérés à la bibliothèque de l'école, trop usés et anciens, la bibliothécaire les lui avait offerts. Tous ces livres de droits, Camille les avait lus et relus jusqu'à les connaître par cœur. Ils étaient ses seules richesses.

Camille s'ennuyait à mourir. Il avait beau lire ses vieux livres, il s'ennuyait, enfermé dans sa chambre, sans aucune visite. Son père passait lui apporter de la nourriture trois fois par jour, il avait le droit de sortir de là quatre fois par jour, de prendre une douche le soir et de marcher quelques pas dans le jardin, mais sous l'œil attentif et mauvais de son père. Camille avait entendu des policiers magiques venir interroger la famille, tous avaient assuré ne pas savoir où il se trouvait. Le père leur interdit l'entrée de la maison, Camille ne s'attendait pas à moins de sa part. En l'absence de preuves, les policiers ne pouvaient donc pas entrer et qu'auraient-ils pu faire ? Camille n'était ni blessé ni en danger.

La seule fois où il était sorti c'était la deuxième nuit, son père l'avait accompagné jusqu'à la maison des Wagon, Camille avait parlé avec Mélinda, elle l'avait giflé, griffé et mordu lorsqu'il lui avait dit qu'il la quittait. Elle avait juré qu'elle se vengerait et qu'il le regretterait. Enfermé, comme il l'était, il y avait peu de chance que Mélinda puisse faire quoi que ce soit contre lui. Camille implora son père de le laisser retourner en classe, de lui rendre sa liberté, mais il refusa. Camille n'avait pas encore appris sa leçon, puisqu'il pensait toujours à partir travailler pour William Gordon. Camille ne s'en cachait pas, il ne voulait pas rester en France. Travailler auprès de Delphine ne lui apporterait plus rien, il savait tout ce qu'il avait besoin de savoir et ne se voyait aucun avenir dans ce pays.

Lorsque la porte s'ouvrit, Camille crut que son père venait lui apporter son dîner un peu en avance. C'était bien la tête de son père qui émergea de la porte, il aboya que Camille avait de la visite, d'un ton si désagréable que Camille crut qu'il allait le battre pour la peine. Charles entra, leur père referma la porte d'un coup sec. Charles tourna dans la pièce, comme s'il ne la connaissait pas, depuis trois ans qu'il était parti, il ne devait pas se souvenir que Camille dormait dans un misérable placard à balais, que l'on avait aménagé le plus loin possible des autres membres de la famille, dans le grenier.

« -Tu as maigri, remarqua Charles, d'un ton égal.

Camille ne prit pas la peine de relever. Qu'est-ce que son frère faisait là ? Pourquoi son père acceptait enfin que Camille puisse voir quelqu'un ? Camille resta allongé sur son lit, les mains derrière la nuque, le regard tourné vers le plafond dont il connaissait à présent chaque creux et chaque fissure.

-Tu as manqué le Nouvel An. C'est présage de malheur de rater Samhain.

-Dis ça à papa.

Charles s'arrêta devant la commode. Camille y avait laissé la vieille boîte remplie d'argent qu'il devait rendre à Katerina. Il n'avait pas pris la peine de l'ouvrir, elle n'était pas à lui et il se jura de la lui rendre dès que son père lui ouvrirait la porte. Charles soupesa la boîte, la regarda sous toutes les coutures.

-C'est à toi ?

-À Katerina. Je dois la lui rendre, marmonna Camille. Si je sors d'ici un jour.

Charles l'ouvrit, il eut un hoquet de stupeur. Voir de l'argent lui procurait toujours un choc, comme s'il s'attendait à ce que l'argent n'existe pas. Ils en avaient tellement manqué durant des années.

-Par le dieu Cornu, c'est quoi tout ça ? Pourquoi tu as tout cet argent ?

-Katerina m'en a fait cadeau la dernière fois que je l'ai vu. Elle était tellement en colère que j'ai préféré attendre pour le lui rendre, seulement, je me suis retrouvé cloîtré ici.

Camille se hissa sur les coudes, Charles semblait subjugué. Il vivait pourtant convenablement à la dragonnerie. Il devait en voir de l'argent passer d'un compte à l'autre pour subvenir aux besoins des dragons et des dragonniers.

-Tu l'as ouvert ? demanda Charles, en agitant le coffret.

-Bien sûr que non, c'est à Katerina, je viens de te le dire.

-Tu tiens toujours à partir en Angleterre ? s'enquit Charles. Papa dit que tu es plus déterminé que jamais, continua Charles, en extirpant un petit carnet rose aux motifs floraux.

-Il a raison. Je dois partir, je n'ai aucun avenir ici. Tu es parti, tu sais de quoi je parle. Et laisse ça tranquille, ce n'est pas à toi.

-C'est différent, assura Charles. Des dragonneries, il n'y en a aucune en France.

Charles continuait de regarder et de feuilleter le carnet avec un grand intérêt.

-Elle ne te retient même pas ici ? demanda Charles, d'une drôle de voix, le visage grave.

-Elle a sa vie et j'ai la mienne. Je l'oublierai. Tu as bien oublié Jérémie.

-Jérémie aimait les femmes, c'était différent. Jamais il n'aurait pu m'aimer.

Charles avait eu un béguin amoureux lorsqu'il avait seize ans qui lui avait brisé le cœur et rendu si malheureux qu'il avait failli en finir avec la vie. Camille et Lolita s'y étaient mis à deux pour le convaincre qu'il faisait une erreur. Lolita ne s'en était jamais vraiment remise, elle n'avait que onze ans à l'époque, ce n'était encore qu'une enfant.

-Si elle t'aimait, tu resterais ? interrogea Charles. Elle t'a demandé de l'épouser l'hiver dernier, non ?

-Et elle a réitéré avant que je ne me retrouve coincé ici, jusqu'à la fin de mes jours, répliqua Camille.

-Elle t'a dit pourquoi ?

-Oui, pour se libérer de l'influence de son grand-père qui tient à ce qu'elle épouse un bon sorcier qu'il lui aura choisi et qui assurera la pérennité de sa famille. Pour étudier la magie noire, aussi et devenir exactement comme son père.

-Son père était respecté.

-Son père était un mage noir, répliqua Camille.

-Elle t'a quand même demandé de l'épouser.

-Elle t'aurait demandé à toi que ça aurait été pareil. Et c'est quoi ce truc ? demanda-t-il, pour couper court à la conversation.

-On dirait un sort, commenta Charles. Ou une liste de courses.

Camille soupira et se leva de son lit. Avec Charles, tout avait toujours l'air d'être un sortilège, même lorsque cela n'était pas le cas. Il était désespérant. Charles lisait le petit carnet, Camille le lui prit des mains. Les secrets de Katerina ne les regardaient pas. Tout du moins, ils ne regardaient pas Charles. Camille hésita, cela ne lui appartenait pas, pourtant la curiosité le piqua au vif. Charles penchait sur son épaule ne put retenir ses commentaires. Les premières pages étaient d'une écriture presque enfantine, ronde et encore instable. Dans les marges, des dates, puis trois lignes de vœux.

-C'est un carnet à vœux, commenta Camille. On ne devrait pas le lire.

-C'est quoi un carnet à vœux ?

-Un truc de fille. Chaque mois à la pleine lune, tu inscris trois vœux, et s'ils se réalisent tu les rayes.

-Quel est l'intérêt ? demanda Charles.

-C'est un truc de fille, je te dis, assura Camille, qui n'y voyait pas plus d'intérêt que son frère.

-Elle est obsédée par son poids.

-Truc de fille, je te dis, commenta Camille, en reposant le carnet sur le coffret. Et ça ne nous regarde pas.

Charles reprit le carnet et fit tourner les pages d'un air machinal. Camille fut attiré par un mot qu'il connaissait bien. Son prénom. Pourquoi Katerina aurait-elle inscrit son prénom dans son carnet à souhaits ?

-Elle est dingue de toi, pouffa Charles.

-La ferme, Charles, maugréa Camille.

Charles à son habitude ne se vexa pas, mais ne parvint pas à tenir sa langue non plus. C'était là son plus grand défaut. Il tourna les pages rapidement.

-C'est quoi le Collier de Venus ? demanda Charles, intrigué.

-Une position du Kamasutra.

-Comment tu sais ça ? S'offusqua l'aîné.

-Anatole m'a fait lire le Kamasutra. Il pensait que cela me servirait.

Charles le dévisagea d'un drôle d'air, à moitié hilare, à moitié étonné. Camille ne lui répondit pas. Il était inutile qu'il s'explique davantage. Son frère devrait comprendre qu'il n'était pas du genre à parler de ses affaires privées.

-Eh bien, je crois qu'elle a dû le lire aussi, pouffa Charles.

Camille lui conseilla de refermer ce carnet, mais Charles n'était pas homme à écouter. Il continua à lire, Camille s'approcha de la fenêtre, il ne supportait pas d'en savoir plus. Ce qu'il venait de faire était irrespectueux et il s'en voulait.

-Quitter Mélinda... ça s'est fait, commenta Charles, que Camille n'écoutait qu'à moitié. Ne plus entendre les voix dans ma tête...hein ?

Camille se pencha par-dessus l'épaule de son frère. Camille ouvrit la bouche, mais il fut arrêté par le grincement de la porte de la chambre. Gilles apparut le visage furibond. Le père grogna qu'un homme sentant la bouse de dragon attendait Charles dehors. Gilles Dellait haïssait cordialement Marlvin, mais il se gardait bien de le dire à haute voix. Charles rayonnait, la simple présence de Marlvin le mettait en joie. Charles rendit le carnet à Camille et s'en alla sans un mot, la tête basse et l'air craintif. Gilles l'observa descendre les escaliers.

-Qui entend des voix ? demanda Gilles.

Camille s'empressa de ranger le carnet dans la poche arrière de son jean et de marmonner qu'il ne voyait pas de quoi son père pouvait parler. À l'évidence, son père n'y crut pas une seconde, car il referma la porte et s'avança dans la chambre.

-Tu veux m'obliger à répéter ? demanda Gilles.

-C'est rien, assura Camille. Katerina dit qu'elle entend des voix, mais ce n'est rien. C'est dans ses cauchemars. La voix du type qui a tué ses parents.

-Je vois, marmonna Gilles, dubitatif. »

Gilles hocha la tête et ressortit aussitôt sans laisser le temps à Camille de lui demander combien de temps encore, il serait prisonnier. Camille rangea le carnet dans le coffret, non sans l'avoir relu auparavant. Si elle entendait des voix, cela expliquer le sang noir et la rage qu'il avait vue dans ses yeux lorsqu'elle avait attaqué Mélinda. Il ne devait pas la laisser seule. Il devait lui parler et la raisonner. Il avait lu quelque chose au sujet du sang noir dans un livre, mais il ne se trouvait pas ici. Il devait à tout prix retourner à la villa Miller. Katerina avait besoin de lui et il ne pouvait pas l'abandonner maintenant.

Chapitre 7 : Katerina

Elle ne comprenait pas pourquoi le professeur Hurvin faisait tant de mystères ni pourquoi il tenait à la voir presque chaque soir, après la fin des cours. Le plus souvent, il se contentait de corriger ses copies, pendant qu'elle étudiait, et ils parlaient tous les deux, de tout et de rien, de son père le plus souvent. Katerina n'en avait jamais autant appris sur son père qu'en l'espace de ces quelques semaines. Si seulement Camille était resté, elle aurait été heureuse. Le départ de Mélinda s'était fait dans le calme et l'indifférence générale. Elle n'était tout simplement pas revenue en classe après que Katerina ait tenté de la jeter par la fenêtre, et plus personne n'avait reparlé de cette histoire.

Deux semaines s'étaient écoulées depuis la fête de Samhain. Katerina avait cru que Camille reviendrait fêter le Nouvel An en France, pourtant il n'était pas venu. Son frère Charles affirmait ne pas avoir de ses nouvelles, il jurait, cependant, qu'il ne fallait pas s'inquiéter. Katerina ne savait que penser de toute cette histoire, elle était convaincue que Charles en savait plus qu'il ne l'affirmait.

Hurvin la regardait avec une intensité pénétrante. À croire qu'il essayait de lire ses pensées. Elle continua de travailler comme si elle ne le remarquait pas pourtant, elle ne parvenait pas à rester concentrée. Il étendit les jambes sur le bureau, alluma une cigarette et commença à se balancer d'avant en arrière. Son père aussi aimait se balancer sur sa chaise lorsqu'il fumait, elle s'en souvenait. Elle avait oublié tellement de choses de son enfance qu'elle en avait honte. Ses parents ne méritaient pas qu'elle oublie les petits détails qui furent leur quotidien. Hurvin termina sa cigarette, jeta le mégot sur l'estrade et l'écrasa du bout du pied, avant de se redresser totalement. Il lui fit signe de s'approcher. Elle se leva, heureuse d'avoir un peu de distraction. Il fit apparaître une chaise à côté de lui, Katerina y prit place, se demandant de quoi ils allaient parler cette fois. Allait-il lui raconter une nouvelle anecdote dans laquelle son père était le héros ? Cette fois, il lui demanda si elle savait pourquoi son père était mort. Hurvin ne parlait jamais de Solange Barthély, il semblait avoir compris le dégoût qu'elle inspirait à Katerina et elle l'en remerciait secrètement. Katerina sentit les regards des mages noirs sur les affiches la dévisager. Elle s'imaginait toujours que les personnages des affiches étaient réels, la plupart étaient morts depuis si longtemps qu'il était impossible de trouver encore leurs traces dans un cimetière.

« -Parce qu'un sorcier l'a tué, répondit-elle.

-Oui, mais pourquoi précisément ? Pourquoi ce sorcier est venu chez vous pour le tuer ? Je suis sûr que tu le sais, dit-il en lui toucha le front d'un index impérieux.

-Il a parlé d'une clé. D'une clé magique. Il voulait que papa la lui donne. Sauf qu'il ne l'avait pas.

-S'il l'avait eu, crois-moi, il ne la lui aurait jamais donnée. Pas même pour se sauver, pas même pour te sauver toi. Affirma Hurvin.

Comme il y allait. À croire qu'il ne connaissait pas vraiment son père. Son père aurait donné la clé pour les protéger, elle le savait. Du moins, c'est ce qu'elle espérait.

-Il n'avait pas la clé, dit-elle à toute vitesse.

-Non, il ne l'avait pas. Mais s'il l'avait eu, il n'aurait laissé rien ni personne l'avoir, quel qu'en soit le prix à payer. Est-ce que tu comprends ?

-Non, avoua-t-elle.

Hurvin se fit apparaître une tasse de café fumant, dans lequel, il versa un peu du contenu de la bouteille de vodka qu'il cachait sous son bureau. Il remua le mélange avec soin, à la manière anglaise. Katerina observa la cuillère aller et venir, midi-six heures, midi-six heures, jusqu'à ce qu'elle en ait le tournis. Elle regarda le professeur porter le liquide à ses lèvres et boire doucement une longue gorgée. Puis il reposa son café sur une pile de copie, en un équilibre précaire et dangereux, avant de plonger la main dans la poche intérieure de sa veste et d'en ressortir un écrin à bijou des plus charmant. Katerina se demanda de quoi il pouvait s'agir. Allait-il lui offrir un bijou ? Pour quoi faire ? Qu'avait-elle fait pour mériter un tel cadeau ? Le professeur ouvrit l'écrin et Katerina en resta muette de stupéfaction. À l'intérieur brillait un pendentif en forme de clé, dans des pierres précieuses et semi-précieuses, le tout monté sur une base d'or jaune des plus singulière et massive. Elle observa les reflets du pendentif et estima qu'il méritait d'être porté et non de moisir dans un écrin à bijou.

-Je n'ai pas le droit de la toucher, dit Hurvin. Depuis qu'elle est retournée dans son écrin, personne ne l'a plus jamais touchée, dit-il. Elle est là, à attendre que quelqu'un soit digne d'elle et de son pouvoir.

De quel pouvoir parlait-il ? Elle ne parvenait pas à détacher les yeux de la clé, minuscule, mais pourtant si puissante. Elle pouvait presque sentir la magie du bijou dans l'air, elle le sentait l'envelopper et l'hypnotiser. Elle voulait la prendre. Elle se demanda pourquoi Hurvin détenait une telle merveille si personne n'avait le droit de la porter. Il posa l'écrin sur le bureau et le referma. Katerina en fut contrariée, mais elle parvint à tenir sa langue.

-C'est à cause de cette clé que ton père est mort. C'est à cause de cette clé que des centaines de sorciers se sont battus depuis toujours et sont morts. Certains pensent que la Grande Déesse et le Dieu Cornu sont descendus sur Terre pour vivre parmi les humains.

Pourquoi lui parlait-il de religion à présent ? C'était absurde. Katerina en savait bien plus qu'il n'en fallait sur la Grande Déesse et le Dieu Cornu, après toutes les heures qu'elle avait passées à faire des recherches pour le cours optionnel de magie noire, elle ne voulait plus entendre parler de religion pour le reste de l'année scolaire. Et puis, elle souffrait déjà bien assez de devoir assister aux messes magiques avant les bals de l'école, ce n'était pas pour souffrir d'entendre parler de Dieu et de Déesse durant son temps libre. Pourtant, Hurvin continua à parler, il raconta l'histoire telle qu'elle avait été écrite dans les livres de croyances.

Le Dieu Cornu serait descendu en premier sur la Terre, il aurait conservé ses pouvoirs divins, se serait donné aux femmes humaines et aurait conçu de nombreux enfants qui seraient devenus sorciers et sorcières. Jalouse, la Grande Déesse serait descendue à son tour, laissant le royaume des Dieux seul et sans protection. Elle aurait été capturée par des mortels, jaloux du Dieu Cornu et des enfants qu'il aurait donnés à leurs femmes. Ils l'auraient violée, et de ces unions forcées seraient venus au monde les vampires. Des créatures sans magie, obligées de voler celle des sorciers pour survivre. Une guerre aurait éclaté lorsque les premiers vampires auraient volé la magie des premiers sorciers. Fou de rage, le Dieu Cornu s'en serait pris aux mortels et les aurait transformés en lycans pour se venger du mal causé à sa divine épouse, avant de rejoindre ses femmes mortelles. Pour se venger, la Grande déesse, enfin libre de ses bourreaux, se serait donné la mort. Obligeant le Dieu Cornu à lui construire un mausolée magique pour la ramener au royaume des Dieux. Les limbes

91

furent créés pour permettre aux âmes des sorciers de transiter entre la Terre et le Royaume des éternels.

-La Grande Déesse est la mère de la magie, elle est la mère de tout ce qui existe, c'est elle qui a créé les humains. C'est elle que nous vénérons pour son sacrifice.

Katerina haussa un sourcil. À la place de la Grande Déesse, elle serait restée au Royaume des Dieux et elle aurait obligé le Dieu Cornu à rentrer à la maison. Ou elle aurait créé un autre Dieu pour lui servir d'époux et ne serait pas restée là à attendre pendant que son mari coucherait avec d'autres femmes. Mais elle n'était pas la Grande Déesse et ce n'était pas elle qui avait écrit l'histoire.

-Cette clé est la seule manière d'entrer dans le mausolée magique, dit Hurvin.

Katerina éclata de rire. Il y croyait. Elle n'aurait jamais cru ça d'un homme comme Hurvin. Voilà qu'il croyait en des histoires vieilles comme le monde, des légendes, des mythes, de la simple religion pour convaincre les sorciers de faire des célébrations magiques, de donner leur argent pour les Temples de la Déesse ou du Dieu Cornu et pour envoyer leurs enfants dans les temples afin de servir les autres sorciers. Tout cela, ce n'étaient que des fables.

-Ton père y croyait, insista le professeur.

Katerina ne se souvenait pas que son père ait pu être un dévot. Sa mère priait la Grande Déesse parfois, mais sa mère n'était qu'une sotte. Katerina se mordit le gras du pouce pour tenir sa langue. Avec Hurvin, il fallait mieux savoir rester maître de sa langue et de ses pensées. Katerina regarda l'écrin avec désir. À présent, elle parvenait même à sentir la magie de la clé à travers la boîte. Hurvin dut le comprendre, car il expliqua pourquoi la magie de la clé était aussi puissante. Il parla du mausolée, un sanctuaire de la magie, si puissant qu'il en dépassait même les conceptions de la magie. Sans ce sanctuaire, le monde de la magie serait proche de la disparition. Il n'y avait aucun doute là-dessus, car sans la présence des Dieux et celle du mausolée, il n'y aurait plus de magie sur la terre, comme auparavant, et les sorciers redeviendraient de simples humains.

-Quel est le rapport avec mon père ? interrogea l'adolescente, intriguée. Et pourquoi ce sorcier veut la clé ? Il s'imagine quoi ? Qu'en ayant la clé, il sera le sorcier le plus puissant du monde ?

-C'est à peu près ça. D'après la légende, quiconque ayant la clé en sa possession serait alors invincible, posséderait tous les pouvoirs magiques de la création et serait maître des limbes. Qui contrôle les limbes contrôle la mort.

Katerina éclata de rire. Elle n'y croyait pas. Si une telle magie existait, tous les sorciers du monde se disputeraient pour l'obtenir et on en aurait entendu parler. Or, elle n'en avait jamais entendu parler. Le professeur de magie noire fronça les sourcils. Il n'était pas content de déclencher cette hilarité, et elle le comprenait que trop bien, aussi s'efforça-t-elle retrouver son calme.

-Ton père y croyait.

« *Et mon père s'est fait tuer,* pensa-t-elle, comme si cette croyance expliquée son sort tragique. ». Hurvin poussa l'écrin dans sa direction. Pourquoi l'avait-il alors et pourquoi ne s'en servait-il pas alors ? Il répondit qu'il était le gardien, qu'il n'avait pas le droit de se servir de la clé. Il ajouta que si plus jeune, il avait eu la clé en sa possession, il en aurait fait don à Andy, mais qu'à présent, il savait plus de choses et qu'il était persuadé que la clé ne serait jamais restée entre les mains d'Andy. Il expliqua que la clé avait besoin de l'élu pour exister.

-La magie appelle la magie. Elle t'appelle depuis des semaines. C'est toi qu'elle veut pour maître, dit Hurvin, en rouvrant le couvercle. J'ai hésité à te la donner, mais il est temps, je crois. Il faut que tu deviennes la sorcière que tu dois devenir. Une fois que tu auras la clé, tu seras en danger.

-Je suis déjà en danger.

-Plus que tu ne l'es déjà. Basileus veut la clé, il veut également le sanctuaire magique qui va avec et ta magie. Mais tant que tu seras en vie et puissante, tant que tu garderas ta magie, il n'y aura rien à craindre, même si tu mourais, la clé reviendrait au gardien. C'est ainsi que les choses fonctionnent.

-Donc même si je me fais tuer, tout le monde s'en fout, tant que j'emporte ma magie avec moi dans la tombe, persifla la jeune fille. C'est charmant.

-Cette clé est la chose la plus importante du monde magique. Tu dois la protéger. Tout comme ta magie. Tu dois empêcher qu'un mauvais sorcier s'en empare. Que crois-tu qu'il arriverait si un mauvais sorcier avait tous les pouvoirs magiques entre ses mains ?

-Qui vous dit que je ne suis pas une mauvaise sorcière et que je ne m'en servirai pas pour faire le mal ?

Hurvin alluma une autre cigarette, termina son café qui devait être froid à présent et recommença à se balancer, d'un air étrange et détendu.

-Tu sais ce qui est arrivé à Jack Avrat ?

-Il est mort, répondit Katerina, mais Jack Avrat avait vécu entre 1698 et 1731, même s'il n'était pas mort en prison, il serait mort à présent.

Jack Avrat était son ancêtre. On le considérait comme le premier des Barthély. Ses parents étaient des Anglais venus faire fortune en France. Jack s'était montré habile sorcier durant ses années d'école. Puis, il avait choisi de partir, de se faire embarquer sur un bateau, il avait causé une mutinerie et en avait pris les commandes en tant que Capitaine. Il avait navigué sur tous les océans, on disait même qu'en plus d'être un sorcier pirate, il aurait eu le contrôle du Kraken, une des plus puissantes créatures des mers. Il aurait connu aussi des sirènes, des tritons et des elfes des mers. Il avait eu une vie trépidante et pleine de surprises, il avait fini par être capturé par une bande de sorciers et jeté en prison.

-Oui, en prison. Après avoir souffert du mal noir durant des années. Il est mort dans un état lamentable parce qu'il pensait être le plus puissant sorcier de tous les temps et qu'il s'est amusé avec la clé et avec les pouvoirs du sanctuaire. Il a voulu jouer avec des forces magiques qui le dépassaient, et il en est mort. Il a voulu contrôler la mort et les limbes. Ce n'est pas une bonne idée que de vouloir jouer avec la mort.

Katerina n'y croyait pas. Bien sûr que son ancêtre Jack Avrat était mort en prison, mais après avoir navigué sur toutes les mers et les océans, après avoir volé, pillé et tué. Il avait abusé de tout ce qu'il était possible d'abuser à l'époque, il s'était drogué à la magie, et rien ne prouvait qu'il possédait la clé magique, ni même qu'il avait un jour, mit les pieds dans ce prétendu sanctuaire magique.

-Ton père a travaillé toute sa vie pour obtenir cette clé, il s'est sacrifié, il s'est dévoué à la magie noire et il est mort à cause de ça, continua Hurvin pour la convaincre. Crois-tu qu'un homme comme ton père se serait laissé aller à croire en des histoires de bonnes femmes ? Crois-tu qu'il se serait sacrifié pour un mensonge ?

Katerina fronça les sourcils. Si elle voulait cette clé, elle devait faire croire à Hurvin qu'elle y croyait. Elle devait accepter ses inepties

94

et ses fadaises. Aussi, hocha-t-elle la tête en bonne élève. -C'est tellement incroyable, dit-elle, pour excuser sa conduite.

-Prends-la et tu verras que j'ai raison. La clé ne reconnaît que son maître. Si tu es bien l'élue, elle prendra tes couleurs, sans quoi...

-Sans quoi ?

-Tu mourras. »

Katerina fit la grimace. Elle était prête à prendre le risque uniquement pour prouver à Hurvin qu'il avait tort et qu'elle n'allait pas mourir, même si la clé ne prenait pas ses couleurs. Elle attrapa le pendentif du bout des doigts pour ne pas l'abîmer. Elle fit glisser le tout dans sa petite main et attendit. La force magique qui se dégageait du pendentif était incroyable, elle sentait la magie se diffuser dans son corps, sous sa peau, et la remplir d'une joie nouvelle. Elle allait dire au professeur que rien ne se passait lorsque les pierres précieuses se changèrent en saphirs et l'or passa du jaune massif au blanc pur. De l'or blanc et des saphirs, ces couleurs, elle n'en croyait pas ses yeux. La magie qui flottait dans l'air était la sienne, elle le sentait, elle en sentait le parfum étrangement entêtant. « *Méfie-toi des traîtes,* souffla une voix magique qui semblait venir de la clé. » Elle passa le collier d'or blanc autour de son cou et sentit aussitôt le poids d'une magie plus puissante encore l'envahir. « *Prends garde aux sorciers*, dit la voix. *Les hommes sont prêts à tout pour te trahir. Pour posséder la clé. Ils veulent tous la clé.* » Katerina effleura la clé, et ce qu'elle vit elle ne pouvait le décrire. L'espace d'une seconde, elle se trouvait ailleurs, dans une pièce circulaire, haute de plafond, si haute qu'elle en donna le vertige. Tout autour d'elle, elle sentait une magie semblable à la clé. Elle vit les cinq éléments magiques réunis. Voilà ce qu'elle devait trouver, et elle était prête à chercher toute sa vie durant. La magie de la salle l'appelait. Elle ignorait où se trouvait ce sanctuaire, mais il existait. Rien ne pouvait l'emmener là où elle désirait en dehors de la magie noire. À présent, elle en était certaine. Elle venait de trouver sa voie.

Chapitre 8 : Camille

« -Ce n'est pas mieux que d'être dans ta chambre ? demanda William, alors que Camille buvait un café assis à la table en formica de la petite boutique paternelle.

Camille leva les yeux pour lui signifier de se taire. Non, il n'aimait pas être là à attendre, plus punis encore qu'enfermé seul dans sa chambre, avec son père sur le dos toute la journée. Il n'aimait pas devoir le regarder réparer des objets magiques ou humains. Il n'appréciait pas non plus de se faire attaquer par des tournevis magiques chaque fois qu'il passait dans l'atelier, ou marcher sur des rouages magiques chaque fois qu'il allait soulager sa vessie. Le premier jour, il s'était rentré un clou dans le pied et il était certain que le clou était venu exprès s'enfoncer dans sa chaussure. Camille détestait la boutique magique de son père depuis son plus jeune âge, cela n'avait pas changé avec l'âge.

-On dit que Katerina sort avec Jason Pièce. Tu le connais ?

-Jason ? Non, pas vraiment, il était dans sa classe. Un imbécile prétentieux, rien de plus, assura Camille.

-Ouais, et bien, elle sort avec lui maintenant, l'informa William, visiblement inquiet de l'effet que pouvait produire cette nouvelle sur Camille. Enfin, c'est que l'on dit. Tu crois que c'est vrai ?

Camille aurait pu être jaloux s'il n'avait pas su que Katerina l'aimait. Il lui suffisait de retourner à l'école, de retourner travailler pour Delphine Miller, d'aller parler à Katerina. Il pouvait le faire. Il était assez courageux pour cela, maintenant qu'il savait ce qu'elle ressentait pour lui. Sauf qu'il hésitait depuis des jours. S'il retournait travailler pour Delphine Miller, il ne serait jamais rien de plus que ce qu'il n'avait été durant des années. Et une fois que Katerina aurait terminé ses études, Delphine ne pourrait pas le garder, elle ne pourrait pas lui offrir un autre travail. Au mieux, il deviendrait bureaucrate dans l'un des services du magistère, peut-être même au service juridique, mais il n'irait pas plus loin, pas avec le peu de connaissances qu'il possédait dans les autres domaines que le droit et la politique. On ne lui ferait pas confiance, puisqu'il n'aurait pas su devenir autre chose que le secrétaire d'une des plus importantes magistrates de ces cinquante dernières années. Camille soupira.

-Si tu finis la cafetière, refait du café. Papa déteste ne pas avoir son café de dix heures, conseilla William. Comment tu peux boire autant de café ? demanda William. On ne t'a jamais dit que c'était mauvais pour la santé ?

Camille ne répondit pas, il n'en avait pas envie. Il n'avait d'ailleurs envie de rien, à part être seul et réfléchir encore à ce qu'il devait faire. Il devait prendre une décision. S'il restait, sa vie serait plus pitoyable qu'elle ne l'avait jamais été. Il avait blessé Katerina, il lui avait dit qu'elle était déraisonnable, et il y avait eu la fois où elle l'avait surpris en compagnie de Mélinda. Ils ne s'étaient pas expliqués à ce sujet. Camille aurait parié sa chemise que Katerina n'aurait jamais tenté d'envoyer Mélinda par la fenêtre, si elle ne les avait pas surpris tous les deux. En revanche, s'il partait, la vie serait certainement plus triste. Il ne pourrait plus voir Katerina, il ne saurait rien d'elle, et il l'abandonnerait dans les méandres de la magie noire.

-Tu vas mourir jeune si tu continues à boire autant de café et à dormir si peu.

-Ce n'est pas comme si j'avais une femme et des enfants, répliqua Camille avec un rictus.

-Ça ne dépend que de toi. Tu pourrais avoir une femme et des enfants, si tu en avais envie.

Camille détestait qu'on le lui rappelle. Il ne voulait pas se marier et il tenait encore moins à avoir des enfants. Il ne serait pas un bon père, il le savait, et encore moins un bon mari. Il ne savait pas comment il fallait faire l'un ou l'autre, il n'avait jamais appris, et ce n'était pas avec l'exemple de son propre père qu'il apprendrait.

La voix forte de Gilles se fit entendre, il avait besoin que William aille chercher du matériel quelque part. Camille se demanda s'il ne s'agissait pas là d'une ruse pour éloigner William et laisser Camille s'ennuyer seul dans son coin.

William enfila sa cape de voyage et s'en alla sans un mot. Camille le vit traverser le petit miroir de transport dans la pièce attenante, une sorte de chambre, avec un lit de camp, des livres de magie et des bouteilles de cognac ou de whisky hors de prix. Camille se demandait bien pourquoi son père avait besoin d'une chambre dans sa boutique de magie.

Camille posa les bras sur la table pour s'y coucher ou pour réfléchir, il ne savait au juste ce qu'il préférait pour l'heure. Il pensait à Katerina depuis l'instant où son père l'avait séquestré. Personne n'était venu demander de ses nouvelles, personne n'était venu se plaindre de son absence, et même Mélinda semblait l'avoir totalement oublié. Pire que tout, Katerina elle-même n'avait pas cherché à prendre de ses nouvelles. Elle devait le croire parti et en colère.

-Si tu pensais moins et que tu agissais plus ? proposa son père.

-Je ne vois pas de quoi tu veux parler, répliqua Camille.

-Tu veux partir, n'est-ce pas ?

-Oui, répondit Camille.

-Pour avoir un meilleur travail et un meilleur avenir, c'est bien ça ? demanda le vieil homme, les mains dans les poches de son tablier de cuir usé.

-Oui, répondit encore une fois Camille, sans trop savoir où son père voulait en venir, cette conversation, ils l'avaient déjà eu plusieurs fois sans que cela ne change rien.

-Si tu avais un meilleur emploi ici, est-ce que tu partirais ?

Camille leva les yeux au plafond. S'il n'y avait ne serait-ce qu'une chance pour qu'il ait une bonne place sans avoir à quitter Katerina et son pays, il resterait, mais ce n'était pas possible et il le savait.

-Miller est critiquée, son règne touche à sa fin, annonça Gilles. Si elle part, il y aura des élections, de nouvelles élections.

-Oui, et le peuple élira Anatole à sa place.

-Peut-être pas. Il se peut que le peuple te choisisse, toi, dit son père.

-Je suis un Dellait, au cas où tu l'aurais oublié. Le peuple élirait plus volontiers une bouse de dragon qu'un membre de notre famille.

Gilles claqua dans les doigts et une tasse de café fumant apparut dans sa main. Camille regrettait de ne pas être un meilleur sorcier, il aurait eu du café à sa disposition à longueur de journée.

-Tu pourrais avoir le soutien de la Russie. Katerina est appelée à siéger au conseil de Raspoutine dès qu'elle sera mariée. Avec un peu de chance, tu pourrais la convaincre de t'épouser. »

Camille croisa les bras, furieux et mal à l'aise. Il ne voulait pas avoir cette discussion avec son père. Il détestait son père et il ne voulait plus l'entendre. Il ne voulait plus non plus partir en Angleterre.

Il serait trop loin de Katerina et elle pourrait l'oublier. Il le savait. Il jouait tout son avenir, mais il ne pouvait plus partir. Il ne voulait pas avoir à convaincre de l'épouser. Il ne voulait pas non plus se marier et encore moins qu'elle se marie, elle.

Madame Miller accepta son retour, elle ne posa aucune question, elle était si débordée de travail qu'elle était prête à tout pardonner pourvu qu'elle ait un peu de répit. Camille aurait voulu discuter avec Katerina, seulement la première magistrate ne l'entendait pas de cette oreille. Camille dut se mettre aussitôt au travail, une pile de papiers et de lettres l'attendaient sur son bureau. Il se sentit découragé en constatant que sa patronne n'avait pas respecté l'ordre de classement qu'il avait instauré et qui fonctionnait très bien, depuis des années. Delphine n'aimait pas suivre la logique des autres, la sienne était pourtant trop désordonnée. Lorsqu'il sentit la fatigue s'emparer de lui, Camille souhaita bonsoir à la magistrate et partit se coucher au grenier, là où était sa place. Il lui faudrait ramener ses affaires une nouvelle fois, compte tenu de l'heure tardive, son père n'aurait pas apprécié être réveillé.

Katerina étudiait, penchée sur un épais volume poussiéreux, elle prenait des notes avec sérieux et enthousiasme. Elle n'eut même pas un regard pour lui. Camille ne tenta pas d'attirer son attention. Il se coucha sans un mot. Au matin, il s'attendait presque à la trouver allongée près de lui, pas à ce qu'elle soit endormie sur le cahier dans lequel elle prenait des notes. Elle pouvait dormir encore quelques heures. Camille la souleva, elle soupira, elle était plus légère qu'auparavant, elle semblait plus mince aussi. Camille n'aurait pu en jurer avec ses vêtements de nuit, un haut trop large pour elle qui avait appartenu à Thomas et un short en soie si court qu'il ne dépassait pas du t-shirt. Elle sentait bon le jasmin, la bergamote et le lilas, un nouveau shampoing sûrement. Camille la déposa sur le lit d'appoint. Il remonta les couvertures et s'arrêta, intrigué, par un pendentif autour de son cou. Il le sortit du t-shirt par la chaîne. Jamais il n'avait vu un tel collier. Tout en or blanc et en saphir, en forme de clé incrustée de pierres de belle taille d'une finesse exceptionnelle. Elle le regardait. Camille reposa le bijou, remonta les couvertures et se redressa.

« -Hurvin me l'a donné, dit-elle, d'une voix ensommeillée.

-Je ne savais pas que les professeurs gagnaient assez pour ce genre de bijou.

-Hurvin m'aime bien.

-Jason Pièce aussi à ce que l'on dit.

Delphine n'avait pu s'empêcher de parler de ses craintes quant aux fréquentations de Katerina, plusieurs fois, elle avait évoqué Jason Piece. Camille s'était contenté d'une réponse polie, bien qu'au fond de lui, il bouillait de jalousie. Camille s'assit près d'elle, aussitôt, elle enroula une de ses mains autour de sa jambe et posa la tête sur sa cuisse. Elle semblait si vulnérable. Rien à voir avec la tueuse qu'il avait vue en elle, le jour où elle avait passé Mélinda par la fenêtre du septième étage, sans le moindre remords. Il devait s'être trompé dans ce qu'il avait cru remarquer, peut-être n'entendait-elle pas de voix et n'était-elle pas en danger. Il lui caressa les cheveux avec tendresse. Si seulement, il avait trouvé le courage de lui dire qu'il l'aimait, tout aurait été bien plus facile.

-Pourquoi ton père t'a gardé aussi longtemps ? demanda-t-elle.

-Il ne m'a pas gardé, j'avais besoin de réfléchir, à mon avenir. »

Ce n'était pas tout à fait un mensonge ni tout à fait la vérité. Gilles Dellait avait eu raison de retenir Camille. Partir aurait été une grosse erreur, à présent, il s'en rendait compte. Elle fit la moue, se tourna de l'autre côté et ferma les yeux. Elle ne lui dirait rien de plus, cette maudite tête de mule. Il hésita à lui dire qu'elle était agaçante, mais au lieu de ça il se pencha sur elle, l'embrassa sur la joue et lui souhaita bonne nuit.

« -Un revenant ! s'écria Guillaume lorsqu'il le vit apparaître dans le hall d'entrée de l'école.

Guillaume le prit dans ses bras, lui souhaita la bienvenue et s'extasia de son retour. Les cours de divination n'étaient plus les mêmes sans Camille, surtout depuis que Katerina et Maud s'étaient disputées.

-On a bien cru qu'elle la passerait par la fenêtre, murmura Alcidie en pouffant.

-Elle ne l'aurait pas volé. Maud lui a suggéré de changer de nom de famille parce que sa numérologie n'est pas meilleure.

-Trop de zones d'ombre, comme son père, ajouta Alcidie. Pourquoi tout le monde la compare à ses parents ? Enfin, sauf Hurvin. C'est pour ça qu'elle est aussi proche de lui.

-Comment ça proche d'Hurvin ? interrogea Camille que les nombreux étages à monter épuisaient.

Alcidie s'arrêta au beau milieu des escaliers, ils furent dépassés par un groupe d'élèves qui riaient. Camille trouva que la jeune femme était d'une pâleur étrange comme si elle gardait un secret trop lourd à porter.

-Elle est avec Hurvin. Murmura Alcidie rapidement. Elle est avec lui. Insista-t-elle. Je les ai vus plusieurs fois ensemble tard le soir, et à la fête aussi. Tout le monde pensait qu'elle était avec Jason Piece, il y a eu des tas de ragots là-dessus, mais je l'ai vue avec Hurvin dans les toilettes des filles. Ils étaient très, très, proches. Si vous voyez ce que je veux dire, insinua Alcidie.

-Il a quoi ? Quinze ou seize ans de plus qu'elle ! s'amusa Guillaume. C'est n'importe quoi. Hurvin les aime plus âgées et plus bécasses. »

Camille les laissa partir devant, sous le prétexte qu'il avait des livres à rendre. Il n'en avait aucun, mais il ne pouvait se rendre en cours de magie noire tout de suite. Il devait reprendre ses esprits. Camille prit son temps, arriva presque en retard dans la salle de classe et se retrouva relégué au dernier rang. Le professeur de magie noire décida que le jour était venu pour lui de leur faire passer un test magique sur ce qu'ils étudiaient depuis le retour des vacances de Sanhaim. Camille n'avait aucune idée de quoi il était question et ne s'attendait pas à réussir. Il était à présent question concentrer la magie pour l'extirper de leur corps et la rendre visible. Camille ne savait au juste de quoi il retournait. Il vit Katerina fermer les yeux et une boule de lumière bleu sombre sortir de ses mains, flottait au-dessus d'elle à quelques centimètres de ses paumes, puis rentrer en elle aussi facilement qu'elle n'en était sortie. Presque tous les autres échouèrent lamentablement. Des élèves protestèrent sous prétexte qu'Hurvin ne leur avait donné que la théorie et aucun travail pratique. Camille passa le dernier, tous les regards étaient braqués sur lui, et les élèves ricanaient. Il était absent depuis bien trop longtemps pour y parvenir. Pourtant à sa grande surprise, il ferma les yeux se concentra et appliqua un conseil que Katerina lui avait donné des années auparavant. Elle lui avait dit d'écouter sa magie, de lui commander et de lui faire confiance. N'aimant pas la magie, Camille n'avait jamais mis en pratique ce conseil, cette fois cependant cela lui réussit. Une boule de lumière violette, de plus petit diamètre que celle de Katerina, flotta au-dessus de ses mains durant quelques instants, avant de rentrer en lui avec une chaleur douce et diffuse. Hurvin croisa les bras, estima qu'il avait de la chance, mais que cela ne fonctionnerait pas toujours.

Bien après la fin des cours, il trouva Katerina plongée dans des livres religieux. Elle cherchait quelque chose qui semblait avoir rapport avec le mystérieux collier. Camille n'avait pas besoin qu'elle le lui dise pour qu'il sache que cet objet n'avait rien d'ordinaire. Il aurait presque dit qu'il sentait la magie, mais il ne savait exactement ce que cela signifiait. Elle le dévisagea sans en avoir l'air, alors qu'il travaillait à rattraper son retard. Les cours les plus difficiles à rattraper étaient ceux de droits magiques et d'histoire de la magie. Des cours plus que captivants, mais très denses.

« -Quoi ? demanda-t-il, stupéfait qu'elle vienne d'elle-même lui parler, mais ravi qu'elle le fasse.

-Pourquoi est-ce que tu es resté ? William Gordon t'offrait un bon travail.

-Je suis bien ici, dit-il. Avec toi.

-Tu aurais dû partir tant que tu en avais l'occasion, dit-elle, plus énigmatique que jamais. Il arrive.

Camille la regarda avec des yeux ronds. Qui était donc ce « il » mystérieux qui paraissait lui faire peur. Un mage noir ? Celui qui avait tué ses parents ? Camille savait que des choses étranges se passaient dans les lieux sombres. Il savait aussi que Basileus était en France, Anatole le lui avait dit en août.

-J'entends des voix, Camille. »

Camille se gratta la joue. Il ne pouvait pas faire comme s'il ne savait pas. Il ne pouvait rien dire, rien faire, en dehors de chercher et de retrouver le livre dans lequel il avait entendu parler de ces voix et de ce sang noir, avant qu'il ne soit trop tard et garder ce secret pour lui. Il n'était pas courant qu'une sorcière aussi jeune entende des voix. Il n'était tout simplement pas courant d'entendre des voix. Camille remballa ses affaires et l'encouragea à le suivre. Ils devaient parler tous les deux, certainement pas au beau milieu de la bibliothèque, au milieu des oreilles indiscrètes. Il lui proposa de rentrer à la maison, pour être tranquilles, elle refusa sous prétexte qu'elle avait rendez-vous avec le professeur Hurvin. Camille parvint à se retenir de la tirer par le bras de force et se contenta d'acquiescer.

Chapitre 9 : Maud

Plus elle observait la petite Katerina Barthély, plus Maud lui trouvait des airs de ressemblance avec son père. La petite n'était pas aussi douce et calme que ne laisser le présager son apparence. Elle était sauvage, incisive et vindicative. Andy aurait été ravi. Plus d'une fois, elle l'avait entendu dire « *qu'on lui donne un athamé et mon fils dévorera le monde.* » Sauf qu'il n'avait pas eu de fils, mais une fille, ce qui était pire encore. Maud avait tiré les cartes plusieurs fois pour connaître le destin de cette terrible enfant. Elle était persuadée à présent que rien n'irait comme il le fallait. Elle interrogea les cartes pour savoir ce qu'elle devait faire. Lui parler ? Ou se taire ? Andy aurait su lui. Andréïlévitch n'avait pas besoin de cartes pour lire l'avenir, juste de son intuition très développée.

Maud rentra chez elle, épuisée par ses propres pensées. Elle trouva la porte ouverte. Cela n'annonçait rien de bon. Elle s'empara de son réceptacle magique et avança à tâtons dans sa maison pavillonnaire, un cadeau pour qu'elle se taise sur les secrets qu'elle connaissait. Depuis plus de vingt ans, elle vivait là, elle connaissait chaque recoin, mais ce soir-là, il lui semblait que la maison n'était pas comme d'habitude, presque inconnue et dangereuse. Quelque chose y flottait. Une essence magique à la fois familière et étrangère. Elle entra dans la grande pièce à vivre, mais elle n'y trouva personne. Aussi, continua-t-elle jusqu'à son petit bureau, coincé entre la salle de bains et une partie de la cuisine. La lumière se reflétait sous la porte. Si celui qui se trouvait là avait voulu sa mort, il l'aurait déjà tuée. Elle entra sur ses gardes, pour se retrouver nez à nez avec ce maudit professeur Hurvin. Elle l'observa longuement. Que faisait-il là ? Comment s'y était-il pris pour entrer chez elle par effraction ? Elle l'évitait soigneusement depuis qu'il était apparu de nulle part. Il n'avait pas de bonnes ondes, il y avait trop de mystères autour de lui et elle ne parvenait pas à cerner son avenir ni dans les cartes ni dans la numérologie. Elle n'avait jamais été confrontée à pareil phénomène, et n'aimait pas que l'on fouille dans ses affaires.

Il était assis à sa table de travail, non pas celle dont elle se servait pour tirer les cartes, faire sa numérologie ou ses rituels, mais celle où elle corrigeait ses copies. Il lisait tranquillement un tas de feuilles qu'il avait sorti du dossier vert clair. Maud n'aimait pas cela. Elle savait parfaitement à quelle classe appartenait le dossier vert clair. Toutes les bougies du bureau étaient allumées, de même que les vieilles lampes tamisées. Il régnait une atmosphère sereine, mais lourde dans cette pièce. C'est là que Maud passait le plus clair de son temps.

« -Si vous vouliez lire ses prédictions, il fallait me demander au lieu d'entrer chez moi par effraction, gronda-t-elle.

Le professeur de magie noire ne releva même pas les yeux. Il semblait totalement épris par les écrits de l'adolescente. Elle l'avait toujours trouvé étrange, mais il dépassait l'entendement. Elle savait qu'il aimait bien s'amuser avec ses élèves, sauf que cette fille n'était encore qu'une enfant, manipulable et perdue.

-Ce n'est pas ce que vous croyez, dit-il, soudainement.

-Parce que vous lisez les pensées vous, maintenant ? rit-elle.

Sauf qu'il ne riait pas lui aussi, et la mine contrariée qu'il affichait fit cesser son hilarité. Il pouvait donc lire les pensées. Elle n'avait connu qu'un seul homme capable d'un pareil exploit et il était mort depuis plus de dix ans. Maud s'avança dans son propre bureau, les sourcils froncés, les bras croisés. Elle n'appréciait pas qu'on lise ses pensées sans l'en informer.

-J'apprécie beaucoup Katerina, mais ce n'est pas ce que vous croyez, assura le professeur. Je veux juste la protéger.

-La protéger d'elle-même ? De votre influence néfaste ou des menaces qui planent autour d'elle ? demanda Maud. Vous ne pouvez rien pour elle.

Le professeur reposa la copie qu'il tenait et en prit une autre, qu'il lut avec attention.

-Je sais que vous avez des amis particulièrement dangereux.

Il décida enfin de lui accorder son attention, ce n'était pas trop tôt. Il n'appréciait pas que l'on parle de ses amis. Pourtant, il le fallait bien.

-Je sais ce que vous faites avec ces amis que vous vous êtes trouvés.

Le professeur Hurvin reposa la copie sur les autres, il semblait à la fois furieux et contrarié. Maud se demanda l'espace d'un instant s'il n'allait pas la tuer. Il sembla y penser lui aussi, mais dut se raviser.

-Quelles menaces planent autour de Katerina ? demanda-t-il, intrigué.

-Je ne vous savais pas homme à croire aux prophéties ni aux divinations.

-Beaucoup dirait qu'Andy ne l'était pas non plus, et pourtant, vous et moi savons à quel point il tenait à vos prédictions.

Maud s'avança encore d'un pas. Il en savait si peu sur Andy qu'elle voulait en rire, ce n'était ni le lieu ni le moment de rire et de penser à Andy. Andy était mort et ses prédictions n'avaient rien pu faire pour empêcher cela. Elle aurait tellement voulu l'aider, lui et sa famille.

-Vous savez qui l'a trahie ? demanda Sébastien Hurvin, visiblement intrigué.

-Vous. Il n'y a que vous pour l'avoir trahie.

-C'est ce que vous pensez ou ce que vos cartes vous ont dit ?

-C'est ce que son âme m'a confié, répliqua Maud, fâchée qu'il puisse remettre en doute sa parole.

-Eh bien, son âme avait tort. Je n'aurais jamais trahi mon mentor. C'est pourquoi je fais tout ce que je peux pour aider sa fille. C'est pourquoi j'ai trouvé mes amis et c'est pourquoi je m'efforce de la conduire vers le droit chemin.

Il se leva, prit les copies de Katerina et s'empressa de les fourrer dans la poche intérieure de sa veste. Il lui demanda de l'aider. Maud en aurait presque ri. Il ne savait donc pas à quel point Andy l'avait haï et méprisé. Il ne savait donc pas que tout ce qu'Andy voyait en lui était un gamin dépravé et perdu, un gamin qui avait pour seule qualité d'avoir un nom de famille célèbre et un père dangereusement puissant, et issu d'une lignée à la fois maléfique et puissante.

-Vous n'apprendrez rien dans ses notes, dit Maud. Elle est mauvaise interprète, mais parfois, elle voit juste. Lorsqu'elle laisse de côté les livres et qu'elle se fit à son instinct.

Hurvin hocha la tête, méditant sur ses paroles. Il paraissait être ravi de l'apprendre.

-Que fait votre fils maintenant ? demanda Hurvin, après un moment de silence.

-Il travaille en Irlande. Il va se marier l'année prochaine. Il a bien réussi comme tarologue. Il tire les cartes pour le grand-duc et sa suite. Il est aussi reconnu chez les mortels. Il écrit des livres. »

Hurvin hocha la tête et s'en alla. Maud n'aimait pas ça. Il lui laissa un arrière-goût amer, et elle ne savait comment elle devrait réagir à présent. Il l'avait perturbée plus qu'elle ne pouvait le dire et toutes les prédictions qu'elle tenta de faire ce soir-là ne menaient à rien. Elle espérait qu'il n'avait pas mis les mains sur ses cartes ni tenté de lire dans sa boule de cristal.

Chapitre 10 : Camille

Katerina ne rentra que tard dans la nuit. Camille rattrapait une partie du retard du courrier de la première magistrate. Il évita soigneusement d'ouvrir les lettres que Mélinda lui adressait depuis que son père avait levé sa punition. Pourtant, lorsque l'une d'elles se glissa dans le courrier de la première magistrate, Camille perdit patience. Mélinda le suppliait de revenir, même si elle assumait avoir trouvé un nouveau petit ami. Elle ajoutait qu'elle était enceinte, qu'il devait prendre ses responsabilités avant qu'elle ne le lui fasse regretter. Elle expliquait aussi qu'elle ne l'avait pas attendu, qu'elle était partie, mais qu'il pouvait revenir, ou qu'elle pourrait revenir s'il lui demandait. Elle le menaçait, le suppliait, l'insultait, tentait de se faire pardonner, selon les lettres qu'il ouvrait. Camille les jeta toutes. Elle ne manquait pas de culot. Elle avait retrouvé un autre petit ami quelques jours seulement après leur rupture et osait lui demander de revenir. Elle mentait sur sa grossesse, Camille la connaissait assez pour savoir de quoi il en retournait. Quant aux insultes, elles achevaient tout retour possible d'une relation entre eux. Puisqu'elle était partie en Angleterre, autant qu'elle y reste, Camille ne tenterait rien pour la faire revenir dans ce pays.

Katerina entra dans le bureau bien après minuit, Camille s'apprêtait à abandonner les courriers de la première magistrate pour aller se coucher. Elle observa la pièce longuement, à croire qu'elle y cherchait quelqu'un ou quelque chose.

« -Ta tante n'est pas là, dit-il, pour lui faciliter la tâche.

Katerina donna un coup de pied dans la chaise près de la porte. Camille se demandait quelle mouche pouvait bien encore l'avoir piqué. Elle se laissa tomber sur une montagne de papiers dont plusieurs s'envolèrent pour atterrir sur le sol. Camille grimaça, du travail qu'il aurait en plus, une chance qu'il n'avait pas encore classé ces fichus documents.

-Willa me déteste, dit-elle, boudeuse.

-Tu es sortie avec le garçon qu'elle convoite, tu t'attendais à quoi ?

-Il m'a demandé, j'ai dit oui. Je ne voulais pas aller au bal toute seule, c'est tout, dit-elle en allant s'asseoir sur le bureau d'un pas aérien. Elle m'en voulait déjà avant, soi-disant que je suis une garce. Qu'est-ce que j'ai fait de mal ? Elle dit que je l'ai abandonnée, mais quand ?

-Willa comptait beaucoup sur toi pour réussir à l'école. Elle trichait, c'est toi-même qui me l'a dit. Tu lui retires ton aide, elle est bien en dessous de la moyenne et ses parents la punissent. Tu la rendais populaire. Amie avec la célèbre Katerina, tu te rends compte ce que c'était pour elle ? Selon elle, tu l'as trahie en acceptant de changer de classe.

-C'est elle qui a choisi de m'abandonner. C'est elle qui a décidé de ne plus être mon amie. Ce sont les autres qui m'abandonnent, pas moi.

-Tes parents ne t'ont pas abandonnée, ils sont morts, répondit Camille, un peu surpris de la manière dont elle voyait les choses.

-J'en ai marre d'inspirer de la pitié à tout le monde, dit-elle, la tête sur les genoux.

-D'où les cours de magie noire, j'imagine, dit le rouquin avec un léger sourire amusé. Tu tentes de t'imposer ? De faire peur ? C'est raté, gloussa-t-il.

-Tu es le seul à ne pas avoir peur de moi, soupira-t-elle.

Un bruit de verre attira l'attention de Camille vers la porte-fenêtre du bureau, qui ouvrait sur un petit balcon. Il pleuvait et le vent mêlé à la pluie faisait un bruit étrange contre la vitre. Cependant, le bruit qu'il avait entendu était bien différent. Camille s'humecta les lèvres. Il prit un stylo s'efforçant d'avoir l'air détaché. Pouvait-il écrire à Anatole à une heure aussi tardive ? Delphine et lui seraient encore réveillés ou penseraient-ils à regarder le courrier ? Camille écrivit rapidement qu'il y avait quelqu'un à la villa et qu'ils devaient venir au plus vite. Il envoya le morceau par la boîte magique. Katerina ne paraissait même pas le remarquer, elle jurait qu'elle pourrait le tuer si le cœur lui chantait. Un autre bruit attira son attention, il venait de la chambre de Katerina, elle ne le remarqua pas, semble-t-il, préférant se plaindre de la triste réalité de sa vie. Camille prit une enveloppe vierge, écrivit quelques mots simples : Danger, Villa Miller, prévenir Monsieur Vincent. Il envoya le tout à la police magique. Il risqua un dernier envoi, pour son père cette fois. Gilles Dellait, malgré tous ses défauts, restait un homme empli d'une sorte de respect pour la famille

Barthély, qui semblait surtout craindre Lavrenty, ce qui devait être suffisant. Un léger coup d'œil en direction de la porte-fenêtre assura à Camille qu'il n'était pas fou. Quelqu'un le regardait, des yeux furieux, la silhouette d'un homme émacié se profila et la lame d'un athamé également.

-Katerina. Baisse-toi. Maintenant, dit-il calmement.

Sans réfléchir, elle se jeta en bas de chaise et lui aussi, juste avant qu'un éclair ne déchire la nuit. La vitre explosa, le trait de lumière termina sa course dans le mur arrachant un gros morceau de plâtre avec lui. Camille rampa jusqu'à Katerina, lui serra la main, et avant qu'un second jet de lumière ne vienne les frapper, ils se redressèrent pour fuir hors de la pièce. La lumière était allumée au rez-de-chaussée, inutile de descendre, ils étaient fichus. Un homme descendait de l'étage supérieur en riant. Camille serra Katerina contre lui, la força à rester derrière lui pour la protéger. C'était après tout la seule raison pour laquelle il était payé. D'autres hommes arrivèrent du rez-de-chaussée, et celui qui les avait attaqués dans le bureau apparu à son tour, également secoué d'un fou rire sombre.

-Tiens, tiens, tiens, un rat, dit l'homme qui venait de l'étage.

Son visage était recouvert de tatouages noirs. Les marques noires lui recouvraient également le cou et les mains, le reste de son corps était caché sous la large tunique noire des nécromanciens et la ceinture violette, et ses bottes hautes faisaient un bruit assourdissant.

-On va la jouer simple, continua-t-il. Tu viens avec nous et on épargne le petit rat. Sinon, je m'assurerai que tu viennes avec moi quand même, mais ça ne sera ni agréable pour lui ni pour toi.

-Jamais, assura Katerina, qui passa sous le bras de Camille pour faire face à leur adversaire.

-Bloyd, dit l'homme.

Camille sortit son réceptacle magique. Avant qu'il ne puisse lancer le moindre sortilège, le dénommé Bloyd, l'homme aux longs cheveux blonds, jeta un sort avec son athamé. Camille sentit sa peau s'ouvrir sur toute la longue de son bras, et le sang lui ruissela sur la main. La douleur arriva après, comme si un coup de couteau lui avait entaillé tout le bras. Il compressa son avant-bras de son autre main, sans toutefois lâcher son réceptacle. Bloyd éclata de rire, leva de nouveau son athamé. Cette fois, le sortilège se répercuta contre un bouclier mental que Katerina venait de dresser avec une rapidité et une dextérité déconcertante. Le sort bondit à travers le couloir avant de percuter l'un des hommes qui venaient du rez-de-chaussée. L'homme fut touché en plein ventre, une ouverture béante d'où s'échappèrent des ruisseaux de sang et ses intestins le laissa pour mort. Camille regarda la scène avec effroi, elle venait de tuer un homme sous ses yeux.

-Dehors, lança-t-elle au mage noir. Vous ne l'aurez jamais.

Le sorcier au visage tatoué s'avança si près d'eux que Camille sentit son parfum d'eau de Cologne bon marché, lui emplir les narines. Il désirait qu'elle le rejoigne, qu'elle fasse partie des siens. Camille ne comprenait pas ce qu'il lui voulait. Elle effleura la clé qu'elle portait autour du cou. L'homme recula d'un bon pas par la force de sa magie. Camille sentit le bouclier voler en éclats, puis une douleur terrible l'assaillir. Bloyd s'empara de Katerina, lui attrapa les mains qu'il tint maintenues dans son dos.

-Prenez la clé, maître, dit Bloyd.

-Rejoins-nous, dit le maître.

-Plutôt mourir, répliqua Katerina.

Katerina se débattit, Camille profita qu'ils soient concentrés sur elle pour attaquer le second homme qui venait du rez-de-chaussée. Il lui assena un coup de poing en plein visage, l'homme tituba. Au second coup, il vacilla, se prit les pieds dans le tapis de l'escalier et roula jusqu'en bas des marches. Camille sut qu'il ne se relèverait jamais. Il n'avait plus que deux intrus dans la maison et toujours aucune trace de Delphine Miller ou de la police. Jamais ils ne seraient de taille contre Bloyd et son maître. Camille se retourna, puis fut touché par un sortilège qui le figea sur place. Son réceptacle magique tomba, le maître l'écrasa d'un coup de botte. Il prit la main de Camille qu'il posa sur son visage. Camille ressentit une douleur qui lui vrilla le cerveau, se mêla alors la peur, la douleur, la terreur et une angoisse qu'il n'avait jamais connues. Camille n'était plus lui-même, il était un autre, plus faible, qui hurlait tout en subissant une torture des plus cruelles. Le nécromancien riait, il aimait infliger des supplices terribles. Camille se sentit projeté ailleurs, dans un autre corps. Cette fois, il était une femme, quelque chose lui maintenait les jambes écartées le plus largement possible. Au-dessus de lui, l'homme au visage tatoué riait, puis il y eut une douleur déchirante dans son bas-ventre, une douleur qui lui fit perdre la tête.

-Dis-lui qu'il faut qu'elle soit gentille.

Camille croisa le regard de Katerina. Elle n'était pas aussi effrayée qu'elle l'aurait dû, elle était prête à se battre, à risquer sa vie pour lui. Un éclat mauvais brillait dans son regard, pourtant, elle restait terrifiée au fond d'elle-même. Camille la connaissait assez pour savoir qu'elle avait peur, pas pour elle, mais pour lui.

-*Fuis*, pensa-t-il à son intention.

Camille sentit ses jambes le lâcher. Le mage noir pointait son athamé sur lui, une sorte de fluide gris en sortait lui entourait les jambes.

-Toi au moins tu ne fuiras pas, pas vrai, petit ? ricana l'homme.

Une détonation retentit derrière l'homme aux tatouages. Le temps qu'il tourne la tête, Camille était libéré. Il s'empara de l'athamé, Katerina l'attrapa par la main et le tira dans les escaliers. Camille trébucha sur le corps du premier homme, mais il se rattrapa. Une nouvelle détonation les envoya rouler en bas de l'escalier. Des débris touchèrent Camille à la tête et au dos. Katerina l'entraîna dans la cuisine. Elle essaya d'ouvrir la porte vitrée, qui demeura close, sans qu'ils ne sachent pourquoi. Le mage noir aux tatouages les appelait. Katerina renonça à ouvrir la porte de la cuisine. Elle posa les mains sur le bras ensanglanté de Camille, une douceur chaude se répandit dans son bras et il sentit les chairs se refermer. La porte de la cuisine vola en éclats. Katerina poussa un cri strident, jusqu'ici elle avait fait preuve de courage, cette peur soudaine inquiéta Camille. Ils ne pouvaient faire face tous les deux à ces mages noirs. Armé de l'athamé qu'il avait volé, Camille se protégea contre un sortilège que Bloyd lui lança. Il se répercuta contre la table de la cuisine, un trou se forma à l'endroit de l'impact. Camille sentit Katerina tremblait derrière lui, elle lui serrait si fort le bras que la douleur était plus insupportable que celle de la blessure qu'il arborait encore quelques instants plus tôt. Le mage noir éclata de rire, Bloyd l'imita sans trop savoir pourquoi.

-Resta là, dit le maître à son sous-fifre.

Camille jeta un coup d'œil à Katerina, il sentait encore la pression de ses doigts sur son bras, seulement elle n'était plus là. Un de ces sortilèges qu'Hurvin avait dû lui apprendre. Dans la pièce d'à côté, Katerina poussa un cri terrible. Camille s'élança en direction de la porte, Bloyd lui coupa la route, bien décidé à ne pas le laisser passer.

-Tu ne sais pas de quoi je suis capable, ricana Bloyd.

-Toi, non plus, répliqua Camille.

Le rouquin se jeta sur le blond aux cheveux gras, lui décrocha un coup-de-poing qu'il ne put esquiver. D'un coup de coude dans la mâchoire, Camille brisa deux dents du mage noir qui cracha un long filet de sang en maugréant.

-Votre problème à vous, les mages noirs, c'est que vous ne savez utiliser que la magie, grogna Camille, ponctuant chaque mot d'un coup-de-poing contre le visage du mage noir.

Bloyd devait en avoir vu d'autres, car il restait debout pendant que Camille lui maintenait la main dans laquelle il tenait son athamé, sans pour autant parvenir à lui faire lâcher. Des gerbes de lumières éclairèrent la cuisine. Le mage noir tenta de se libérer, Camille tenait bon. Katerina poussa de nouveaux hurlements lugubres. Camille en fut distrait assez longtemps pour permettre au mage noir de reprendre le dessus. L'homme pivota le poignet dans la direction de Camille. Il y eut un éclair rouge et Camille vola dans la pièce, la chute fut brutale. Avant qu'il ne puisse se redresser, le mage noir était sur lui, son arme magique à la main.

-Je vais te tuer, jura Bloyd entre ses dents cassées.

Camille para le coup d'athamé de Bloyd d'un geste rapide. Camille manqua de peu d'être éborgné. Camille leva l'arme magique qu'il tenait. « *C'est lui ou moi*, pensa-t-il pour se convaincre que frapper. » La lame magique s'enfonça dans les côtes du sorcier avec une aisance terrifiante. Bloyd le regarda avec terreur, il lâcha son propre athamé. Camille retira la lame, poussa des hanches et Bloyd roula sur le côté, les mains sur sa blessure. Le sang coulait en filet mince, mais l'homme paraissait déjà livide et exsangue. La bouche ouverte, les yeux brumeux, il semblait mort. Camille le contempla, surpris de ce qu'il venait de faire lui-même. Un bruit d'objet cassé le tira de sa torpeur. Camille se précipita hors de la pièce, il devait retrouver Katerina. Au lieu de quoi, il se trouva face à face avec son père. De l'autre côté du couloir, le tatoué tenait Katerina par les cheveux, elle avait le visage en sang.

-Lâche-la et dégage de là, tonna le père de Camille, sans le moindre trémolo dans la voix.

D'un mouvement brusque, Gilles Dellait tendit la main derrière lui avant qu'un sortilège ne vienne s'écraser contre sa paume de main. Devant la porte d'entrée, un grand sorcier à large carrure les regardait avec un sourire mauvais. Camille le vit pencher la tête sur le côté. L'homme au visage couvert de marques noires relâcha Katerina à contrecœur.

-Tu oses te dresser contre moi ? interrogea l'homme derrière Gilles.

-Je regrette de ne pas l'avoir fait plus tôt, répliqua Gilles. Dis à cette chose de déguerpir avant que je ne la réduise en miette.

L'homme aux tatouages éclata de rire, il ne pensait pas Gilles capable de lui faire du mal. Ce ne devait pas être le cas de l'homme dans l'ombre.

-Essaie un peu, s'amusa le tatoué.

Camille vit son père sourire, un sourire mauvais qui semblait dire « ne me tente pas ».

-On s'en va. Tout de suite, cracha le mage dont Camille ne parvenait qu'à distinguer la silhouette. »

Les deux hommes disparurent dans un bruit sourd, sans même se servir d'un miroir de transport. Camille trouva ce départ précipité des plus inquiétants. S'ils pouvaient aller et venir de la sorte, rien ne les empêcherait de revenir.

Chapitre 11 : Katerina

« -J'exige que Camille sorte de prison, répéta-t-elle pour la cinquante-deuxième fois de la matinée.

Sa tante ferma les yeux, au bord de la crise de nerfs. Lavrenty tapa le sol avec sa canne et même Anatole paraissait à deux doigts de la gifler. Seul Hurvin riait de la voir dans ce qu'il nommait « *tous ses états* », c'est elle qui l'aurait volontiers giflé. Elle n'aimait pas que l'on fasse comme si Camille méritait d'aller en prison. On parlait déjà de l'enfermer pour le reste de ses jours. Mélinda n'avait pas disparu depuis une journée et voilà que tout le monde faisait comme si elle était morte et enterrée.

-À quoi ça te sert d'être magistrate si tu ne peux même pas le sortir de là ? demanda Katerina par bravade.

Delphine soupira, tapant du pied contre la table à un rythme effréné et Anatole restait le nez collé dans le rapport de police, un crayon à la main. Dans un coin de la pièce, Gilles Dellait fumait et buvait du whisky avec un air morose ou indifférent, tout dépendait de ce qu'il avait dans la main : sa cigarette ou son verre d'alcool. Hurvin lui aussi restait dans son coin, le nez plus souvent au-dessus que dans son livre. Lavrenty paraissait absent comme s'il lisait un livre qui n'était pas là.

Les policiers magiques étaient arrivés quelques instants après le départ des assaillants, de même que sa tante et Anatole. Hurvin était apparu bien plus tard, en jurant qu'il était occupé. Katerina n'avait pas très bien compris pourquoi les policiers magiques ne s'intéressaient pas à l'attaque qu'ils venaient de subir. Ils avaient parlé de choses qu'elle ne comprenait pas, de cadavres que l'on avait retrouvés dans une maison, ainsi que de la disparition de Mélinda Wagon. Katerina ne voyait aucun problème là-dedans. Mélinda était partie vivre chez sa sœur, tout le monde s'accordait à le dire. Seule sa sœur affirmait que Mélinda n'était jamais arrivée, et qu'elle ne s'était pas inquiétée avant que l'on découvre les corps de ses parents, tout simplement parce qu'elle pensait que Mélinda avait changé d'avis. Le mage noir aux cheveux blonds, Bloyd, était le nouveau petit ami de

Mélinda. À présent qu'il était mort, tout accusait Camille. Les policiers venaient pour l'embarquer avec eux et lui poser des questions. Si Gilles Dellait n'avait pas menti, Camille aurait également été accusé des meurtres de Bloyd et de l'autre sorcier. Les policiers se moquaient bien de savoir qu'ils avaient été attaqués et qu'ils avaient dû se battre pour ne pas mourir.

-Et bien je ne vois pas, déclara finalement Delphine. Il faudrait prouver où il était et c'est impossible puisqu'il était *seul* ! articula la première magistrate, assez fort pour que Gilles Dellait l'entende et en prenne ombrage.

Katerina n'avait dit à personne où elle avait passé la soirée. Personne n'avait besoin de savoir qu'elle errait de lieu magique en lieu magique à la recherche du sanctuaire, passant d'une ville à la suivante durant des heures à la recherche d'indices. Elle restait bredouille pour le moment, mais elle continuait de chercher, de lire, de voyager, elle n'abandonnerait pas avant d'avoir trouvé. L'adolescente se laissa tomber sur le divan du grand bureau d'apparat du magistère. Le fauteuil damassé or et ocre était des plus inconfortables. Katerina regarda autour d'elle, le lustre en cristal, les bois précieux, les moulures, les tapisseries, les portes dorées à l'or fin, tout cela la rendait malade.

-Il n'y a pas de corps, dit-elle, plus pour elle-même que pour les autres.

-Qu'est-ce que tu racontes ? maugréa sa tante.

-Est-ce qu'ils ont retrouvé son corps ?

Anatole fouilla le dossier, relut certains passages et affirma qu'il n'était nulle part question du cadavre de Mélinda. Katerina leva les yeux au plafond surchargé de décoration.

-Alors elle est vivante, dit-elle. C'est la loi. Quiconque n'est pas retrouvé mort et considéré comme vivant, on ne peut pas tuer quelqu'un qui est vivant.

-En théorie, Katie. Ce n'est qu'une théorie. Des enquêtes sont toujours effectuées.

-Katerina, corrigea-t-elle si machinalement qu'elle n'y prêta même pas attention.

-Tout cela est bien joli, confirma Anatole, mais les policiers ne peuvent se satisfaire de si peu.

-Qui leur a dit qu'elle était morte ou disparue ? demanda Gilles qui n'avait pas dit un mot depuis des heures. Pour qu'il y ait une enquête, il faut que quelqu'un déclare sa disparition. Ce ne sont certainement pas ses parents, puisqu'ils sont morts. Quant à sa sœur, elle a affirmé qu'elle pensait Mélinda encore ici. D'ailleurs, pourquoi Mélinda n'a-t-elle déclaré la mort de ses parents ? Vous en connaissez beaucoup des gens capables de vivre avec un cadavre ? Alors deux…

Anatole chercha la réponse dans le dossier qu'il avait pourtant tellement lu qu'il devait le connaître sur le bout des doigts.

-Personne. Une lettre anonyme pour parler de l'odeur des corps en décomposition, qui sont apparemment très décomposés, grimaça le second magistrat.

-Ils n'étaient pas là avant alors, intervint Hurvin. Un corps, ça pue, deux c'est une horreur. Il y a longtemps que les voisins s'en seraient rendu compte.

-Un coup monté ? demanda Delphine. Mais pourquoi ? À qui ça profite ?

-À Mélinda. Elle se venge de Camille et Basileus, dit Gilles, les yeux clos, enveloppé dans une volute de fumée.

-Basileus ? s'étonna Delphine. Vous connaissez tous les mages noirs par leur prénom peut-être ?

Gilles éclata de rire, il trouvait la remarque fort amusante. Katerina n'en revenait toujours pas de la manière dont il avait tenu tête aux deux mages noirs. À croire que Gilles Dellait avait fait cela toute sa vie.

-Je connais les maîtres de guilde, je me renseigne voyez-vous, dit-il. Comme je connais le nom de tous ces connards de sorciers et d'humains qui dirigent le monde. Je suis un homme cultivé moi, madame.

Katerina en sourit, sa tante venait de se faire moucher. Elle eut un rictus d'agacement. Gilles Dellait pouvait presque passer pour un homme sympathique, cependant Katerina savait comment il traitait Camille : un homme battant son fils comme Gilles le faisait le plus souvent possible ne pouvait trouver grâce à ses yeux.

-J'aimerais que l'on me dise lequel de vous a amené quelqu'un à la villa. Mes sortilèges sont puissants, je ne vois pas comment Basileus ait pu les lever.

Katerina baissa la tête. Elle s'efforçait de faire le vide dans son esprit. Personne ne devait savoir que Camille et Mélinda étaient venus à la villa. Lavrenty frappa le sol avec sa canne magique. Il se leva avec plus d'énergie que n'avait le droit d'en avoir un vieillard d'une centaine d'années au moins. Il força Katerina à relever le menton du bout de sa canne. Katerina mentit et jura que c'était elle, personne n'était assez dupe pour y croire.

-Elle est venue ? s'étrangla Delphine. Si elle fricote avec des mages noirs alors...

-Trahison, dit tout bas Lavrenty.

Gilles Dellait se leva de son fauteuil, les poings serrés. Katerina le jura prêt à en découdre avec le patriarche Barthély, même s'il ne faisait pas le poids, tout aussi puissant qu'il puisse être. La tension parut disparaître lorsque Delphine se leva. Elle estimait qu'il était tant que Camille passe devant la commission judiciaire, on pourrait le faire libérer avec les arguments qu'ils tenaient. Gilles ne voulait pas en entendre parler et Hurvin se rangeait du côté de Delphine. Il fallait parler de la trahison de Mélinda, du danger qu'elle représentait et de ses fréquentations. Lavrenty n'était pas plus d'accord.

-On ne peut rien faire alors ? demanda Katerina, terrifiée à l'idée qu'elle ne reverrait peut-être plus jamais Camille.

-Si, faire valoir qu'en l'absence de témoin, de corps et d'arme du crime, il est difficile d'attester de la mort de Mélinda, plus encore de son assassinat et qu'il est impossible de prouver que Camille y soit mêlé. Quant aux meurtres de Monsieur et Madame Wagon, rien ne prouve que Camille en soit responsable. Je vais faire accélérer la procédure. C'est tout ce que je peux faire.

-Maud avait raison alors, soupira Katerina.

-Maud ? demanda Lavrenty. Qui est cette Maud ?

-La professeure de divination ! expliqua Anatole.

-Qu'est-ce qu'elle a prédit ? s'enquit le professeur Hurvin, visiblement intrigué.

-Que Camille irait en prison.

Delphine s'approcha de Katerina pour lui caresser l'épaule et lui apporter son soutien. Elle assura que tout irait bien pour Camille et que la divination n'était pas une science exacte. Elle ajouta que les professeures de divination aimaient bien mentir ou effectuer des prédictions terrifiantes.

-À moins que ce ne soit une complice, intervint Lavrenty.

Delphine le foudroya du regard. Même Anatole ne semblait pas d'accord avec cette idée.

-Maud, dit Delphine. On parle de Maud.

-Ah ! Cette Maud-là, dit Lavrenty, comme s'il connaissait la professeure de divination. »

Katerina aurait bien demandé comment Lavrenty aurait-il pu connaître la professeure, mais le moment semblait mal choisi. Il fallait libérer Camille de prison.

Katerina sauta dans les bras de Camille. Elle n'aurait jamais cru le revoir hors des cellules du magistère un jour. Le commandant Malinkin fulminait, il insulta copieusement tous les membres de la famille Barthély. Selon lui, ils étaient tous bons à jeter derrière les barreaux pour obstruction à la justice de la Déesse. Katerina s'arrangea pour ramener Camille à la villa Miller bien avant que Lavrenty ne puisse lui mettre la main dessus et que Gilles n'ait le temps de poser les yeux sur son fils. Camille venait de passer presque deux semaines en prison, et il avait besoin de calme. Tout ce qui intéressa le rouquin fut de savoir si elle avait tué Mélinda. Katerina joua les grandes dames offusquées, elle était flattée qu'il pense qu'elle avait les pouvoirs de faire une telle chose. Elle n'était pas capable de tuer, elle avait essayé durant la nuit, et cela s'était soldé par un échec. Elle avait eu si peur lorsque le mage noir lui avait mis la main dessus qu'elle n'avait pas su se défendre. Il lui avait montré par la pensée ce qu'il faisait des filles et ce qu'il ferait d'elle une fois qu'elle serait son esclave. Elle voulait oublier ce monstre pervers et lubrique. Il lui fallait Camille, ses bras, son amour, ses baisers, qu'il en ait envie ou non. Elle craignait pour sa vie et son intégrité physique. S'il ne l'aimait pas alors elle rejoindrait Basileus. Maintenant qu'elle connaissait son nom, lui ne lui ferait aucun mal. Katerina se hissa sur la pointe des pieds, enroula ses bras autour du cou de Camille qui recula par habitude. Elle se cramponna à lui et l'embrassa sur les lèvres. Il passa une main sous sa taille, caressa sa joue de l'autre, puis entrouvrit les lèvres et lui rendit son baiser. Rien n'aurait pu la rendre plus heureuse. Incapable de se retenir, Katerina éclata en sanglots. Camille la serra dans ses bras, visiblement inquiet. Il lui chuchota qu'il était là, qu'il ne lui arriverait rien. Elle voulait le croire. Camille lui caressait les cheveux. Elle glissa sur le sol, lui avec. Il murmurait des paroles réconfortantes, mais rien ne pouvait l'apaiser.

« -Il me veut, murmura-t-elle, tétanisée à l'idée qu'il puisse revenir.

-De quoi est-ce que tu parles ?

-Ce Guyla,

-Tu connais son nom ? s'étonna Camille.

-Ton père me l'a dit.

Camille sembla surpris que son père puisse connaître le nom de ce sorcier. Katerina l'avait été également, cependant, elle trouvait moins effrayant de connaître le nom de ses adversaires plutôt que de les ignorer. Elle avait interrogé le père de Camille, il lui avait simplement dit qu'elle devait éviter les ennuis.

-Il veut que je sois à lui, continua Katerina. Il veut que je sois une de ses esclaves.

-Il te l'a dit ?

-Il me l'a montré.

Camille la serra contre lui, puis l'écarta. Du bout du pouce, il lui essuya les larmes qui roulaient sur ses joues. Il savait exactement ce que cela signifiait. Guyla le lui avait montré à lui aussi. Il lui avait montré ce qu'il faisait aux femmes et aux hommes. Ce sorcier était un sadique. Il n'était pas seulement un mage noir, il était un malade mental, sadique et dangereux. Il aimait la douleur et prenait plus de plaisir à voir les autres souffrir jusqu'à donner la mort.

-Tu es plus forte que ça, encouragea Camille.

Katerina hocha la tête. Au contraire, elle était faible comme personne. Elle n'avait rien pu faire pour se défendre alors qu'il lui faisait mal, pas physiquement, mais moralement.

-Tu es plus forte que lui, plus forte que ça. Par contre, tu vas me dire où tu étais cette nuit-là et les autres soirs, dit-il en la regardant droit dans les yeux. Puisque de toute évidence, tu n'étais pas avec Hurvin, puisque tu n'es pas aussi souvent avec Hurvin que tu ne le fais croire.

Katerina se mordit la lèvre, elle avait encore le goût du baiser de Camille. Elle se jeta à son cou et l'embrassa de nouveau. Il se laissa faire, cette fois encore, mais il était plus distant comme s'il ne voulait pas cette fois-ci. Elle devait lui répondre. « *Il veut la clé,* dit la voix dans la tête de Katerina. *Il est comme tous les mages noirs. Il veut la clé et il la prendra et tu seras tuée.* » Katerina chassa la voix de plus ne plus présente dans son esprit et qui ne ressemblait en rien à sa conscience. Elle sortit la clé de sous son corsage, Camille l'avait déjà vue, mais le moment était venu de tout lui révéler. C'est ce qu'elle fit. Il la regarda sans montrer la moindre émotion. Il la croyait folle. Elle se détesta d'en avoir parlé. « *Il va faire semblant de ne pas y croire, puis il va te voler et te tuer*, dit la voix. ». Elle ne trouva pas le courage de répliquer à son propre esprit que Camille ne ferait jamais une chose pareille. Il n'était ni un voleur ni un mage noir et n'avait jamais entendu parler de la clé magique ni du sanctuaire.

-Hurvin te fait marcher, assura le jeune homme. Toi, tu gobes tout ce qu'il te dit.

-J'entends des voix, Camille, dit-elle pour le convaincre cette fois.

-Ta magie ou ta conscience ? demanda-t-il.
-Ma magie, avoua-t-elle, la tête basse.

-J'ai planté un athamé dans la poitrine d'un homme, répliqua-t-il. En plein dans les poumons, en sachant qu'il n'y survivrait pas. Il n'y a que deux sortes d'hommes : ceux qui respectent la loi et ceux qui ne le font pas. J'ai fait ce que je m'étais juré de ne jamais faire, je n'ai pas pris une, mais deux vies humaines. C'est un crime. Je l'ai fait pour toi, pour que ça ne soit pas toi qui les tues. J'ai tué pour te protéger, Kate. Alors j'exige de tout savoir. Je veux savoir pour quoi au juste j'ai fait cela et ce que tu me caches. Tout ce que tu caches. Regarde-moi, exigea-t-il.

Elle le savait. Elle savait exactement ce qu'il avait dû faire pour les protéger tous les deux, elle avait senti la force magique dont il avait dû faire preuve pour enfoncer l'arme magique dans le corps de leur ennemi. Tout ce qu'il avait fait, il l'avait fait pour la protéger, il ne pouvait pas le regretter et il ne le devait pas. Seulement, Katerina n'en pouvait plus d'entendre cette voix étrange qui la poussait dans une direction qui n'était pas la sienne et l'isolait des autres. Elle lui répétait à chaque instant de se tourner vers le mal, que seulement de cette manière elle trouverait sa voie, et qu'elle serait comprise et aimée par des gens comme elle, capables comprendre ce qu'elle avait en tête et dans le cœur. Jamais, avant de posséder la clé, elle n'avait eu ces problèmes de conscience, cette paranoïa ambiante. Katerina serra ses bras autour de la taille de Camille, s'il avait besoin de soutien elle le lui apporterait comme personne ne l'avait jamais soutenu auparavant. Il finirait par l'aimer si elle restait proche de lui et si elle le soutenait, il ne pouvait en être autrement.

-Je n'ai pas de marques noires, dit-il dans un chuchotis à peine audible, alors qu'elle ne lui répondait pas.

Elle se détacha de lui et le regarda dans les yeux. Était-ce possible ? Elle n'en croyait pas ses oreilles. Elle avait cru qu'il en aurait une et qu'il aurait honte. Tout le monde savait que donner la mort était un acte impardonnable, qui entachait l'âme au plus profond du corps et de l'âme. Katerina ne comprenait pas comment il avait pu échapper à une telle marque de magie noire. Toutes les morts commises par les sorciers étaient considérées comme de la magie noire, par le corps, la magie, le droit et la religion. Même le père de Katerina avait eu des marques noires pour de multiples raisons, mais Katerina ignorait lesquelles. Camille semblait souffrir plus encore de ne pas être marqué par le mal que s'il ne l'avait été.

-Comment est-ce possible ? interrogea-t-elle, sachant pertinemment qu'il ne pourrait y répondre lui-même puisqu'il en savait encore moins qu'elle sur la magie noire. Je peux demander à Anatole ou au professeur Hurvin si tu veux.

-Non, trancha Camille. Ils ne doivent pas savoir, personne ne doit savoir.

-Peut-être que c'est grave.

Elle n'imaginait pas que cela puisse l'être, simplement, elle n'avait jamais entendu dire que cela n'était jamais arrivé. Elle se renseignerait, pas auprès du professeur de magie noire puisque Camille n'y tenait pas, elle chercherait dans les livres. Ce devait être le meilleur moyen de trouver la réponse à cette question.

Il approcha son visage de celui de Katerina, posa les mains de chaque côté de son visage et l'embrassa à son tour. Il lui entrouvrit les lèvres de sa langue et l'embrassa plus profondément et passionnément qu'elle ne l'avait fait. Elle se laissa tomber sur le sol. Camille se positionna sur elle, l'encerclant de ses jambes, lui attrapa les mains, et entrelaça ses doigts avec les siens. Il embrassait mieux qu'elle ne s'y attendait. Elle pressa son bassin contre le sien, elle le désirait et lui aussi, elle le sentait contre son ventre. Si seulement elle avait pu le toucher, le caresser, elle l'aurait guidé jusqu'à elle, mais il ne le lui permit pas. Il se redressa, l'embrassa sur les doigts, pressa ses mains contre ses joues chaudes. Il lui murmura qu'il l'aimait. Il se releva, murmura qu'il devait partir, qu'il ne pouvait pas faire ça. « *Tu vois, il n'a pas envie d'être avec toi,* murmura la voix, hilare, dans la tête de Katerina. » Elle tenta de la chasser, mais cette voix disait vrai, il n'avait pas envie d'être avec elle ni d'elle, ce qui était pire encore. Elle sentit son cœur se briser, un vide se forma à la place de son estomac et les papillons qu'elle avait dans le bas-ventre s'envolèrent avec désespoir. Elle le regarda partir, en larmes. Elle poussa un cri profond et guttural, mais il ne revint pas. « Toute *seule, toute seule, toute seule,* chantait la voix. *Tu sais qui est toujours seul ?* demanda la voix. *Les mages noirs. Va le rejoindre, il saura te comprendre.* » Elle hurla à la voix de la fermer. Pour quiconque présent dans la pièce, elle aurait passé pour une folle, pour elle, elle était simplement malheureuse et terriblement seule pour le reste de ses jours. Elle ferma les yeux, posa la tête sur le parquet de bois brut, et se laissa bercer par le souvenir de la chanson que lui chantait son père lorsqu'elle était enfant. Une vieille comptine russe qui parlait d'un petit garçon et du désespoir qu'il causerait à sa mère lorsqu'il partirait à la guerre. Si elle s'endormit, elle ne s'en rendit pas compte, elle sombra dans son cauchemar habituel. Elle s'y laissa dévorer complètement et revécut la scène plusieurs fois, ce souvenir la hanterait à jamais.

Chapitre 12 : Camille

La fête de Yule eut lieu comme chaque année le vingt et un décembre. Camille avait mis son costume, c'était efforcé de discipliner ses cheveux un peu trop longs, le temps et l'argent lui manquaient pour aller chez le coiffeur, personne ne remarquerait sa présence de toute manière. Les gens avaient fini par cesser de le traiter comme un criminel, et il n'était pas mécontent qu'on l'oublie un peu. Katerina refusait de lui adresser la parole depuis sa sortie de prison, il n'aurait jamais dû l'embrasser ni lui permettre de le faire. Il s'était montré faible et le regrettait. Il ne regrettait pas de l'avoir embrassée, seulement la manière dont les choses s'étaient déroulées ensuite. Elle s'arrangeait pour ne jamais se trouvait dans la maison lorsqu'il y était, elle avait ainsi passé plus de temps que jamais à l'école de la magie ou avec le professeur Hurvin, du moins c'est ce qu'elle prétendait. Plus d'une fois, il l'avait suivie sans qu'elle ne le remarque. Elle allait de cimetière en maison, passait dans des châteaux abandonnés ou des maisons anciennes. Il l'avait vue entrer dans les maisons, alors même que les habitants se trouvaient là. Il la soupçonnait d'user de magie noire pour ne pas se faire remarquer, mais il n'osa pas une fois lui poser la question. Elle ne lui aurait pas répondu, et cela, il le savait. Il s'était mis à lire les livres qu'elle ramenait à la maison. Tous parlaient de magie noire, de la Grande Déesse et du Dieu Cornu. Des histoires, des légendes, mais elle semblait y croire. Jamais Katerina n'avait montré un quelconque mysticisme, et pourtant, depuis quelques semaines, elle semblait totalement absorbée par ses recherches. Il savait qu'elle s'entraînait à jeter des sorts noirs lorsqu'il était dans le bureau. Elle essayait d'être discrète, mais il sentait l'odeur de bergamote qu'il avait fini par associer à la magie noire. Elle s'était éloignée de tout le monde, même d'Alcidie. Camille ne comprenait pas ce qu'elle faisait, mais il savait que cela avait un rapport avec la clé. Il devait regagner sa confiance et vite.

Ils attendaient Delphine dans le hall d'entrée, ni l'un ni l'autre n'avait le droit d'arriver à la fête du Yule sans la présence de la première magistrate. Camille aurait dû s'y rendre avec sa famille, mais aucun membre dans sa famille n'allait jamais aux fêtes magiques à l'école de magie, leur père le leur avait interdit, seuls Lolita et Charles n'en tenaient pas compte. Charles, car il n'habitait plus chez eux, et Lolita parce qu'elle n'avait jamais fait que ce qui lui chantait depuis son plus jeune âge. Il devait attendre la première magistrate, car elle était sa patronne et qu'il représentait le magistère. Normalement, il aurait même dû aller à la cérémonie de la chapelle de la Déesse, mais Camille n'avait jamais vraiment aimé les cérémonies religieuses. Katerina devait attendre sa tante parce qu'elle était sa représentante légale, logiquement elle aurait aussi dû aller à la cérémonie, sauf qu'elle s'y était déjà présentée le matin même. Camille se demandait bien pourquoi d'ailleurs, car elle avait tout fait pour éviter de discuter avec le professeur Hurvin, qui s'y trouvait lui aussi. Camille le savait, car il l'avait suivie à son insu, encore une fois.

Elle portait une magnifique robe bleu nuit, près du corps, mettant en valeur ses épaules, son dos et son décolleté. Elle avait réuni ses cheveux en un chignon tressé qui se voulait à la fois simple et sophistiqué. Elle portait des chaussures à talons hauts, sans quoi jamais elle n'aurait pu être aussi grande. Camille s'approcha d'elle, lui prit la main, elle le dévisagea sans un mot, elle ressemblait à une grande dame, de profil, elle ressemblait à s'y méprendre à sa mère. Camille déposa un baiser sur ses joues et lui souhaita une joyeuse fête du Yule, la fête du dieu Cornu. Elle lui rendit son souhait. Mélinda n'avait toujours pas été retrouvée et nul ne savait où elle pouvait être. Aucun membre de la police magique n'avait d'informations sur Basileus et son bras droit, Guyla. Katerina portait toujours son pendentif étrange, Camille paraissait le seul à le remarquer. Il prit le pendentif entre ses doigts et sentit une force étrange lui parcourir le corps. Elle le défiait du regard. Camille se mordit la lèvre inférieure. Elle ne lui répondrait sûrement pas, pourtant il essaya de lui demander si elle entendait toujours des voix.

« -Pas des. Une, répondit-elle avec un naturel déconcertant.

-Depuis que tu as cette chose, n'est-ce pas ? dit-il si proche d'elle qu'il sentait son souffle sur sa peau.

Elle le foudroya du regard pour le contraindre au silence. « *Ses yeux,* se dit Camille. ». Elle avait le regard froid et dur qu'Andy avait souvent lorsqu'il regardait Camille lorsqu'il était enfant. Andy voulait que Camille vienne avec eux, mais Andy le détestait presque autant que son propre père. Cependant, Katerina ne le détestait pas. Camille ne savait pas vraiment ce qu'elle ressentait pour lui, pourtant, il savait qu'elle ne le détestait pas. Il lui prit la main, sa peau était douce, fraîche, terriblement attirante. L'odeur de jasmin et de bergamote flottait autour d'elle. Elle était enivrante.

-Ce n'est pas de la haine, c'est de l'inquiétude, murmura-t-elle.

-Tu ne devais jamais lire mes pensées si je ne t'y invitais pas, reprocha Camille, dans un murmure. Tu me l'avais promis.

-Il faut bien que je me protège, tu me suis. C'est effrayant d'être suivie partout par quelqu'un dont on ne connaît pas les intentions.

-Mes intentions sont pourtant claires, dit-il, en lui serrant la main plus fort. Je t'aime, je veux être avec toi. Je veux te protéger.

-Tu es parti, je te rappelle. Tu m'as laissée là-haut toute seule, insista Katerina.

-Je t'ai dit que je t'aimais et tu pensais à Hurvin. Tu as pensé à Hurvin tout le temps, murmura Camille à une vitesse hallucinante, comme pour se libérer de ce poids qui le hantait depuis des semaines. Je te voulais, mais tu n'étais pas vraiment là. Tu étais dans tes pensées. Tu es tout le temps dans tes pensées. Tu les laisses t'envahir, comme tu permets à la magie noire de te posséder.

Katerina le dévisagea, elle jouait les innocentes. Camille savait qu'elle n'était pas aussi parfaite qu'elle désirait le faire croire. Il l'avait cernée, et à présent, elle n'avait d'autre choix que d'avouer. Elle lui demanda comment il savait, elle voulait savoir depuis quand il pouvait lire dans ses pensées. À vrai dire, il n'en savait rien. Il n'avait pas conscience qu'il pouvait le faire, simplement, il avait su là-haut, lorsqu'il l'embrassait qu'elle ne pensait pas à lui, pas totalement.

-Qu'est-ce que vous complotez tous les deux ? demanda Delphine, magnifique dans une nouvelle robe de satin vert émeraude.

-Camille voulait que je danse avec lui, répondit Katerina, avec une assurance dans le mensonge que Camille ne lui connaissait pas.

-C'est une excellente idée, déclara la première magistrate. Allez donc vous amuser. »

Camille dévisagea Katerina. Il ne savait pas danser et elle le savait mieux que personne tant elle essayait depuis des années de le lui apprendre. Il resterait le plus mauvais danseur du monde jusqu'à la fin de ses jours, rien à faire pour y remédier.

La salle de bal au dernier étage de la tour était décorée de chênes de petite taille, de sapins, de bougies, de papiers décorés, de banderoles et de guirlandes. Les lieux sentaient bon l'encens et les fleurs sauvages. Un buffet composé de mets succulents et de boissons de toutes sortes attendait contre un mur que les invités viennent se servir. Dans le fond de la pièce, un groupe de musique, les Nos Damus jouaient des musiques douces, bientôt elles seraient remplacées par des musiques plus dansantes et plus festives, mais pour l'heure on attendait encore du monde. Les Nos Damus étaient le groupe de musiciens le plus connu du monde magique. Un groupe de quatre musiciens, des rockeurs, capables de jouer aussi des registres plus doux pour plaire au plus grand nombre. Chaque année, l'école de magie et le magistère se ruinaient pour les faire venir lors d'une fête magique. La salle était presque pleine. Les Nos Damus amenaient toujours plus de sorciers, même d'autres pays lorsqu'ils jouaient quelque part. Les conversations allaient bon train. Camille remarqua à l'autre bout de la pièce des visages qui ne lui étaient pas inconnus.

« -Qui est-ce ? chuchota Katerina en lui serrant la main.

Un groupe de trois personnes parlaient, ils paraissaient graves, la femme surtout. Elle portait une robe taille haute, tout en caressant son ventre d'une main distraite. L'homme à ses côtés était fringant dans son costume sur mesure que Camille lui enviait. L'homme de dos, Camille ne le connaissait pas. Il portait les cheveux longs et noirs comme une aile de corbeau, il était grand, très grand et très maigre, plutôt mal habillé.

-Un vampire, murmura Katerina à ses côtés, comme fascinée. Ils ont amené un vampire.

-Ernesto Couleuvre, dit Camille, alors qu'il ne l'avait jamais rencontré auparavant.

Ledit Ernesto se retourna alors qu'il était bien trop loin pour l'entendre. Camille sentit son cœur se serrer. L'impression qu'il fallait fuir s'empara de lui, au lieu de quoi il avança en direction du trio. Katerina à son bras ne le lâchait pas d'une semelle. Ernesto Couleuvre n'était pas seulement grand et émacié, il était livide. Ses yeux d'un bleu trop clair se posèrent sur Camille avec un vif intérêt qu'il aurait aimé ne pas déclencher. William Gordon s'extasia et s'étonna de trouver Camille ici. Camille les salua avec respect, présenta ses condoléances à la sœur de Mélinda pour la perte de ses parents et la disparition de sa sœur. La jeune femme le remercia avec un sourire pâle et pitoyable. Camille leur présenta Katerina, plus par usage que par volonté, il aurait aimé taire son identité, mais tous devaient déjà la connaître. Ernesto la dévora du regard, mutin et charmeur, il alla jusqu'à prendre la main de Katerina pour lui faire un baise-main. Elle éclata de rire et Camille serra le poing qu'il renonça à coller sur le nez du vampire qu'il haïssait déjà. Son père avait eu raison de l'empêcher de partir en Angleterre, jamais Camille n'aurait pu supporter d'être confronté à Ernesto Couleuvre régulièrement.

-Alors comme ça, vous avez tué Mélinda, dit Ernesto avec un large sourire amusé, comme s'il s'agissait là d'une grande banalité.

-Je n'ai tué personne, assura Camille.

-Pas même ce bon vieux Bloyd ? demanda le vampire.

Katerina prit la main de Camille. Comment le vampire pouvait-il connaître Bloyd et savoir que Camille l'avait tué ? Camille n'avait dit à personne à part Katerina qu'il avait tué Bloyd. Il s'efforça de contrôler la panique qui monta en lui. Katerina, en revanche, paraissait parfaitement à l'aise.

-Vous connaissiez Bloyd ? demanda-t-elle, avec une fascination factice.

-Eh bien, commença le vampire sans trop savoir quoi répondre.

-Nous avons la presse française, chez nous, assura William Gordon, avec un sourire forcé. Je ne crois pas que vous ayez tué ma belle-sœur. Pas vrai, Chérie ?

La sœur de Mélinda se contenta de sourire, un peu crispée et mal à l'aise avec cette conversation. Camille les remercia de cette confiance. Katerina lui sourit, elle n'en croyait pas un mot. Elle s'excusa, emmena Camille avec elle loin du trio étrange. Katerina jura que le vampire n'était là que pour tenter de les faire accuser. Camille regarda par-dessus son épaule. Ernesto leva son verre dans leur direction avec un sourire mauvais. Gilles Dellait avait eu raison de lui dire de se méfier de Couleuvre, c'était une espèce de monstre dangereux et troublant. Pour changer de sujet, Camille fit remarquer à Katerina que Willa était au bras de son ancien petit ami, Jason Pierce.

-Ce n'était pas mon petit ami, répliqua Katerina. Elle veut sortir avec lui depuis le mois d'août, on a fait un rituel, ça n'a pas marché. Je ne l'ai emmené au bal de Samhain que pour terminer le rituel. Comme ça, Willa est contente.

-C'est mal de jouer avec les sentiments des gens.

-Tout comme de briser une amitié, répliqua-t-elle d'un ton sec.

Camille ne comprendrait jamais vraiment les filles et leurs manies étranges. Camille dansa avec Katerina plusieurs fois, elle devait regretter d'en avoir parlé devant sa tante. Il lui écrasa les orteils plus de fois qu'il ne le fallait. Elle grognait, lui expliquant comment il devait danser et qu'il devait guider, pas la laisser conduire. Il n'y entendait rien à la danse, il pensait qu'elle l'aurait compris depuis le temps. Lorsque le vampire s'avança pour lui demander une danse, elle accepta au grand damne de Camille. Il resta seul à les regarder danser avec élégance et une grâce infinie qu'il n'aurait jamais.

-Ce type est dangereux, dit une voix près de Camille.

Hurvin se tenait à ses côtés, un verre dans une main, une bouteille dans l'autre. Il regardait le couple évoluer avec sérénité. Le vampire lui murmura quelques mots à l'oreille. Camille serra les poings, renonça à lui sauter dessus pour le tuer. Ce n'était pas une chose à faire devant autant de témoins.

-Cesse de tout compliquer, dit le professeur Hurvin.

-Qu'est-ce que vous en savez ?

-Je passe assez de temps avec elle.

-Et vous lui mettez des idées dans la tête, comme avec cette fichue clé et ce sanctuaire que vous voulez qu'elle trouve. On peut savoir pourquoi vous avez été lui faire croire qu'elle est une sorte d'élue, ou je ne sais quoi, que la Grande Déesse l'a choisie pour une mission mystérieuse ? Vous croyez qu'en jouant avec ses émotions, vous allez l'attirer à vous ? Pourquoi d'ailleurs ? Pourquoi vous tenez tant à ce qu'elle fasse de la magie noire ?

-Elle t'en a parlé. Elle n'aurait pas dû. Je lui avais dit de ne pas le faire.

-Vous n'avez pas répondu à ma question. Pourquoi est-ce que vous tenez tant à ce qu'elle fasse de la magie noire ?

-Ce n'est pas moi qui y tiens. C'est elle qui le veut. Lui as-tu seulement demandé ce qu'elle désirait ? Ce qu'elle voulait faire dans la vie ?

Camille n'avait pas eu besoin de lui demander. Katerina le lui avait dit d'elle-même avant qu'il ne se retrouve enfermé dans sa chambre pour des semaines. Elle voulait étudier la magie noire, apprendre à la contrôler, et devenir enseignante. C'est ce qu'elle lui avait dit, mais il n'imaginait pas qu'elle puisse parvenir à se contrôler. Elle risquait de sombrer, il la savait trop fragile. Elle n'avait pas même conscience de ses faiblesses. Le professeur Hurvin devait bien les connaître lui, il devait le savoir, s'en rendre compte. Il ne pouvait pas la laisser se jeter à corps perdu dans la magie noire. Il ne pouvait pas accepter qu'elle prenne le risque de se détruire.

- Vous lui enseignez la magie noire pour l'avoir sous votre domination, dit Camille, avec aplomb. J'ai tué deux sorciers, je peux recommencer, menaça-t-il.

Hurvin éclata de rire. Le professeur allait répliquer, mais quelqu'un entra dans la salle en hurlant, à bout de souffle. Il cria qu'il y avait une attaque au magistère. Il répéta le plus fort qu'il put que le magistère était attaqué. Les conversations cessèrent, la musique aussi, il répéta pour la troisième fois que le magistère était attaqué. Anatole se précipita pour en savoir plus. L'homme assurait que des mages noirs avaient pénétré dans le magistère pour s'en emparer. Il raconta qu'ils avaient tué les gardes, et ceux restaient pour travailler. L'homme jura qu'il fallait faire vite. La panique commença à l'instant où il assura qu'il fallait se dépêcher. Des sorciers hurlaient dans tous les sens, des parents appelaient leurs enfants, des mères pleuraient déjà.

Anatole grimpa sur la table du buffet, appela le silence et le calme avec sa voix de stentor. Hurvin le regardait avec un drôle d'air. Anatole voulait constituer une patrouille pour aller voir ce qu'il se passait au magistère, avec des sorciers adultes, assurant que les plus jeunes ne craignaient rien au Coven.

-Sébastien, reste-là et assure-toi que ceux qui restent soient en sécurité.

Hurvin pencha la tête en guise d'acceptation de son sort. Le directeur Aimias resta également, jurant que c'était son école à lui et pas celle d'Hurvin. Anatole ne tenta pas de défendre son choix. « *Il nous confie à un mage noir pour nous protéger des mages noirs*, pensa Camille. » Delphine attrapa Katerina par la main et la traîna jusqu'à Camille.

-Tu restes là toi aussi, dit-elle à sa nièce. Tu restes avec Camille. Ne la lâche pas une seconde, ordonna la première magistrate. »

Moins de cinq minutes après l'arrivée du sorcier grassouillet qui avait surtout fui pour sauver sa propre vie, la moitié des sorciers adultes de l'école suivaient Anatole et Delphine à travers les miroirs magiques pour se battre contre les mages noirs. Camille chercha Hurvin du regard, mais ne le trouva nulle part dans la salle de bal. Camille traversa à plusieurs reprises la grande salle de bal. Le vampire avait lui aussi disparu. Gordon et sa femme n'étaient plus là, eux non plus. Guillaume et Alcidie étaient restés eux aussi. Le couple tentait de réconforter un groupe d'enfants dont les deux parents venaient de partir. La fillette hurlait qu'elle voulait sa mère, d'autres enfants se mirent à pleurer. Il ne restait plus dans la grande salle de bal que les enfants, les vieillards et quelques jeunes sorciers de l'école. Camille n'aimait pas cette disparition soudaine du professeur de magie noire, il avait eu ce regard étrange et ce demi-sourire bizarre lorsqu'Anatole lui avait demandé de rester, comme s'il s'y attendait. Katerina sur les talons, Camille sortit de la grande salle, bien décidé à ramener Hurvin dans la grande salle ou à découvrir ce qu'il trafiquait. Katerina voulait savoir où il allait, mais Camille n'en savait rien lui-même. Il descendit les escaliers quatre à quatre, lorsqu'un bruit de bottes le pétrifia. Non pas un bruit, des dizaines de bruits de pas, rapides, saccadés. Camille tira Katerina sur le côté, dans l'une des alcôves du couloir du cinquième étage. Il posa une main contre sa bouche et lui souffla de se taire.

Quelques instants plus tard, une trentaine de sorciers, tous vêtus de noir, de bottes et de ceinture noire montaient les escaliers. Katerina et Camille échangèrent un regard muet et terrifié. Un piège. Il n'y avait aucun moyen de remonter pour prévenir les autres de se protéger, ils n'avaient aucune possibilité de fuir. Ce serait un massacre. Une larme roula sur la joue de Katerina. Camille ferma les yeux, écouta le bruit des bottes s'évanouir dans les étages, lorsqu'un bruit de pas lui parvint. Les pas se rapprochaient, une odeur de bergamote flottait dans l'air. Katerina porta la main sous sa jupe, elle en extirpa un athamé d'or et d'onyx, qui paraissait être ancien. Camille prit son propre réceptacle magique, regrettant de ne pas avoir gardé l'athamé magique du sorcier qu'il avait tué, cela aurait été plus efficace que son vieux réceptacle améthyste. Camille déposa un baiser sur le crâne de Katerina, respira encore une fois son odeur et se plaça devant elle. S'il fallait mourir, il mourrait.

« -Comme c'est touchant ! rit le sorcier aux cheveux longs et fournis très gris.

C'était la même silhouette que celle qui avait commandé au tatoué de partir. Il devait être le chef, c'était lui que son père appelé Basileus.

-Oui, ce bon vieux Gilles et moi, c'est une vieille histoire ! pouffa le mage noir. Il aurait pu devenir un meilleur nécromancien que moi, assura le vieux nécromancien. Mais il a choisi... de se contenter de peu. Dégage de là, et je t'épargnerais.

Camille ne bougea pas. Le sorcier poussa un profond soupir.

-C'est entre elle et moi, dit-il. Ne viens pas te faire tuer uniquement pour jouer les héros, parce que ça ne prend pas avec moi.

Quelque part au-dessus d'eux, une détonation retentit. Camille leva les yeux, se demandant ce qu'il venait de se passer. Il craignait le pire.

-Viens avec moi, dit Basileus à Katerina. Tu sais bien qu'ils ne peuvent pas te comprendre, mais moi... toi et moi, on pourrait faire de grandes choses.

-C'est la clé que vous voulez. Pas moi, riposta Katerina. C'est ce que vous avez toujours voulu.

-Je pourrais te montrer ce dont elle est capable, parce que crois-moi, tu n'en as aucune idée. Allons, soit raisonnable, choisis d'être avec des gens qui te comprennent, qui pourront t'aider à trouver ta voie.

Katerina regarda Camille, honteuse. Elle baissa la tête, elle hésitait à partir avec le nécromancien, mais pourquoi ? Camille ne comprenait pas pourquoi. Lui aussi pourrait la comprendre si elle lui parlait. Il lui attrapa le bras et l'attira contre lui alors qu'elle s'avançait comme dans un rêve en direction du mage noir.

-Il a tué ton père, lui rappela Camille, sachant que Katerina souffrait bien plus de la disparition de son père que de celle de sa mère.

Katerina ne semblait pas savoir quoi faire ou quoi penser. Elle hésita un instant, avant de se laisser bercer par Camille.

-Vous êtes un monstre, déclara le rouquin, en jetant un coup d'œil au plafond, alors que des hurlements d'enfants se faisaient entendre.

Quelque chose de froid toucha Camille en pleine tête. Il lâcha Katerina et porta les deux mains à la tête. Tout lui tournait, il ne tenait plus debout, il s'écroula contre le mur de l'alcôve. Il regarda le nécromancien, mais l'homme ne le regardait pas lui, il disputait une autre personne que Camille ne voyait pas puisque Katerina lui bouchait la vue. Elle riposta par un sortilège qui fit tremblait tout l'étage. Camille se pencha en avant pour vomir. Un rire froid répondit au sort de Katerina. Elle leva les bras, elle tremblait sous le coup de la magie, de la glace sortait de ses mains. Basileus fut projeté en arrière, Camille l'entendit retomber lourdement sur le sol.

-Debout, dit Katerina à Camille, en le soulevant du sol.

Camille s'aida du mur pour se relever. Il jeta un coup d'œil par-dessus son épaule. Une montagne de glace entourait les deux sorciers, Basileus et le tatoué. Le tatoué s'acharnait déjà à faire fondre la glace avec ses pouvoirs magiques. Katerina traîna Camille dans le vaste couloir circulaire, sachant qu'ils n'avaient aucun moyen de s'échapper. Il fallait faire vite pour se cacher, avant que le plus dangereux des deux mages noirs ne les trouve. Camille se sentait mal. Il devait marcher appuyé contre le mur. Katerina ouvrit une porte, celle d'une salle de classe d'histoire de la magie. Elle posa les mains sur les tempes de Camille pour le guérir, mais cette fois cela ne fonctionna pas. Des bruits de bottes se faisaient déjà entendre près d'eux. Katerina poussa Camille derrière la porte et se posta au milieu de la classe. Elle voulait qu'il s'enfuie, elle n'avait pas besoin de le lui dire pour qu'il le comprenne. Guyla entra dans la pièce en conquérant.

-Pas mal, petite, dit-il d'une voix roucoulante qui ne lui allait pas. Tu seras à moi.

Il s'avança dans sa direction, tendit le bras pour l'attraper. Camille voulait dire à Katerina de fuir, de reculer, mais elle resta là. L'homme leva la main pour la frapper, Camille vit la main du colosse s'abaissait en direction du visage de l'adolescente. Camille bondit hors de sa cachette, sauta sur le dos du mage noir. L'homme tomba en direction de Katerina, lorsqu'il la toucha son image disparue. Camille poussa un juron, le mage noir était fort et coriace. Le jeune homme tenta de lui prendre son athamé, mais il n'y parvint pas, l'homme ne se laissait pas faire. Il avait plus de ressources que n'avait le droit d'en avoir un colosse comme lui, il n'était pas seulement fort, mais aussi agile et souple. Camille réussit cependant à plusieurs reprises à détourner les sortilèges qu'il réservait à Camille. La bataille était enragée. Katerina semblait avoir disparu pour de bon. Un de ces étranges sortilèges d'Hurvin probablement.

Camille usa de son réceptacle magique pour frapper Guyla. L'améthyste qu'il venait de racheter éblouit la pièce un instant. Le mage noir s'affaissa sous Camille. Camille le laissa sur le sol et partit à la recherche de Katerina. Le sol sous Camille était rendu instable par une étrange inondation. À quelques mètres de lui, une tempête s'était levée et se déchaînait. Il devait avancer, courbé en avant. Basileus se tenait debout au-dessus du sol comme en lévitation, touché de plein fouet par un orage magique. Il pleuvait, le vent soufflait, des éclairs s'abattaient sur le mage noir, il neigeait, et sous ses pieds, Camille remarqua que l'inondation se transformée en glace. Les cheveux de Katerina volaient autour d'elle dans un halo saphir, elle resplendissait et sa robe était déchirée. Des flammes commencèrent à s'élever de la tunique de nécromancien. Il avait le corps tendu, la tête rejetait en arrière et il souffrait. Camille s'approcha avec crainte. Il appela Katerina, mais elle ne se retourna pas. La clé flottait à quelques centimètres du visage de la jeune fille, la lumière étrange venait de là. Hurvin n'avait peut-être pas menti sur la force magique de ce talisman.

-Je vais te tuer ! beugla Guyla.

Camille tenta de s'interposer entre le tatoué et Katerina, mais elle se tourna pour l'affronter. Le sorcier vola à travers le couloir, glissa sur le sol gelé, mais il disparut aussi soudainement que Katerina dans la salle de classe. Elle se retourna, cherchant du regard la réapparition du mage noir. Camille le chercha aussi, lorsqu'il sentit une larme s'enfonça contre ses reins. Camille leva les mains, lâcha son améthyste. Il conseilla à Katerina de fuir.

-Vas-y, fuis, conseilla également Guyla. Je vais tuer ton petit chéri et ensuite tu seras à moi.

Camille ne comprenait pas pourquoi elle restait là, elle devait s'en aller pour leur échapper. Il pourrait mourir, il ne manquerait à personne. Katerina éleva la main et Basileus s'éleva de nouveau au-dessus du sol, le corps parcouru de soubresauts. Camille s'écroula sur le sol, la douleur lui vrillait le dos. Il ne sentait plus ses jambes et ses bras, juste la douleur qui lui parcourrait l'échine.

-Rejoins-moi, dit Basileus.

-Dites-lui d'arrêter ! hurla-t-elle.

-Cesse donc ! ordonna Basileus à Guyla.

Il hésita, mais Camille vit le tatoué baisser son arme magique, à contrecœur certainement. La douleur cessa, Katerina plutôt s'empressa de rejoindre Camille. Elle redescendit Basileus sur le sol.

-On s'en va, dit le plus âgé. »

Chapitre 13 : Hurvin

Hurvin fulminait, il avait quelques mots à dire à Basileus et son satané fils. Un jour, il lui ferait ravaler sa fierté. Le professeur de magie entra dans la maison que les nécromanciens occupaient. Hurvin passa devant les gardes sans même les saluer, les hommes le connaissaient bien. Aussi ne posèrent-ils aucune question. Hurvin traversa le long corridor, n'eut aucun regard pour les autres sorciers qui le regardaient et tentaient de lui parler. Il fit déguerpir ce maudit vampire, Ernesto Couleuvre, de son chemin par un regard. Faire venir les vampires pour grossir les rangs des mages noirs et des nécromanciens n'était pas la meilleure idée qu'avait eu Basileus. Les vampires étaient des êtres troubles, traîtres et incapables de faire preuve de loyauté.

La porte menant au sous-sol s'ouvrit par l'action magique du professeur. Hurvin descendit les marches rapidement. Basileus se tenait sur son trône, Guyla, derrière lui, s'amusait comme il aimait à le dire, avec une femme. Hurvin s'arrêta net, mal à l'aise. La sorcière hurlait, pleurait, implorait qu'on l'aide. Hurvin sentit son cœur se serrer, si elle le reconnaissait et elle allait le reconnaître, c'était dangereux. Hurvin pensa rebrousser chemin, mais il ne devait pas, il venait parce qu'il était en colère et qu'il devait s'expliquer avec Basileus.

« -Elle est coriace, la vielle ! ricana Guyla derrière le trône de son père.

La femme blonde qu'il avait dans les bras hurla lorsqu'il la pénétra de force. Hurvin ne s'habituait pas de cette habitude qu'avait le tatoué de violer femmes et enfants, il y prenait plus de plaisir qu'il n'était naturel de le faire. Sur son trône, Basileus paraissait avoir vieilli en une nuit. Katerina l'avait profondément blessé et meurtri dans sa magie même. Il ne l'aurait jamais cru capable de faire un tel acte magique. Personne n'aurait pu la croire capable de briser la magie d'un autre sorcier. Hurvin aurait cru qu'elle était encore incapable de se défendre et qu'elle aurait laissé Camille affronter Basileus, comme il avait affronté les deux autres sorciers lorsqu'ils avaient attaqué la maison. Ce contretemps était surprenant, voire même inquiétant. Katerina était plus puissante qu'ils ne s'y attendaient et Hurvin se demanda jusqu'où elle pouvait aller.

-Je ne vous ai pas ouvert les portes pour que ce sadique vienne tout saccager, dit Hurvin, le torse bombé pour en imposer.

Basileus posa sur lui un long regard plein de terreur et de douleur. Il n'avait pas voulu plus que lui la présence de son fils, mais il ne le contrôlait pas. Personne ne contrôlait Guyla, et si ce qu'Hurvin craignait arrivait Guyla n'en ferait qu'à sa tête et ce serait terrible.

-Elle n'a pas suivi.

-Je vous avais prévenu, dit Hurvin. Elle ne vous suivra pas si vous vous en prenez à lui.

Guyla se releva, flanqua un coup de pied dans le ventre de la blonde dont la robe émeraude était déchirée et en lambeau. Elle se redressa, au bord de la crise de nerfs, ses longs cheveux blonds étaient en bataille, des mèches paraissaient avoir été arrachées par endroit. Elle se couvrit du mieux qu'elle put de ses vêtements déchirés.

-Avec cette pute ici, elle viendra, déclara Guyla, avant de cracher juste devant Delphine Miller tremblante sur le sol du sous-sol.

Hurvin eut pitié d'elle, une femme pareille ne méritait pas un tel sort. Personne ne méritait un tel sort. Personne ne méritait de finir entre les mains de Guyla.

-Elle ne viendra pas, dit Hurvin.

Delphine leva les yeux dans sa direction. Elle le haïssait, il le comprit. Dans son esprit, elle pensait qu'il était un traître, peut-être n'avait-elle pas tout à fait tort, mais Hurvin ne pouvait penser à lui-même en ces termes. Il faisait ce qu'il devait faire pour le bien de tous. Pour le sien, dans tous les cas, et rien n'avait plus d'importance à ses yeux que le fait de s'en sortir.

-Traître ! hurla Delphine Miller, bien qu'affaiblie.

Guyla lui décocha un coup de poing en pleine face qui la fit taire. Hurvin détourna le regard. Un jour, quelqu'un devrait se dresser contre ce pervers sans cœur. Guyla eut un large sourire, il lisait dans son esprit Hurvin n'en doutait pas.

-Il ne m'aime pas, remarqua le colosse tatoué.

-Personne ne t'aime, même ta mère ne t'aimait pas, répliqua Basileus. L'école est à toi, Hurvin, de quoi est-ce que tu te plains ?

-De l'état dans lequel vous l'avez laissée. De ce qu'il a fait !

-Ce n'est pas lui, mais ses hommes, déclara Basileus.

-Et elle ? demanda le professeur. Ce sont ses hommes ?

Delphine pleurait doucement, les genoux contre sa poitrine, elle n'osait pleurer plus fort de peur d'énerver le colosse cruel qui abusait d'elle depuis la veille au soir.

-J'ai gagné, c'est mon butin. Les autres en profiteront dès que j'aurais fini. Et toi aussi.

-Mais elles sont toutes son butin ! riposta Hurvin. Et celle de ses hommes !

-Lorsqu'elle saura pour sa tatie chérie, grinça Guyla, la petite viendra, et je lui ferai sa fête, devant son cher rouquin. Tu pourras mater aussi si ça te chante, Hurvin.

-Espèce de taré, dit Hurvin, s'efforçant de garder son calme et de ne pas lui sauter à la gorge. Tu n'as aucune idée de ce qu'elle pourrait faire. Vous ne le laisserez tout de même pas gâcher sa magie ? demanda le professeur à l'adresse de Basileus qui paraissait si vieux et faible qu'Hurvin craignait qu'il ne puisse rien pour contrôler son fils.

-Je veux la clé, je veux le sanctuaire et sa magie, il peut faire ce qu'il veut du reste, assura le père.

Hurvin les regarda à tour de rôle. Ils n'avaient donc aucune idée des pouvoirs de Katerina. Ce n'était qu'un avertissement, elle pourrait être plus puissante encore. Elle n'était encore qu'une adolescente, dans quelque temps elle pourrait les anéantir tous les deux et tout échouerait.

-A-t-elle trouvé le sanctuaire ?

Hurvin eut un éclat de rire.

-Si tel était le cas, vous ne seriez même plus là pour le demander. Vous n'avez pas conscience de ce qu'elle est capable de faire. Elle est régie par ses émotions, si vous voulez qu'elle vous rejoigne, Basileus, usez de la corde sensible.

-Le rouquin, dit Guyla. Il nous faut le rouquin.

-Hors de question, s'emporta le père. Jamais un homme sage n'irait s'attaquer à l'un des enfants de Gilles Dellait.

Hurvin écarquilla les yeux. Plus d'une fois, il avait entendu Basileus refuser de s'attaquer directement à Camille. Il n'était d'ailleurs pas très chaud pour que Mélinda séduise Camille, pas plus que pour l'envoyer en prison. Il ne voulait pas que Gilles Dellait vienne se mêler de leur affaire, mais Hurvin n'avait pas pris conscience à quel point Basileus craignait le père de Camille.

-Ce bâtard-là, j'en fais mon affaire.

-C'est à toi qu'il fera son affaire, répliqua Basileus. Tu ne t'attaques pas à Dellait ni à sa progéniture. Tout homme doit être raisonnable face à la mort. On ne s'attaque pas à Dellait comme on ne s'attaque pas à Lavrenty.

Hurvin observa la réaction de Guyla. Il n'était pas d'accord avec cette idée. Plus on lui disait de ne pas s'approcher de Camille, plus le grand mastodonte tenait à lui faire du mal. Il aurait peut-être mieux fallu s'abstenir de lui parler de Camille. Hurvin s'interrogeait sur ces mystères autour de Gilles Dellait. Il connaissait le vieux Gilles et ne voyait pas encore en quoi il pouvait être dangereux. Certes, Gilles connaissait bien la magie, il paraissait même en savoir plus qu'il ne le disait lui-même, mais il n'était rien d'autre qu'un sorcier alcoolique. Camille avait beaucoup de magie, Hurvin n'en doutait pas, il sentait la magie se dégager de lui. Il le voyait bien devenir premier magistrat un jour avec du travail et de l'abnégation, et il pourrait également devenir un sorcier des plus puissants, mais Gilles n'était qu'un bon à rien.

-Qu'allez-vous faire du magistère ? interrogea Hurvin pour détourner la conversation.

-Mettre plusieurs des nôtres à des postes stratégiques. Il reste encore le cas de cet Anatole de malheur. Il a pu s'en sortir, grinça Basileus. Il faudra le rallier ou le tuer.

Delphine couina, plaquée contre le mur, tremblante comme une feuille. Hurvin retira sa veste, s'approcha de la femme. Guyla tenta de l'empêcher de s'approcher. Hurvin le défia du regard, le colosse se recula d'un pas. Hurvin posa sa veste sur les épaules de Delphine, elle le dévisagea avec rage et le gifla.

-Je vous faisais confiance ! hurla-t-elle.

Hurvin lui attrapa les poignets pour la calmer. Tant qu'elle ne perdait pas ce feu en elle, tout irait bien. Hurvin se releva, assura à Basileus son soutien, et qu'il devait à présent prendre son poste de directeur de l'école et jouer la comédie. Il s'inclina devant Basileus, toisa Guyla et repartit par là où il était venu. Dans le couloir de l'étage, il croisa de nouveau Ernesto. Cette fois, il ne put échapper à la conversation de ce vampire.

-Elle est charmante votre petite protégée.

Hurvin enfonça les mains dans les poches de son jean avec un petit sourire agacé. Ernesto ne ressemblait que trop bien à un vampire, il se faisait passer pour un prince et un vampire pure souche, mais un mélangé, un de ses parents avait été un sorcier et il accentuait sa pâleur en évitant le soleil, la noirceur de ses cheveux par des teintures.

-Ne t'approche pas de Katerina, dit Hurvin avec lenteur. Le type en bas est déjà intéressé.

-Et le rouquin ?

-Le maître ne veut pas qu'on y touche.

-Dommage, j'en ferais bien mon repas. Sa magie est fascinante, presque autant que celle de la Barthély.

Hurvin s'approcha du vampire avec un sourire amusé.

-Un conseil, si tu tiens à rester en vie, ne l'appelle jamais La Barthély, elle a horreur de ça. »

Chapitre 14 : Camille

Marlvin l'attendait dans la cuisine de la villa Miller. Anatole n'était pas venu leur rendre visite une seule fois depuis l'attaque du magistère, et Camille s'était bien chargé de renvoyer les autres chez eux sans le moindre scrupule. Katerina était trop fragile pour supporter leurs remarques et leurs remontrances. Elle n'était pas sortie de la maison depuis quatre semaines, sauf pour aller lui acheter un athamé, assurant qu'il en avait besoin plus que personne à présent. Camille n'avait pas discuté et le portait tous les jours sous sa ceinture. Elle allait bien, elle restait tout simplement ébranlée par les événements et plongée plus que jamais dans les recherches pour trouver ce maudit sanctuaire. Elle parvenait même à convaincre Camille de l'aider dans ses recherches. Depuis la disparition de Delphine et la folie dont semblait emprunt Anatole, Camille devait gérer les affaires de la première magistrate, même si on lui confiait de moins en moins de travail. Basileus infiltrait le magistère avec ses sbires et Camille ne pouvait rien y faire. Il ne pouvait pas laisser Katerina. Elle ne voulait pas accepter qu'il s'éloigne d'elle.

Camille remonta sa braguette, vérifia que sa chemise était en place et espérait que cette attente n'avait pas mis des idées dans la tête du dragonnier. À son arrivée dans la cuisine, Marlvin regardait dehors, il avait ôté sa longue cape rouge et son épée. Il se frottait les reins comme s'il souffrait d'une quelconque douleur. Camille le trouva l'air épuisé et la mine défaite.

« -Comment elle va ? s'enquit immédiatement le maître de la guilde.

-Elle est dévastée.

-Tu m'étonnes, depuis le temps que tu attends pour tirer ton coup elle doit être ravagée, s'esclaffa le dragonnier.

Camille se tendit. Marlvin s'excusa, assura qu'il était fatigué, tout en s'asseyant à la table de cuisine. Il disait avoir des problèmes avec les dragonniers français. Il s'inquiétait pour les dragonneries et se demandait si ses rangs n'avaient pas été infectés par les mages noirs.

-Ils veulent rentrer, enterrer leurs morts, expliqua Marlvin. Je ne peux pas les laisser faire. Je sais que la plupart ne reviendraient pas et ils ont juré fidélité. Pourtant je les comprends, s'il arrivait quelque chose à ma sœur, je voudrais être là et y serais probablement, mais ...

-Mais tu sais où se trouve ton devoir, c'est ce qui est différent.

Marlvin hocha la tête. Voilà qui expliquait pourquoi il paraissait aussi usé. Camille regrettait que cela lui arrive à lui, il était un excellent maître de guilde, sévère, mais juste. Il pensait au bien commun avant de penser à lui-même, c'était plutôt rare pour les hommes de pouvoirs.

-On jase, dit Marlvin. Tu séquestres l'héritière Barthély et tu déboutes tous ceux qui désirent la voir. Tu te l'accapares pour toi seul. Je me demandais bien ce que tu faisais avec elle, maintenant je sais, sourit-il.

-Je la console, assura Camille sans perdre son calme. Sauf qu'elle n'a pas vraiment besoin de moi.

-Bien entendu tu n'en éprouves aucun plaisir. C'est touchant toute cette abnégation.

-La ferme, Marl ! répliqua Camille.

Marlvin garda le silence un petit moment. Camille se demandait encore pourquoi il avait accepté qu'il vienne à la villa.

-Combien de temps tu comptes la garder enfermée ici ? interrogea Marlvin.

-Jusqu'à ce qu'elle aille mieux.

Mieux valait éviter de dire que Katerina avait choisi de s'enfermer à la villa d'elle-même, et qu'elle refusait de sortir tant qu'elle n'aurait pas emmagasiné toutes les informations qu'elle jugeait utiles pour se défendre et trouver le sanctuaire magique. Elle désirait apprendre à vaincre Basileus, elle se persuadait qu'un simple sortilège de mort ne suffirait pas à le vaincre. Elle parlait des boucliers magiques, des boucliers mentaux, des sortilèges dont Camille n'avait jamais entendu parler, capables de figer une âme dans un corps pour l'empêcher de mourir.

Camille prit place lui aussi autour de la petite table de cuisine. Il se souvenait à présent pourquoi il avait permis à Marlvin de venir. Il avait besoin de quelqu'un à qui parler.

-Elle s'en veut, commença Camille, sous le sceau de la confidence. Elle est presque folle. Dès qu'elle dort, elle cauchemarde. Elle refuse de manger, en disant que tout a un goût de cendre. Je ne peux pas sortir d'ici sans qu'elle devienne hystérique. Elle est persuadée que si je sors d'ici, je vais me faire capturer par les mages noirs et qu'elle sera obligée d'aller me chercher.

-Et moi qui me plains de mes dragonniers, dit Marlvin. Et toi ? Comment est-ce que tu te sens ?

Camille répugnait à parler de cela, mais puisque Marlvin daignait écouter ses malheurs, il devait en parler. Camille lui avoua que c'était bien la seule chose capable d'apaiser Katerina.

-Tous ces morts, Malrvin. Tu aurais vu, tous ces petits corps allongés là, les yeux ouverts et vides. Un de mes amis est encore à l'hôpital, j'aimerais aller le voir, mais avec elle... Et si elle n'allait jamais mieux ? demanda Camille, en parlant de Katerina. Elle est malade, Marlvin. Très malade.

La porte de la cuisine s'ouvrit. Katerina apparut vêtue d'une magnifique robe bleue. Elle regardait dans le vide, comme toujours, comme si elle n'était plus vraiment là. Il aurait dû rester près d'elle au lieu de descendre discuter avec Marlvin. Il bondit vers elle comme un ressort. Tout ce qu'elle avait sur elle c'était cette maudite clé qu'il n'arrivait pas à lui faire enlever. Comme il aurait voulu qu'elle s'en débarrasse. Elle avança d'un pas mal assuré.

-Monte, dit-il comme s'il parlait à une enfant.

-Je vais me baigner.

-Monte, répéta Camille.

-Laisse-là nager si ça lui fait plaisir.

Camille renonça. Katerina poussa la porte vitrée qui menait à la piscine depuis la cuisine. Marlvin la regarda passer sans un mot. Elle repoussa la porte derrière elle et Camille ne put s'empêcher de penser que c'était une très mauvaise idée.

-S'il lui arrive quelque chose ! menaça le rouquin.

Marlvin insistait pour qu'il ne la considère pas comme une enfant, mais comme une adulte. Camille n'était pas d'accord, selon lui Katerina devenait folle. Il n'aurait trop su dire pourquoi ou comment. Elle n'était tout simplement plus raisonnable, ce qui pourrait devenir dangereux. C'est ce qu'il essayait de faire comprendre à Malrvin, sans trouver les mots corrects pour l'expliquer.

-Tu veux que je parle à Lavrenty ? demanda Marlvin.

Surtout pas, Camille ne tenait pas à ce que le patriarche Lavrenty vienne se mêler de leurs affaires. Camille risquait bien de finir ses jours en prison si Lavrenty venait à trouver Katerina dans cet état lamentable. Marlvin s'efforça de convaincre Camille qu'il ne fallait pas s'inquiéter. Camille voulait le croire. Tout serait plus simple s'il croyait Marlvin et qu'il se contentait de laisser le temps au temps.

-On a des nouvelles de Delphine ? demanda Marlvin.

-Pas la moindre. Anatole a tellement à faire, il est anéanti. D'après ce que j'en sais, tout le monde pense qu'elle est morte.

-Pas toi ?

-Non, elle est vivante. Ils la tiennent quelque part. Ils la gardent pour attirer Katerina. Basileus veut qu'elle rejoigne ses rangs. Il tente de la convaincre qu'elle est comme lui, qu'elle ne peut être heureuse qu'a....

Camille marqua une pause. Quelque chose n'allait pas. Marlvin devait l'avoir senti. Le dragonnier s'empara de son épée et dégaina d'un geste rapide et sûr. Ils étaient aux aguets, conscients d'une menace. Camille se précipita sur la porte, tira dessus, la poussa de toutes ses forces, mais elle refusait de s'ouvrir.

-Pousse-toi, dit Marlvin.

Camille s'écarta juste assez pour que le dragonnier enfonce la lame de son épée dans la vitre qui gela avant d'éclater en morceaux. Camille s'engouffra par l'ouverture. Il chercha Katerina du regard. Marlvin quant à lui, chercha des éventuels ennemis. L'épée levée, il regardait autour de lui avec méfiance. Camille courut jusqu'au bassin, retint son souffle et plongea alors que Malrvin lui criait de ne pas faire ça. L'eau était gelée, si froide qu'elle glaça Camille au plus profond de lui-même. Il nageait, nageait encore à la recherche de Katerina. La piscine n'était pourtant pas si profonde. Il la trouva au fond d'une eau sombre, d'où l'on ne distinguait pas la lumière. Camille connaissait pourtant très bien cette piscine et il savait que même au fond de l'eau il pouvait voir le soleil. Katerina était debout, la tête baissée, le corps tendu, la clé toujours à son cou était tendue vers le ciel. Camille l'attrapa par la taille pour la remonter à la surface, quelque chose empêcha leur ascension. Katerina était attachée par les chevilles, des fils fins, lumineux, magiques. Il se pencha pour les arracher. Quelqu'un l'attrapa par le cou. Il crut un instant que Marlvin avait plongé lui aussi, mais ce n'était pas Marlvin. L'homme qui tentait de le tuer avait le visage tatoué, des mains de colosse et un regard rouge sang. Camille chercha l'athamé sous sa ceinture. Il manquait d'air et bien qu'elle n'était plus attachée, Katerina ne remontait pas à la surface. « *Je vais mourir*, pensa Camille. » L'idée était déplaisante. Il enfonça son athamé dans les côtes du sorcier, qui disparut dans un hurlement de rage. Camille saisit la jeune fille par la taille et nagea vers la surface, à bout de souffle et de force, il n'arrivait plus à avancer. Katerina était trop lourde. La clé continuait de pointer en direction de la surface. Camille s'en saisit et lui demanda, mentalement, de les ramener à la surface. Si elle était aussi magique et puissante, elle pouvait les remonter à la surface et les protéger.

Lorsqu'il émergea de l'eau, Marlvin l'attrapa par le bras pour l'aider à se hisser sur le bord. La lame du dragonnier était couverte de sang, comme ses vêtements et son visage. Marlvin souleva Katerina, la déposa sur le bord et laissa Camille sortir seul de l'eau. Camille toussa, cracha, avant de se rendre compte qu'ils étaient entourés de cadavres en décomposition. Katerina cracha de l'eau, mais ne revient pas à elle. Marlvin la prit dans ses bras, demanda à Camille de prendre son épée et ils sortirent du charnier. Marlvin rentra dans la maison, monta à la chambre de Katerina et l'allongea sur le lit. Elle respirait, même si elle était faible et blême. Marlvin claqua dans les doigts, des serviettes sèches s'envolèrent de la salle de bain jusqu'au lit. Camille répugnait à voir Marlvin la toucher, mais il se rappela qu'il aimait les hommes.

-Il faut que Lavrenty vienne, dit Marlvin. Vous n'êtes plus en sécurité ici.

Camille répugnait à voir Lavrenty dans cette maison, il aurait encore préféré voir son père. Cependant, le dragonnier n'avait peut-être pas tort. Katerina gisait dans des draps frais et propres, vêtue d'une chemise de nuit, et Camille s'était changé lorsque le patriarche arriva, la mine défaite lui aussi. Il se pencha sur Katerina, lui prit la main, caressa sa peau, son visage et déclara qu'elle avait besoin de repos. Camille aurait pu établir le même diagnostic, mais se retient de tout commentaire. Gilles Dellait arriva quelques instants seulement après l'arrivée de Lavrenty. Camille ignorait qui l'avait prévenu et ne savait pas ce que son père faisait là.

-Qu'allez-vous faire ? interrogea Gilles, après s'être incliné devant le vieil homme.

-La ramener chez moi.

Camille s'y opposa farouchement. Il ne voulait pas la quitter. Gilles lui clama de se taire, mais Camille n'y était pas décidé.

-Il peut venir, annonça le vieil homme, à la surprise générale.

-Tu n'iras pas là-bas, s'interposa Gilles.

-Allons, fit Lavrenty, il l'a sauvée, il peut bien rester avec elle.

-Jusqu'à ce qu'il se fasse tuer, j'imagine, répliqua Gilles. Si quelqu'un doit le tuer, celui-là, ça sera moi, menaça Gilles.

-Ils s'attendaient à ce que personne ne soit là, intervint Marlvin. Ils étaient là tous les deux. Le père et le fils. Pourquoi est-ce qu'ils la veulent ? demanda-t-il. Une rançon ? Lui voler sa magie ?

-La convertir, répliqua Gilles. Basileus aime à convertir les sorciers à sa cause. Il cherche le moyen de devenir immortel. Tout est bon pour le devenir.

-Taisez-vous, ordonna Lavrenty. N'allez pas leur mettre ce genre de choses dans la tête.

-Est-ce que tu penses que l'on devenir immortel ? demanda Gilles à son fils.

Camille ne le croyait absolument pas, pas plus que Marlvin qui se demandait à quoi cela pourrait bien lui servir de vivre éternellement. Lavrenty ne paraissait pas convaincu, mais le vieil homme s'abstient de tout commentaire.

-Bien, puisqu'il faut qu'il en soit ainsi, prends tes affaires et viens avec nous, dit Lavrenty.

Camille se dépêcha d'aller remplir un sac avec les affaires qu'il gardait au grenier et celles qu'il avait à la buanderie du deuxième étage. C'est là que son père le trouva.

-Ne te laisse pas faire par cette vieille buse dégarnie. Ne lui permets pas d'avoir le dessus sur toi. Ne lui donne pas autant de pouvoir qu'il croit en avoir.

Camille ne trouvait pas que Lavrenty ressemblait à une buse, vu la masse de cheveux qu'il possédait, le vieillard était tout sauf dégarni. Gilles ferma la porte, Camille doutait que cela fût suffisant pour empêcher le Barthély d'entendre leurs pensées.

-Il va essayer de te faire tourner en bourrique. Il va te chasser. Rappelle-lui qui tu es. Il ne peut pas grand-chose contre toi.

-C'est... commença Camille.

-C'est un con comme les autres, plus vieux que la moyenne, plus retord que la moyenne, mais ça reste un con. Ne laisse jamais Katerina seule avec Théodore, cette vieille chouette, on ne sait jamais ce qu'elle a dans la tête. Tu as compris ? »

Camille n'eut pas le temps de se renseigner sur ce mystérieux Théodore que Lavrenty l'encourageait à se dépêcher. Camille regagna la chambre, il s'apprêtait à prendre des affaires pour Katerina, mais le vieil homme lui assura que ce n'était pas nécessaire. Camille ne posa pas de question. Il mit son sac sur son épaule, passa une robe de chambre à Katerina et la prit dans ses bras. Marlvin l'aida à descendre les escaliers et ils traversèrent tous les trois le miroir de transport. Camille se sentit mal dans le dédale magique. Il détestait voyager de cette manière, et le ventre vide, c'était pire encore qu'après une légère collation.

Le palais. Camille avait souvent entendu cette expression pour désigner la maison dans laquelle vivait Lavrenty. Il n'avait jamais cru qu'il s'agissait d'un véritable palais. Il se faisait plutôt l'effet d'une belle maison, bien décorée, avec des portes dorées et des fenêtres immenses comme celles du magistère. Au lieu d'une belle maison confortable, il se trouvait devant un véritable palais. Ils apparurent devant la porte d'entrée, du moins c'est l'idée que se faisait Camille d'une porte d'entrée impériale. Ils se trouvaient sur une terrasse semi-circulaire, couverte par une coupole soutenue par des colonnes sculptées. Les portes étaient en bois précieux, larges et hautes de plusieurs mètres et si lourdes que Camille se doutait qu'il faille une force considérable pour les ouvrir ou des pouvoirs magiques. Lavrenty ouvrit l'une des portes et les fit entrer. Le froid piqua Camille au vif. En plein janvier, tout était gelé et couvert de neige. Par l'une des grandes fenêtres encadrant les doubles portes d'entrée, Camille vit l'immense cascade avec une magnifique fontaine dorée. Tout était couvert d'une épaisse couche de neige. En été, cela devait être magnifique, en hiver tout paraissait froid et glacial. Le hall d'entrée était une vaste pièce circulaire, au plafond haut de près de quatre mètres, trois lustres de cristal flottaient dans les airs. Le tout dans des tons ocre et jaune. La pièce s'ouvrait sur deux pièces et sur deux escaliers magnifiques. Lavrenty ouvrit la marche. Il prit l'escalier de droite, monta les marches d'un pas léger, bien trop léger pour un homme de son âge, alors que Camille et Marlvin peinaient à le suivre sous le poids de Katerina. Le palier ouvrait sur deux ailes. Lavrenty prit celle de gauche, bien qu'il aurait été plus logique de monter par l'escalier de gauche. Camille s'efforça de taire ses pensées de peur de troubler le vieil homme. Lavrenty les fit traverser un long corridor qui ne semblait ne put en finir. Tout était magnifique : les parquets bien cirés, les vitres immenses ouvrant sur un parc vaste et enneigé, les fauteuils et les canapés alignés sous les fenêtres hautes et dorés. Camille compta huit portes avant qu'ils ne bifurquent sur la gauche dans un long couloir. Une aile du palais certainement. Camille n'avait jamais vu de palais de sa vie, donc il ne savait trop quoi penser. Sur les murs s'alignaient des dizaines de tableaux représentant des femmes et quelques hommes. Les tableaux étaient de toutes les époques et de tous les styles possibles. Camille restait émerveillé. Jamais encore il n'avait vu un tel luxe. Les vases dans lesquels des bouquets de fleurs d'hiver embaumaient la maison étaient immenses, en porcelaine précieuse. Des sièges s'alignaient près des fenêtres, des fauteuils en or, damassés de soie brodés d'or.

Ils entrèrent dans la première chambre sur la gauche. Lavrenty ouvrit la porte et Camille crut défaillir tant le luxe était inouïe, rien de comparable avec la maison moderne des Miller. Tout ici était ancien, précieux et certainement plus onéreux que tout ce qu'il n'avait jamais vu. Des boiseries aux détails impressionnants, des plafonds si hauts que Camille en avait le vertige. La petite pièce dans laquelle ils entrèrent était un boudoir, composé d'un petit bureau en bois, de deux fauteuils damassés mauves, d'une table basse, puis de sièges eux aussi damassés de mauve. La tapisserie était dans les tons violet, mauve et rose pastel, et les étagères sculptées avec soin et précision. Une porte ouvrait sur une autre pièce. C'est là que Lavrenty les conduisit. Au milieu de la vaste chambre, un lit à baldaquin aux tentures saphir attendait Katerina. Camille et Marlvin ne furent pas déçus de déposer leur fardeau sur les oreillers confortables. Une petite coiffeuse faisait face à la double grande fenêtre ouvrant sur la cascade que Camille avait vue en arrivant. Les rideaux étaient lourds et bleus. Les murs étaient vides de toute décoration. Un autre bureau plus grand que celui du boudoir se trouvait face au lit, un sofa et une chauffeuse étaient disposés face à face près de la porte. Camille remarqua une ouverture dans le mur près du bureau, certainement une salle de bain dissimulée. Katerina serait émerveillée lorsqu'elle découvrirait les lieux à son réveil.

Camille s'assit sur le lit. Katerina était gelée, sa peau était si blême que ses lèvres en étaient cyanosées. Camille se demandait quoi faire. Peut-être devait-elle voir un médecin. Lavrenty proposa d'appeler son médecin personnel et son vieil ami en qui il avait toute confiance. Le vieil homme encouragea Marlvin à rentrer à la dragonnerie. Marlvin désirait rester. Lavrenty renonça à toute discussion et s'inclina à regret.

« -Tu crois qu'elle va se réveiller ? demanda Marlvin, une fois Lavrenty parti chercher son médecin.

-Elle doit se réveiller, assura Camille.

Il se pencha sur elle et toucha sa peau, toujours aussi froide malgré l'épaisseur des couvertures sous lesquelles elle dormait. Camille effleura la clé par mégarde, elle brûlait d'une chaleur magique. Camille la souleva juste assez pour voir que sous le pendentif se dessinait une forme de clé noire sur la peau de Katerina. Il profita que Marlvin regardait l'immense commode en acajou, pour ôter la clé, qu'il glissa dans sa poche. Lorsqu'il arriva, le médecin fit à Camille un drôle d'effet. C'était un vieil homme au dos courbé, à l'allure pourtant ferme et résolue, qui paraissait habile avec ses longs doigts blancs et fins. Il était aussi dynamique et souriant qu'il était possible de l'être. Il paraissait sans âge et pourtant, ses cheveux blancs et les rides de son visage indiquaient qu'il devait avoir entre soixante et quatre-vingts ans. Il était vêtu d'un costume sobre, à la coupe simple, mais élégante, rien de semblable à la robe de chambre de velours rouge rehaussée de fourrure noire de Lavrenty. Il tenait à la main une trousse médicale noire ancienne, mais en excellent état. Camille le regarda s'avancer avec précaution jusqu'au lit tendu de soie et de brocart saphir.

-Messieurs dehors, exigea le médecin.

Camille était résolu à ne pas sortir de là. Son père lui avait dit de se méfier de quelqu'un et si Lavrenty n'avait pas présenté son médecin, Camille estimait que c'était pour la simple raison qu'il se prénommait Théodore. D'ailleurs, le fait qu'il parle français sans le moindre accent n'était pas naturel.

-Son père lui a dit de se garder de toi, expliqua Lavrenty devant la mine effarée du médecin.

-Je vois. Ce bon vieux Gilles, toujours aussi méfiant.

-Allez viens, dit Lavrenty à Marlvin qui se demandait quel parti adopter. Laissons-les. Toi et moi avons à parler.

Marlvin hésita, mais se rangea finalement à l'avis de Lavrenty et le suivit dans les dédales du palais. Théodore dévisagea Camille longuement avec un sourire bienveillant et amical, puis il repoussa les couvertures et releva la robe de chambre et la chemise de nuit sans la moindre pudeur. Il gardait le visage tourné en direction de l'immense fenêtre, tout en palpant le corps qu'il avait sous les doigts. Lentement, méticuleusement, il toucha Katerina dont la peau blême garda les quelques instants les marques des doigts du médecin. Camille lui servit d'infirmier, lui ouvrit sa trousse, lui donna son stéthoscope, s'étonna même qu'un sorcier puisse avoir besoin de cela.

-La médecine humaine est plus précise sur de multiples points, expliqua-t-il. Au cours des années, j'ai accouché bien des femmes, dit l'homme. Avant les progrès de la médecine, il m'était impossible de savoir comment les choses allaient à l'intérieur. Et puis les humains ont inventé les échographies et j'ai pu sauver de nombreux enfants. Puis il y a eu des inventions bien différentes, comme le monitoring fœtal. En cardiologie, ils ont inventé des appareils pour mesurer précisément les battements cardiaques, d'autres pour prendre la tension. Pour les tumeurs, ils ont inventé les IRM, les scanners, et avec tout ceci, j'ai pu sauver des vies plus que la magie et les potions ne m'auraient permis de le faire. Quand on ne sait pas de quoi souffre le patient, on ne peut pas le soigner. Même la magie ne peut pas tout régler. Beaucoup de sorciers l'ignorent parce que la magie guérit très bien les petites blessures, parce que nous avons des filtres, des potions, des sortilèges pour les blessures magiques les plus communes, mais les sorciers aussi souffrent de maux mortels, qu'il n'est pas toujours aisé de détecter.

Tout en parlant, il écouta le cœur, les poumons et le ventre de Katerina. Puis Camille l'aida à la mettre sur le ventre et il continua son écoute, puis ils remirent l'adolescente sur le dos. Le médecin rajusta les vêtements, remit les couvertures en place et demanda à Camille une petite lampe avec laquelle il examina les yeux, puis la bouche et les oreilles avant de prendre la tension de Katerina, qui ne paraissait pas bonne. Il acheva le tout par une prise de température dans l'oreille, laissant Camille méditatif sur ces procédés étranges.

-Bon. Eh bien, il n'y a pas grand-chose à faire.

-Comment ça ? s'écria Camille, en colère par le peu de soins que prodiguait le médecin.

-Elle est loin, elle reviendra lorsqu'elle en aura envie.

-Mais son corps ? Elle est glacée et pâle, ça n'a rien de normal ça !

Le médecin referma sa trousse, las visiblement. Il s'humecta les lèvres tout en hochant la tête.

-Contre ça, il n'y a pas de remède.

-Contre quoi ? s'emporta Camille.

-Elle reviendra à la normale lorsqu'elle sera réveillée. Pour l'instant, c'est un sortilège contre lequel il serait dangereux de lutter, c'est à elle de revenir, pas à nous de la sortir de là. Vous ne comprenez pas, remarqua le médecin. Disons, pour simplifier les choses, qu'elle est ensorcelée.

-Par quoi ? Par qui ?

-Par la magie.

Le médecin eut un léger sourire bienveillant et amical que Camille détesta aussitôt. Pourquoi fallait-il toujours que les sorciers parlent par énigme ?

-Pour être plus clair, par cette chose que vous avez dans votre poche et dont la seule mention vous tend et vous pousse à la colère. Mais je comprends, assura le médecin, alors que Camille ne comprenait pas lui-même. La magie est ancienne et mystérieuse. J'ai longtemps cru qu'il s'agissait d'une légende, dit le médecin. Et puis il y a eu cette force magique qui a frémi. Une sorte de tremblement de terre que seule une poignée de sorciers ont su interpréter. Quand elle se réveillera, elle ira mieux. Croyez-moi. En attendant, ne vous amusez pas à tenter de posséder cette clé. Elle vous tuerait très certainement. »

Camille renonça à lui dire qu'il ne tiendrait jamais à posséder quoi que ce soit en rapport avec de la magie noire, et que si cela ne tenait qu'à lui cette fichue clé il la détruirait, mais il sentait qu'il ne fallait ni en parler ni tenter de la détruire. La vie de Katerina paraissait intimement liée à cette maudite clé magique. Il comprenait mieux à présent pourquoi son père l'avait mis en garde contre Théodore. Ce vieil homme en savait plus qu'il ne laissait le supposer. Camille se sentit, pour la première fois de sa vie, entouré d'ennemis.

Chapitre 15 : Lavrenty

Il venait de renvoyer Marlvin avec l'ordre de maintenir ce maudit gamin des rues dans le camp de dragonnier. Il en serait tellement heureux qu'il ne songerait pas à venir fouiner du côté du palais. « *À moins qu'il ne sente qu'il s'agit d'un piège pour l'éloigner,* se dit Lavrenty. » Le vieil homme ne doutait pas des capacités de Marlvin à mentir et à assurer au gamin qu'il avait tout intérêt à rester s'il tenait un jour à revêtir cette immonde tenue rouge et noire et ceindre l'épée lige. Lavrenty fulminait. S'il avait pu, il serait allé lui-même exterminer Basileus et son abominable fils, Guyla. Qu'est-ce qu'il lui avait pris d'accepter ce maudit marché ? À présent, Lavrenty était pieds et poings liés. Il se maudissait et il maudissait ce satané nécromancien qui lui avait pris son fils et manqué de justesse de lui retirer son héritière. « *Encore une chance que ce maudit rouquin ait été là.* » Lavrenty détestait d'autant plus Camille, que Gilles ne parvenait pas à lui inculquer la moindre notion de magie. « *Tous les gamins ne sont pas faits pour être battus,* pensa Lavrenty, qui lui-même n'avait pourtant jamais connu que cette méthode d'éducation. ». Lavrenty regrettait que Camille soit présent. Katerina et lui étaient liés l'un à l'autre, Andreïlévitch le lui avait dit. Andreïlévitch était doué pour sentir les choses et il ne s'était que rarement trompé. Sauf lorsque cette maudite Solange s'était glissée dans son lit. Son fils n'avait jamais su dire non aux femmes, c'était sa seule faiblesse et une faiblesse qui lui avait coûté la vie. Une chance que cela ne lui avait coûté que sa vie à lui, sans quoi Lavrenty se serait chargé de le ramener des limbes par la peau des fesses.

Théodore entra dans le grand bureau du rez-de-chaussée près de la porte et face à la grande cascade. La pièce était chaleureuse et accueillante, remplie de livres et d'objets magiques. Dans une petite pièce attenante fermée par des tentures rouge écarlate, Lavrenty y rangeait sa collection d'athamés amassés au fil des siècles de son existence. Il y cachait également bien des objets de magie noire que personne n'avait besoin de trouver. Elle lui servait également de bibliothèque privée. Au fil des ans, il était parvenu à sauver, conserver, restaurer et reproduire de très nombreux livres de magie d'une valeur inestimable.

« -La clé ? demanda Lavrenty. Elle l'a toujours ?

-Non, dit Théodore, avec son calme légendaire.

Lavrenty faillit bondir par-dessus son bureau pour l'étrangler à mains nues. Théodore ne prenait pas conscience de l'horreur de la situation. Il souriait calmement, les pouces croisés, le regard d'un calme exaspérant.

-C'est lui qu'il l'a, acheva Théodore, avant que Lavrenty ne lui saute à la gorge. Il la voit, il la touche et il y a gros à parier que ce gamin est un bâtard.

-De quoi est-ce que tu me parles ? Je me moque bien du rouquin. C'est la clé que je veux ! La clé, Théo. Qui a la clé ?

-Eh bien, soit la mère de ce Camille n'est pas sa mère, soit ce bon vieux Gilles est cocu comme cochon ! dit Théodore, sans répondre à sa question. Il n'y a que deux types de personnes qui peuvent toucher la clé. Les gens comme toi, et les gens comme moi. Gilles fait partie des gens comme toi, mais je parierais gros que ce gosse n'est pas de lui, et c'est ça que ton cher Andy a dû comprendre, il y a longtemps.

Lavrenty savait tout cela. Il le savait mieux que personne. Théodore n'avait pas besoin de le lui dire. Son ami devait tout simplement perdre la tête. Lavrenty n'appréciait l'idée que Camille puisse avoir la clé en sa possession. Seul le Dieu Cornu pouvait savoir ce qu'il avait l'intention d'en faire.

-Qu'importe de quel trou il sort, s'il a la clé, il a le pouvoir, maugréa Lavrenty.

-Il n'a pas l'intention de s'en servir. La magie le répugne. C'est un jeune homme étrange, bourré de principes agaçants et pathétiques.

-À qui le dis-tu, soupira Lavrenty. Quatre ans qu'il rôde comme une manticore affamée autour de Katerina, j'avais espéré qu'il répugne à s'approcher d'elle. Dire qu'il a fallu que cet imbécile sorti de nulle part s'en mêle.

Lavrenty tapa sur le sol en marbre avec sa canne à pommeau en tête de dragon. Si seulement cet imbécile de Sébastien Hurvin avait pu rester l'imbécile qu'il était lorsque Andy se préoccupait de son sort, les choses n'auraient pas aussi mal tourné. Hurvin le mettait toujours dans des états de colères incroyables, qu'il ne gérait qu'avec peine.

-Il faudra bien les marier, pourtant.

Lavrenty se leva, d'un geste de colère il envoya la lampe de son bureau contre le mur du fond. Théodore pouvait à peu près tout lui dire, mais pas de pareilles aberrations. Lavrenty serait mort bien avant qu'il n'accepte que Katerina épouse Camille Dellait. Surtout parce qu'il était un Dellait et que Lavrenty craignait ce qu'il pouvait arriver. Il jura à Théodore qu'il faudrait le tuer avant qu'il ne permette ce mariage.

-Tu les marieras toi-même avant la fin du mois, je te le garantis.

-Tu lis dans l'avenir toi maintenant ? grinça le vieux Barthély. Tu y as vu que tu étais mort pour me dire de pareilles horreurs ?

-Tu peux me menacer de me tuer de ton regard de basilic, cela ne marche pas avec moi. Tu ne m'effraies pas.

-Je vais t'envoyer en prison, je te préviens !

Théodore éclata de rire, un rire jeune et plein de vie. L'homme marcha jusqu'à l'un des fauteuils face au bureau, s'y installa, replia une jambe sur son genou et alluma une cigarette sans se soucier du mépris qui brillait dans les yeux de Lavrenty.

-Tu as forcé Andy à se marier, il me semble, remarqua Théodore, alors qu'un verre minuscule et une bouteille de vodka émergeaient du bar secret aménagé entre deux rayonnages de livre.

-C'était différent. Cette garce était enceinte. Il fallait bien sauver la face.

-Les humains vivent sans se marier et ils font des enfants, dit Théodore. Ils ne croient plus en la religion ni à l'institution du mariage et ils s'en portent très bien.

-Tu nous compares à cette vermine ? Ces esclaves, ces bons à rien ?

-Comme tu y vas ! s'amusa Théodore, en prenant son verre plein à présent.

-Elle doit se marier et avoir un héritier, c'est là tout ce qu'on lui demande. Ce n'est quand même pas si difficile d'écarter les jambes et de pondre un héritier à cette fichue famille. Qu'importe sa magie et cette maudite clé.

-Eh bien, pour ce qui est d'écarter les jambes et de pondre, comme tu dis, la moitié du chemin est déjà parcouru, assura Théodore en levant son verre. Reste le mariage.

Lavrenty frappa des poings contre son bureau. C'était un meuble fort heureusement solide qui en avait vu d'autres, bien d'autres d'ailleurs. Si Katerina avait couché avec ce maudit Camille, elle perdait de sa valeur et bien des hommes qu'il avait dénichés pour se proposer de l'épouser y renonceraient, même avec une dot considérable.

-D'ici quelques mois, tu auras un petit fils ou une petite fille bien dodue. Avec un peu de chance, il aura les yeux bleus et les cheveux sombres ou les cheveux flamboyants, s'esclaffa Théodore, ce qui ne fit que le rendre plus agaçant encore qu'il ne l'était déjà.

Lavrenty perdit patience, bondit par-dessus le bureau d'acajou, pour sauter à la gorge du vieux médecin. Le fauteuil céda sous la pression. Théodore gisait au milieu des débris, son corps vieux et fébrile agitait de spasmes. Les mains que Lavrenty avait posées sur sa gorge étaient jeunes, sans la moindre tâche brune ni de ride. Lavrenty vit l'éclat de ses cheveux noirs ondulés s'agiter autour du visage de son ami qui virait au rouge. Le visage de Théodore changea sous les mains de Lavrenty, il redevient jeune, sans ride, un visage long, dynamique, énergique, celui d'un homme malin et conquérant, sûr de lui et amusé, aux cheveux châtain clair.

-Je vais te tuer, assura Lavrenty, dont la voix avait changé, pour adopter un ton plus jeune qui lui était davantage familier.

Théodore le frappa à la tête avec un pied du fauteuil. Lavrenty accusa le coup avec difficulté. Il détestait être pris à son propre jeu. Théodore en profita pour lui jeter un coup de pied au milieu du dos. Le sorcier écarquilla les yeux sous la douleur fulgurante et lâcha la gorge qu'il tenait encore. Lavrenty roula sur le côté. Il regrettait de ne pas avoir protégé ses arrières. Théodore le connaissait depuis bien trop de siècles pour ne pas connaître ses points faibles.

-Espèce d'idiot, répliqua Théodore, en se frottant la gorge.

-C'est lui que je vais tuer, se décida Lavrenty.

-Vas-y, tue Camille et tu te retrouveras dans les limbes. Gilles sait qui tu es, ce que tu es, précisa Théodore. Il ne te permettra pas de faire du mal à Camille et de t'en sortir, même s'il n'est qu'un bâtard. Dans ta famille, on ne fait pas de gamins aux cheveux roux et aux yeux marron. Quant à elle...veux-tu que je te rappelle ce que tu es devenu quand Carmina est morte ? On est encore là, toi et moi, parce que monsieur Jack n'a pas pu s'empêcher de vouloir faire joujou avec la mort. Qu'est-ce que tu crois qu'il va se passer ? Elle est plus puissante que tu ne l'as jamais été. Elle fera aussi joujou avec la mort, mon cher vieux pirate. Et cette fois, ça ne sera pas à ton avantage.

Théodore se releva. Lavrenty resta sur le sol, allongé, à méditer. Il était hors de question que Camille fasse partie de sa famille. Lavrenty refusait de les marier. Il ne pouvait se résoudre à cela. Il regarda le magnifique plafond peint et sculpté. Il avait coûté une fortune ce plafond, il avait fallu des années pour le peindre. Il représentait l'histoire de la grande Déesse et du Dieu Cornu dans toute sa splendeur. Lavrenty observait une scène, celle de la naissance des vampires. Il y vit un mauvais présage. Tout ceci n'était que mauvais présage.

-Alors tue l'enfant, avant que ça ne se remarque dit Lavrenty. Avant qu'ils ne le remarquent.

-Je n'irais pas tuer un enfant dans le ventre de sa mère. Tu le sais. Sans quoi, il y a bien longtemps que tu n'aurais plus eu de descendance.

-Je t'ai déjà vu faire. Tu leur donnes des potions.

-À celles qui veulent que cela arrive.

-Elle est trop jeune, et je suis son tuteur.

-Delphine est sa tutrice et d'après ce que l'on en sait, Delphine est en vie. Dans ce pays, selon tes propres lois, elle est majeure. Et il y a cinq minutes tu disais que son devoir c'était d'avoir des enfants.

Lavrenty ne discuta pas plus longtemps. Avec Théodore, il ne parvenait jamais à avoir raison. Jamais il n'avait pu avoir raison avec Théodrore, c'était là le grand drame de leur vie. Théodore ajouta, en reprenant son aspect de vieil homme, qu'il ne fallait pas contrarier les plans de la grande Déesse. Lavrenty ferma les yeux et accepta. La grande Déesse devait avoir son plan et Lavrenty n'était personne pour s'y opposer, du moins pour le moment.

-Elle est enceinte vraiment ? interrogea Lavrenty.

-J'ai senti sa magie. Il sera aussi puissant que sa mère, assura Théodore avec enthousiasme. »

La nouvelle n'était absolument pas réjouissante, au moins, Katerina faisait ceux pourquoi elle était venue au monde. Lavrenty renvoya Théodore et reprit son ancienne forme. Il ferma les yeux et s'assit pour réfléchir. Il ne permettrait pas à ce Camille de rester avec elle. Il faudrait l'éloigner, elle l'oublierait et le haïrait, alors Lavrenty pourrait lui faire épouser qui bon lui chanterait. Théodore avait bien fait de lui parler de cette grossesse, finalement, elle tombait à point nommé. Il faudrait convaincre Théodore de ne pas en parler, de la laisser découvrir cela toute seule, et il suffirait de les marier avant pour que le problème soit réglé. Si le gamin ne l'apprenait que trop tard, alors tout irait pour le mieux. Ce qui tombait bien pour Lavrenty c'est que le gamin n'avait pas un sou vaillant, Lavrenty savait mieux que personne gérer ce genre de problème, tout comme il savait que les pauvres s'achetaient avec aisance. Il suffisait de les marier selon les lois magiques russes pour que tout s'arrange au mieux. Lavrenty devait vérifier quelques détails tout de même. Pour se faire, il ne fallait rien laisser à l'inconnu.

Chapitre 16 : Camille

Katerina dormait à poings fermés. Depuis trois semaines, ils étaient mariés. À présent, Camille devait partir. Lavrenty avait été clair. Une fois de retour à la maison, il devrait fuir quelque temps. Camille avait tenté de protester. Il ne pouvait pas partir maintenant, pas comme ça, pas sans lui dire, mais les arguments de Lavrenty avaient eu raison de lui. Katerina courrait un grave danger s'il restait. Basileus savait à quel point ils tenaient l'un à l'autre. Lavrenty en parlait comme d'une faiblesse qu'il ne pouvait pas se permettre. Lavrenty parla beaucoup lorsqu'il avait convoqué Camille avant le mariage. Katerina était en grand danger s'il restait, il pourrait revenir dans quelques mois, lorsque Basileus croirait qu'ils ne s'aimaient plus. « *Elle t'attendra*, assura Lavrenty. *Et si vous êtes mariés, elle n'aura d'autres choix que de t'attendre.* » Camille ne savait trop pourquoi il faisait confiance à Lavrenty, mais il lui faisait confiance. Le vieil homme avait parlé de la clé magique, du sanctuaire. Lui aussi connaissait son existence et il craignait que Basileus ne se serve de Camille pour obtenir la clé. Il ajouta qu'il craignait que Katerina ne meure, par amour pour lui. Camille devait fuir, garder secret son départ et le lieu où il irait. Lavrenty lui jura qu'il aurait de l'argent, beaucoup d'argent, un statut avantageux, mais secret. Il changerait de nom, un sortilège couvrirait son visage, pour tous les autres, il serait un autre homme. Le vieil homme avait tout réglé. Camille ne répugnait pas seulement à partir, il répugnait à faire ce que Lavrenty voulait qu'il fasse. « *D'ici trois ou quatre mois, tu te fianceras et tu feras traîner les choses, évidemment, tu ne dois pas te marier, mais fais en sorte que ça se sache. Basileus se laissera prendre au piège et tu seras tranquille. S'ils t'attrapent, ils te tortureront et Katerina sera perdue. Tu ne voudrais pas qu'elle tombe entre leurs mains ?* » Camille la regarda une dernière fois. Il partait sans rien. Il devait retrouver Lavrenty à l'aéroport, voyager comme un mortel, c'est que Lavrenty avait jugé de mieux pour lui. Camille s'efforça de ne pas pleurer. Il partait pour son bien à elle, pour qu'elle ne craigne rien. Il ne pouvait s'empêcher d'avoir peur et de craindre qu'elle ne comprenne pas. « *Je lui expliquerais quelques semaines plus tard. Ne t'inquiète pas. Elle saura que tu as fait ça pour vous sauver tous les deux, elle saura tout,* avait promis le vieux sorcier. »

Le vol en première classe fut ennuyeux à mourir. Camille regrettait d'être parti et hésita longuement à prendre un autre vol dès son arrivée pour rentrer en France. Il refusa le sortilège pour changer d'identité, il n'en voyait pas l'intérêt. Lavrenty n'avait pas insisté.

Lorsqu'il récupéra sa valise, il fut accueilli par un homme de bonne stature, vêtu d'un costume sombre, qui lui demanda de le suivre. Camille obtempéra, sans trop savoir pourquoi. Lavrenty s'était arrangé avec les services de sécurité pour qu'il voyage avec son athamé magique. Un luxe que ne pouvaient s'offrir les humains. Un vol direct pour la ville de Québec, et voilà que Camille se retrouvait malgré lui dans une voiture diplomatique, noire, blindée et luxueuse. Le chauffeur ouvrit la porte et Camille s'installa, une boule au ventre. Il faisait une erreur, son instinct le lui disait. Le chemin prit de longues minutes avant que la voiture ne s'arrête devant une grande maison de pierre. Le chauffeur prit les deux valises de Camille, l'une contenait de l'argent et l'autre, des vêtements choisis avec soin pour Camille durant la préparation du mariage.

Camille leva les yeux vers la maison en brique, soupira et se laissa conduire à l'intérieur par le chauffeur. Un maître d'hôtel tenait la porte ouverte. Un homme de taille moyenne, en costume gris, s'avança en direction de Camille, donna quelques ordres pour que l'on monte ses affaires et emmena Camille dans une pièce à l'arrière de la maison, un grand bureau de style, empli de dossiers et de papiers diplomatiques.

« -Je suis Herald Von Mardick. Je suis ambassadeur sorcier de Belgique au Canada. Vous êtes Monsieur Dellait, je présume ? Lavrenty vous a-t-il parlé de notre accord ?

Camille dû retenir un long et profond soupire. Cet homme-là ne lui apporterait rien de bon, ne serait-ce pour sa carrière. Hérald était petit, trapu, grassouillet, joyeux et accablé de soucis dont il ne parlait pas. Il avait un poste des plus inintéressant, Camille le savait. Il faudrait faire avec. Au moins, il échappait à la nouvelle enquête menée par les forces de police pour retrouver l'assassin de Mélinda. Camille avait appris quelques jours auparavant, par un courrier qu'il n'aurait dû recevoir, que le nouveau gouvernement qui se mettait en place avait pris la décision de rouvrir l'enquête sur la mort des Wagnon et de la disparition de leur fille. Camille aurait eu le droit à un aller simple pour la prison du Voile, cela ne faisait aucun doute.

-Je me dois me fiancer avec votre fille, si c'est de ça dont vous parler, répondit le jeune homme, sans joie.

-Il m'a dit que vous aviez besoin de vous éloigner de la France, et j'ai besoin d'argent. Chaque jour où serez et resterez fiancé avec mon idiote de fille, je rembourserai une partie de ma dette. Je dois vous apprendre mon métier, je dois vous promouvoir assistant, mon pays paiera, n'ayez crainte. Pour ma part, j'ai plus de dettes que vous ne pouvez l'imaginer. Seulement, là, c'est marche ou crève, dit l'homme, avec rapidité. Pour arranger mes affaires, il serait bon que vous vous installiez rapidement, dans le métier et dans la famille. D'ici trois semaines on annonce les fiançailles, et je vous propose de les rompre en décembre. Cela vous va ?

Camille n'avait pas projeté de rester éloigné de Katerina si longtemps, Lavrenty avait promis qu'il lui parlerait et lui expliquerait tout, alors il accepta. Ils pourraient certainement se voir, dès que Lavrenty le jugerait acceptable et sans danger.

-Pour faire bonne figure, prévoyons le mariage pour dans dix-huit mois. Mais uniquement pour faire bonne figure, je ne tiens pas à avoir un… un étranger dans ma famille.

Camille sentait que par étranger, il voulait dire un Dellait. Il s'en moquait, lui non plus ne tenait pas à entrer dans sa famille. Il y tenait encore moins qu'il était déjà marié et qu'il aimait sa femme.

-En revanche, il faudra être discret, ma femme et ma fille ne savent rien de la situation, de ma situation et de cet arrangement. Je tiens à ce qu'elles n'apprennent jamais mes soucis.

-Et si votre fille n'accepte pas ? demanda Camille.

-Estelle est belle, très belle, mais c'est une idiote, assura le père. Elle n'en a que pour les vêtements, les bijoux, les soirées et elle pense qu'être belle suffit dans la vie. Son fiancé l'a quitté il y a trois mois, sans dot il renonce à épouser cette écervelée. Je ne l'en blâme pas, moi-même je répugnerais à l'épouser. Enfin si elle n'était pas ma fille, vous voyez ce que je veux dire. Flattez-la, dites-lui qu'elle est belle et qu'elle est gentille, et tout ira bien pour vous comme pour moi. Et puis, vous avez de l'argent. Rien ne compte plus à ses yeux que l'argent. Son second centre d'intérêt c'est le mariage. Elle veut faire un beau et grand mariage pour impressionner ses copines. La plupart sont déjà mariées depuis longtemps et elle n'aime pas être célibataire, question de fierté. D'ici décembre, Lavrenty lui accordera une dot et elle vous oubliera aussi vite que vous n'êtes arrivé. Elle a déjà oublié le dernier. Croyez-moi, ma fille est matérialiste et superficielle. Ma femme est une oie blanche, pleine de romantisme, le crane bourré de romans à l'eau de rose. Faites-lui croire que ça a été le coup de foudre au premier regard et elle ne posera pas plus de questions. »

Camille sortit du bureau un peu désarçonné. Il ne désirait plus qu'une chose, rentrer à la maison et retrouver Katerina. Qu'est-ce qu'il lui avait pris d'écouter Lavrenty et de fuir ? « *Papa viendra te chercher par la peau du cou*, se dit-il, pour se réconforter. *Il va venir, faire un scandale et il saura que tu es marié. Il ne va pas te laisser longtemps dans cette famille de cinglés.* » Charles lui aura forcément dit. Charles était un vrai bavard.

Chapitre 17 : Hurvin

Il entra chez Maud comme on entre dans un lieu familier. Elle devait savoir qu'il venait la voir. Elle devait l'avoir lu dans ses cartes, et si tel n'était pas le cas, et bien il s'en moquait bien. Il avait à lui parler et ne souffrirait pas de rebut fade. Il avança dans le long couloir, tourna sur la droite, poussa la première porte et se retrouva dans un couloir plus petit. D'un côté s'ouvrait des toilettes et une salle de bain, et de l'autre le bureau de Maud. Elle l'accueillit avec un athamé sur la gorge. Il leva les mains pour lui signifier qu'il ne lui voulait aucun mal. Elle le toisa avec fureur, puis rangea son arme magique et alla reprendre sa place derrière sa table de voyance. Elle se tirait les cartes. Hurvin prit place sur le petit fauteuil crapaud vert qui se trouvait face à la tireuse de cartes. Il sortit de sa veste un paquet de cigarettes et sans lui demander alluma une cigarette. S'il se souvenait bien, elle n'était pas incommodée par la fumée.

Elle se pencha plus en avant pour observer un mat des plus réussis, placé en début de tirage. Hurvin se demanda qu'elle pouvait bien être sa question pour trouver le symbole de la Folie, du voyage, de la liberté ou du Pèlerin dans son tirage. Cela ne le regardait pas, aussi ne chercha-t-il pas à s'introduire dans l'esprit de Maud pour y percer ses secrets.

« -Qu'est-ce que vous faites là ? demanda-t-elle, en analysant l'Étoile, symbole de fécondité, de générosité ou de chance.

-Je voulais vous parler, ma chère, répondit Hurvin, en déposant la cendre de sa cigarette sur un cendrier venu de lui-même à lui.

-Me parler ? Et de quoi ? De votre petite protégée ou de vos amis ? De votre nouveau rôle au sein de notre école ? Dites-moi ? Non, laissez-moi deviner. Vous voulez savoir ce que je vois pour votre chère petite Katerina. Et bien, laissez-moi vous dire que je ne vois rien. Rien du tout. Je n'ai connu qu'une seule personne avec un destin aussi trouble et incertain, dit-elle.

Hurvin la considéra avec méfiance. Il rechercha dans ses pensées et sut qu'elle ne mentait pas. Elle n'avait aucune idée de quoi serait fait le futur de Katerina. Il avait tellement misé sur les prédictions de Maud pour aider Katerina qu'il se retrouvait pris au piège.

-N'y a-t-il aucun de vos amis qui pourraient vous aider à décrypter son avenir ? Je sais que certains nécromanciens lisent l'avenir dans les cadavres. On dit qu'il n'y a rien de plus fiable qu'un corps en décomposition pour prédire l'avenir.

Hurvin fronça les sourcils, écrasa son mégot avec agacement dans le cendrier et se redressa. Il regarda le Diable se moquer de lui, sur sa carte. Hurvin n'avait jamais apprécié cette carte. Quels que soient les jeux de tarot, le diable était toujours terrifiant. La carte même de la magie noire, de la cruauté et du trésor occulte. Hurvin observa longuement la carte. Il ne comprenait pas pourquoi il fallait toujours qu'il réunisse un homme et une femme, enchaînés à un corps mi-homme, mi-femme.

-On dit que la Grande Déesse et le Dieu Cornu sont nés un et un seul. Ils se sont séparés lorsque le Dieu souhaita voir le monde des humains.

Hurvin sourit. Il savait exactement ce que dirait Katerina, elle détesterait cette idée.

-Certains pensent qu'il y avait trois Déesses et un seul Dieu. Trois amours. Une dans les Cieux, une sur Terre, une dans les Limbes, dit Hurvin.

Maud rangea ses cartes sans même avoir terminé de lire son tirage. Elle remit ses cartes en ordre dans une pochette sombre, qu'elle rangea dans un coffret de bois sculpté de grande valeur. Elle le considéra avec détachement, puis elle se leva, marcha jusqu'à sa petite bibliothèque et sortit un livre fort ancien, peu épais. Elle le contempla un instant en silence, effleura la couverture de cuir noire, aux dessins d'or.

-Il doit rester trois ou quatre exemplaires de ce livre, dit-elle.

-Quatre, c'est exact. Quatre. Le chiffre magique par excellence.

-Certains vous direz treize. D'autres douze. D'autres encore sept. Ou même trois. Deux. Un. Tout n'est qu'une question d'interprétation, répliqua la professeure de divination, d'un ton sec et tranchant. Trois comme les trois phases de la lune. Dans le tarot, le trois c'est l'Impératrice. La femme créatrice, la pulsion vitale, la femme, la maîtresse, le pouvoir, la mère chaleureuse. Vous voulez savoir d'où vient l'idée de trois déesses différentes ? Elle vient de là. La fille, la femme, la morte. Les trois phases de la lune. La création divine et terrestre.

Hurvin savait déjà tout cela. Il avait même tenté de l'expliquer à Katerina, mais elle refusait de l'entendre. Elle refusait de croire au Dieu Cornu et à la Déesse. Hurvin ne savait comment l'amener à croire en la seule chose qui ne pourrait jamais l'aider à trouver le sanctuaire et l'origine de la clé.

Maud rangea son exemplaire des Secrets de L'origine et revint à sa place. Elle caressa longuement le couvercle de la boîte de tarot, dessinant du bout de son index les entrelacs magiques, les runes dessinées et le pentacle central.

-Je pensais que c'était ce livre que vous veniez chercher la dernière fois, dit-elle. Ce livre vaut bien plus cher que tout ce que je possède et ne posséderais jamais. Il coûte une vraie fortune, non seulement en ce qui concerne les connaissances qu'il transmet, mais également par son prix.

-Vous devriez le garder avec vous, conseilla Hurvin. Par les temps qui courent.

Maud eut un petit rire amusé. Une lueur brilla dans son regard. Elle ne gardait pas le livre ici, il aurait dû s'en douter, elle était bien plus maligne que cela.

-Vous croyez que je garde le vrai, ici, chez moi ? Celui-ci n'est qu'une pâle imitation. Je ne suis pas stupide. Je sais exactement qui viendra me prendre l'exemplaire original. Je sais exactement quand cela se produira. Je sais que je le lui donnerais bien volontiers, ma vie vaut plus cher que ce livre maudit. Je ne vous dirais pas de qui il s'agit. Son nom ne vous dirait rien, et cela ne transformera pas le futur. Le futur est écrit, pour chacun d'entre nous.

-Nous avons notre libre arbitre, objecta Hurvin.

-Notre libre arbitre, oui, concéda la voyante. Mais ce qui doit être, sera. C'est ainsi. Un jour ou l'autre, tout sera comme il faut que cela soit.

Hurvin ne la pensait pas mystique. Voilà qu'elle se dévoilait sous un nouveau jour, et il n'aimait pas cette facette de sa personnalité. Il se demanda quand était intervenu ce changement chez cette femme. Elle se leva de nouveau pour aller ranger son jeu de tarot. Elle ne revint pas s'asseoir tout de suite.

-Est-ce que vous avez trahi Andy ? demanda-t-elle. On en a parlé la fois précédente, mais je n'arrive pas à savoir ce qu'il en est.

Il ne s'attendait pas à cette question, pas encore. Pourtant, il sentait qu'il devait y répondre une bonne fois pour toutes, sans quoi, il n'obtiendrait jamais les réponses qu'il venait chercher. Hurvin se redressa de nouveau sur sa chaise, chercha une position plus confortable sur le petit fauteuil crapaud vert amande, et se demanda qui avait bien pu avoir l'idée d'inventer de pareil fauteuil, beau en apparence, mais inconfortable lorsqu'il s'agissait d'y subir un interrogatoire.

-Je n'ai pas trahi, Andy. Je n'aurais jamais pu trahir Andy.

-Parce que vous l'aimiez, rit-elle. Bien d'autres on trahit pour bien moins qu'un amour déçu.

Hurvin sourit. C'était vrai, on aurait pu le penser. Pourtant, il avait bien d'autres raisons de ne pas avoir trahi Andy. Des raisons plus que valables, qu'il se fit une joie de pouvoir exposer. Elle l'écouta d'une oreille attentive, prête à saisir l'occasion de lui prouver qu'il mentait, pourtant, il ne mentit pas.

-Vous ne saviez rien alors ?

-Rien de rien, jura Hurvin. Andy ne m'a jamais dit où il se cachait. Il m'a seulement parlé d'une maison où il s'était réfugié avec sa famille. Une maison, c'est vague. Très vague.

-Mais alors, qui ? demanda Maud, visiblement cette question l'obsédée. Qui aurait pu trahir Andy ? Et pourquoi ?

-Vous, répliqua Hurvin.

-Très drôle, cingla la sorcière.

-Vous détestiez Solange, c'est elle qui est morte la première, selon Katerina.

-Je n'aurais jamais fait tuer Andy, cependant. Et j'avais fini par mettre ma rancœur de côté.

Elle fit quelques pas dans la pièce. Elle semblait chercher qui aurait pu trahir Andy et c'était tout à son honneur, même Hurvin ignorait qui avait pu vendre le diable russe. Il risqua tout de même de parler des amis de son mentor. Elle haussa les épaules.

-Je vois mal Maxence Miller connaître un tel secret, et commettre un tel acte, dit-elle. Maxence a toujours été trop droit, trop sympa pour se tourner vers un mage noir comme Basileus.

-Maxence était criblé de dettes, répondit Hurvin. Il a été tué par des mages noirs.

-Ce n'est pas Maxence, assura Maud. Maxence était bien trop loyal. Maxence a toujours été trop loyal. C'est son drame. Si vous me demandiez, je vous dirais que c'est sa loyauté qui l'a conduit dans la tombe prématurément.

-Maxence dépensait plus qu'il ne gagnait. Maxence jouait beaucoup. Une mauvaise rencontre dans un bar, on a vu des trahisons pour bien moins que cela, dit Hurvin, en reprenant l'expression de Maud.

-L'autre. Leur autre ami, réfléchit Maud. Votre ami à vous aussi, le second magistrat Vincent. Ils étaient de bons amis. Andy aurait pu lui dire. Personne n'a jamais vraiment su si Vincent était un mage noir ou un bon flic. Il y a encore des doutes.

-Il aurait fallu que Vincent soit au courant de l'endroit où se cachait Andy. Je ne crois pas qu'Andy en aurait parlé à plus d'une personne.

Maud marcha de long en large, puis revient vers son fauteuil à haut dossier, elle posa les mains sur le dossier de cuir et le regarda avec une intensité qui le mit mal à l'aise. Elle semblait déjà savoir qui avait trahi Andy et cela ne pouvait que le mettre mal à l'aise, car lui-même l'ignorait, ou en tout cas, préférait ne pas en être certain.

-Vous croyez qu'Andy aurait parlé de son secret à un seul sorcier ? À Maxence ? demanda-t-elle, et sans même lui laisser le temps de répondre, elle enchaîna. Vous croyez donc qu'Anatole Vincent n'était pas dans la confidence. Mais qui vous dit que Miller n'aurait pas vendu la mèche à quelqu'un d'autre ?

-Je ne vois pas l'un des amis d'Andy le trahir.

-Pourtant, la trahison vous connaissez. Comment vont vos chers amis ? Vous arrivez encore à vous regarder dans un miroir le matin ? Et Mademoiselle Wagon, comment se porte-t-elle ? Faire envoyer ce pauvre Camille en prison pour mener à bien votre plan diabolique, c'est d'une cruauté. Vous êtes un traître, Sébastien.

Hurvin se leva, sans trop savoir s'il devait fuir ou protester. Il resta un moment debout, les bras croisés, puis décida de reprendre une cigarette, pour se donner plus de constance et se calmer. Il n'était pas un traître. Il refusait de penser à lui-même en ces termes.

-J'ignore où se trouve Mélinda, répondit-il. J'ignore si elle vit ou si elle est morte. Vous en savez bien plus que moi sur le sujet on dirait.

C'était la vérité, il ignorait tout de l'endroit où se cacher Mélinda. Jamais Basileus ne le lui aurait dit, peut-être était-elle tout simplement avec sa sœur en Angleterre, mais Hurvin n'avait aucune envie de le savoir. Il ne tenait pas à y aller et à la voir. Il en avait eu assez de Mélinda.

-Je suis du côté de Katerina, dit Hurvin.

Maud s'avança vers lui. Elle ne le croyait pas. Il se moquait de ce que cette femme pouvait croire ou ne pas croire, il savait ce qu'il était et ce qu'il faisait. Il faisait ce qu'il fallait pour protéger Katerina et rien d'autre.

-Je ne sais rien de plus, dit-elle. Son avenir est trouble et incertain. Il y a une chose dont je suis certaine cependant. Le départ de Camille n'est clairement pas de bon augure. »

Hurvin n'aurait pas eu besoin de cette femme pour prévoir que le départ de Camille n'avait rien de bon, mais il se contenta d'hocher la tête et de partir. Si elle ne parvenait pas à lire le destin de Katerina, personne ne le pourrait et il était inutile de rester. Maud ne lui apprendrait rien de plus. Elle ne ferait que le prendre en défaut, il le sentait. Il regrettait qu'ils ne puissent pas être amis et partager leurs connaissances, pour le bien de Katerina.

Le bruit attira son attention. Un long hurlement strident, des bruits de lutte, le son d'une lampe que l'on brise, d'une porte que l'on claque, des rires, des cris, des insultes. Hurvin alla à la rencontre des bruits, par pure curiosité, du moins le laissait-il penser, car il était inquiet. Dans ce sous-sol sombre et encombré de sorciers, il craignait pour Delphine Miller. Des mois qu'elle était enfermée ici servant de jouet pour les humeurs lubriques de Guyla et de ses hommes. Même si le monstre couvert de tatouages en avait fini avec Delphine, une adolescente l'ayant remplacée dans ses jeux sexuels les plus pervers, il continuait de la battre, de l'obliger à déambuler nue dans la maison pour le plaisir des hommes ou des femmes de la maison. Delphine était devenue maigre, fragile, ses nerfs l'avaient lâchée, elle n'était plus que l'ombre d'elle-même. Même Hurvin avait cessé de la mettre en colère. Elle se contentait de ne pas le regarder lorsqu'il était là.

Il arriva dans la salle du trône. Basileus était assis sur son trône, plus courbé que jamais. Hurvin se demandait comment il parvenait à garder les rennes de ce quartier général. Il savait que Guyla tirait les ficelles et se rallier de plus en plus de partisans. Bientôt, le vieux sorcier ne serait plus capable de gouverner et ce serait une espèce d'anarchie qui ne prendrait fin qu'avec le début du règne sanglant de Guyla.

Debout sur une estrade, Delphine était maintenue par des liens magiques, pendant que Guyla semblait présider des enchères. Hurvin s'avança jusqu'au milieu de l'assemblée de sorciers et de sorcières. Tous levaient les mains en riant.

« -Il s'en va quelque temps, annonça Ernesto dans un murmure glaçant. Alors il vend ses possessions.

Hurvin jeta un coup d'œil par-dessus les têtes devant lui. Plusieurs sorciers se tenaient fièrement le long du mur opposé, chacun avec une femme devant eux. Ils souriaient tous béatement. Hurvin fronça les sourcils. Le fils du maître avait donc besoin d'argent. Pour quoi faire ? Hurvin observa alors Ernesto Couleuvre. Guyla partait acheter les vampires.

-Elle ne vaut plus très cher, celle-là, commenta Ernesto, en désignant Delphine du menton.

Hurvin serra les poings malgré lui. Il fit Delphine la tête baissée, les yeux regardant dans le vide. Elle était maigre, ses magnifiques cheveux n'étaient plus que de la paille, des mèches avaient été arrachées par endroits et ne semblaient plus repousser. Elle avait le corps couvert d'hématomes, une longue griffure s'étendait de sa nuque jusqu'à son épaule.

-Allez quoi ! encouragea Guyla, dans un cri de rage.

-Pas plus de trois cents pour l'ancienne magistrate ? demanda une femme, à côté de Guyla, et qui semblait être là pour encourager les acheteurs. Soyez plus généreux, c'est notre cause que nous défendons !

Elle savait y faire. Hurvin ne l'avait encore jamais rencontrée. Il trouva la grande rousse très attirante, trop pour être une femme bien. Certainement une nouvelle recrue que Guyla tentait d'amener dans son lit. Une femme de pouvoir en tout cas.

-C'est la fille du conseiller O'Dare, marmonna Ernesto.

-Comment est-ce que vous pouvez savoir tout ça ? grinça Hurvin.

-Parce que je connais cette fille. Elle tient la moitié de l'Irlande entre ses douces mains de sorcière. Une vraie garce. Vous devriez vous dépêcher si vous la voulez, elle a bien des hommes à ses pieds.

-Vous le premier, j'imagine.

Ernesto lui répondit par un sourire affligeant. Hurvin haïssait ce vampire. Il était plus retors que tout ce que Hurvin n'eut jamais pu imaginer. C'était un homme prêt à trahir tout le monde. Hurvin joua des coudes pour avancer dans l'assistance. Il en avait assez de Couleuvre. Un nécromancien lui marcha délibérément sur le pied pour lui montrer qu'il n'aimait pas que l'on passe devant lui. Hurvin s'engagea plus avant dans l'assistance. Les enchères ne dépassaient toujours pas les quatre cents euros. Ils avaient beau, rire et crier, les mages noirs n'avaient rien à faire de Delphine Miller et ce malgré les protestations de la grande rousse et de son sourire enjôleur. Hurvin chercha à capter les pensées de Guyla. Qu'allait-il faire avec Couleuvre et la fille O'Dhare ? Hurvin n'eut pas à chercher longtemps. Le tatoué n'était pas vraiment à ce qu'il faisait. Il pensait à sa prochaine expédition. À l'argent qu'il lui fallait pour payer les princes et le roi des vampires pour qu'ils grossissent leur rang.

-Bien ! dit la rousse. Pour la cause ...

-Mille ! jeta Hurvin, d'une voix assez forte pour couvrir les bruits ambiants.

Il y eut un silence, tous semblèrent se retourner vers lui, sans y croire. Hurvin se fraya un chemin jusqu'au trône de Basileus, s'agenouilla, extirpa son athamé, qu'il pointa vers le sol, en guise d'allégeance. C'était un affront pour Guyla. Hurvin prenait de gros risques. Guyla risquait de ne pas apprécier.

-Pour notre cause, dit Hurvin, en relevant la tête.

Basileus plongea dans son regard. Ce qu'il dut y voir sembla lui plaire. Il lui signifia de se relever, et assura qu'Hurvin était l'un de leurs plus fidèles alliés. Ce qui ne plut pas à bon nombre de nécromanciens présents. Hurvin risquait sa vie dans cette histoire.

-En voilà de bien généreux ! clama la fille O'Dhare, avec un fou rire. Prenez exemple, messieurs. Le directeur Hurvin est un homme qui sait ce qu'il veut. »

Elle applaudit, tout en riant. Bientôt, tous les mages noirs présents sortirent leur athamé, les brandirent en l'air et crièrent pour la cause, dans des gerbes de lumière. Hurvin sortit l'argent de son portefeuille, attrapa Delphine par le bras et la tira hors de la maison. Il refusait qu'elle reste une minute de plus dans cet endroit maudit. Elle valait mieux que cela.

Chapitre 18 : Katerina

Camille avait tout bonnement disparu. Katerina l'avait cherché partout où elle avait pensé qu'il puisse se trouver. Charles n'avait pas la moindre idée de là où il puisse se trouver. Lolita refusa de la laisser entrer chez elle, Katerina avait forcé le passage, mais seulement pour découvrir que Lolita cachait Thomas, qui lui avait pourtant juré qu'il ne reviendrait pas en France avant des mois. Katerina aurait volontiers frappé son cousin, mais il avait un bouclier de protection plus puissant que tous les sortilèges magiques. Il tenait son fils dans les bras, et Katerina refusait de prendre le risque de blesser l'enfant aux cheveux blonds. Gilles Dellait ouvrit la porte de la demeure familiale, il pestait contre les intrusions intempestives des Barthély dans ce qu'il nommait lui-même son trou à rat. Il ignorait où se trouvait Camille et jurait que c'était là un bon débarras. Faute de piste, Katerina alla trouver Willa. Personne ne savait rien de Camille, personne n'avait la moindre nouvelle. Puisqu'il était parti sans rien, il ne pouvait que lui être arrivé malheur.

Katerina décida de retourner à l'école, s'il y avait bien un endroit où elle pourrait en apprendre davantage sur la magie, sur la clé et le sanctuaire c'était bien là-bas. Elle se plongea dans les recherches pour ne plus penser à Camille. Hurvin lui donnait des cours particuliers, il voulait qu'elle aille plus loin dans ses connaissances magiques, qu'elle apprenne à mieux se défendre, à mieux attaquer, mais elle se sentait trop fatiguée pour réussir la moitié du travail qu'il lui demandait. Plus elle cherchait, moins elle ne parvenait à comprendre ce que pouvait être le sanctuaire magique. Elle en venait à se demander s'il ne s'agissait pas d'une image, d'un concept mental, qui pourrait signifier que la magie la plus puissante se trouvait déjà en soi.

Katerina connaissait à présent par cœur la vie de la Grande Déesse et du Dieu Cornu, elle allait tous les jours de pleine lune et de lune noire au temple pour prier. Elle pensait qu'ainsi, elle se rapprocherait de la magie ancestrale. Pourtant cela ne l'aidait pas à surmonter le départ de Camille. Elle avait cessé d'aller de lieu magique en lieu magique. Elle n'en avait plus la possibilité ni le courage. Le nouveau gouvernement avait presque fermé les frontières du pays, en instaurant un visa pour tous ceux qui désiraient sortir du territoire. Elle se demandait si Camille n'avait pas été arrêté pour avoir traversé la frontière sans faire de visa. Elle savait qu'il n'avait pas rejoint Charles en Russie ni sa sœur Delphine en Australie. Il ne se trouvait pas non plus en Angleterre, le député Gordon lui avait répondu que Camille pouvait être mort que cela lui était égal. Katerina se désespérait de ce départ. Elle avait de plus en plus de difficultés à faire taire la voix dans son esprit, elle ne cessait de lui répétait que Camille était parti à cause d'elle, parce qu'il ne l'aimait pas et regrettait leur mariage. Camille l'abandonnait comme tous les autres.

Ce matin-là, assise sur le sol des toilettes du troisième étage de l'école, elle pleurait. Elle se cachait là, pensant que personne ne viendrait l'y déranger. Camille lui manquait, elle s'épuisait à user de la magie et à tenter de le rechercher. Il ne répondait à aucune de ses lettres. Elle avait tenté de le localiser avec un talisman, cela n'avait pas plus fonctionné que le sort de localisation magique. À croire que Camille avait tout simplement cessé d'exister. Ce qui aurait été le cas s'il s'était trouvé à la prison du Voile.

Des pas se firent entendre près d'elle. Katerina continua de pleurer bruyamment, elle se moquait bien finalement que l'on puisse l'entendre. Enfermée dans l'une des cabines, elle ne craignait rien. Une tête émergea de l'ouverture sous la cabine.

« -Katerina, qu'est-ce que tu fais là ? demanda Willa. Je me disais bien que c'était toi que j'avais vu entrer.

Elle l'envoya balader, Willa n'était plus son amie depuis longtemps. Elle était trop jalouse, hors de question qu'elle puisse se réjouir de son malheur. Le verrou de la cabine tourna tout seul, obligeant Katerina à se relever si elle ne voulait se retrouver coincée entre le mur et la porte en plastique. L'adolescente attrapa la boîte et le long stylo en plastique à côté d'elle. Willa ne devait pas savoir. Katerina passa devant son amie, sécha ses larmes d'un revers de manche, jeta la boîte et le stylo en plastique dans la poubelle. Willa avait vu. Le regard qu'elle posa sur Katerina semblait étrangement saisissant.

-Tu es enceinte ? s'étrangla la blonde aux cheveux courts et colorés. C'est pour ça que tu pleurais ?

Katerina ne lui répondit pas. Elle ne voulait pas lui parler, encore moins de ce sujet. Elle détestait Willa à présent. Ce qu'il lui fallait c'était Camille. Personne d'autre que Camille. Il lui manquait tant, et à présent, il fallait qu'il soit là pour le bébé, pour elle. Peut-être regrettait-il le mariage ? Il serait furieux pour l'enfant, elle le savait, mais mieux fallait qu'il soit furieux que mort.

-Je suis désolée, dit Willa. Je n'aurais pas dû être jalouse de toi. Tu m'as aidé toutes ces années et j'avais peur que tu ne m'abandonnes.

-C'est toi qui m'as abandonnée.

-J'étais furieuse après toi, j'ai eu des problèmes, dit Willa. De vrais problèmes, et quand j'ai voulu t'en parler, toi tu étais là, à dire que tu allais passer en cycle 7 et que c'était génial parce que ta tante acceptait que tu suives les cours du professeur Hurvin.

-Je n'ai jamais trouvé ça génial.

Willa se tordit les mains, mal à l'aise. Elle évitait soigneusement le regard de Katerina. Katerina avait raison, elle s'était extasiée de suivre les cours du professeur Hurvin, uniquement pour montrer que si la situation lui échappait, elle avait pu obtenir une petite compensation.

-Non, mais dans ma tête ça semblait génial pour toi, et je souffrais. Le sort que tu avais jeté n'avait pas marché et je t'en voulais. Je pensais que tu l'avais annulé ou fait exprès de le rater exprès. Et puis Camille a dit que tu n'aimais pas que l'on se parle lui et moi, et j'ai trouvé ça méga injuste. Puis je t'en ai voulu que tu sortes avec Machin, ça c'était plus tard.

-Machin ? Carrément ? ricana Katerina. Je croyais que Machin était l'homme de ta vie.

-Jason Pierce est un sale type qui n'a aucun respect pour les femmes. J'aurais dû t'écouter, tu as toujours su reconnaître les sales types.

Katerina en resta muette de stupéfaction, jamais elle n'avait entendu une chose pareille. Elle ne savait pas plus que Willa reconnaître les sales types, pour preuve son mari semblait avoir choisi de disparaître de sa vie.

-C'est un mage noir. Il a rejoint Basileus, dit Willa, alors que des larmes perlaient à la commissure de ses yeux. Le soir de la fête de Yule, il m'a traîné à l'écart. Il voulait que je rejoigne les forces magiques de Basileus, que je prenne conscience de ce que vaut la magie. J'ai refusé. Il voulait que je te trahisse. J'ai refusé, alors il m'a dit qu'il devait me punir. Je me suis enfuie, mais deux autres sorciers sont arrivés, ils m'ont traîné dans une salle de classe. C'est Camille qui m'a trouvé. Il les a fait fuir. J'ai eu de la chance, mais ce n'est pas le cas de l'autre fille, je ne sais pas son nom. Elle est plus âgée que nous. Je l'avais déjà croisée dans les couloirs. Elle n'est plus revenue depuis cette nuit-là. Son copain l'a forcée à partir avec lui quand il a su ce qu'elle avait subi. Il n'a pas voulu qu'elle voie les médecins. Elle était totalement choquée. Ce type a cru que Camille y était pour quelque chose. Tu te rends compte ? Comme si Camille pouvait faire ça. Ils se sont battus, même si Camille ne faisait que se défendre, l'autre fille a dû s'interposer. Je ne les ai plus revus depuis. Elle était dans un sale état, la pauvre.

Camille n'avait rien dit là-dessus, pas plus qu'il n'avait parlé de devoir partir. Après tout, il devait avoir ses raisons. Après l'attaque de l'école et du magistère, Katerina avait passé deux semaines épouvantables, la perte de sa tante l'avait anéantie, et Camille avait tout fait pour la ménager. Puis il y avait eu le mariage et l'euphorie. Pourquoi aurait-il parlé de Willa à ce moment-là ? Katerina serra Willa contre elle. Willa pleurait à chaudes larmes, déclenchant chez Katerina une nouvelle crise de larmes. Qu'allaient-elles faire toutes les deux ? Katerina se jura qu'elle retrouverait ceux qui avaient osé faire du mal à Willa et qu'elle leur ferait payer.

-Tu vas avoir un bébé, remarqua Willa, penaude. J'ai toujours cru que ça ne t'arriverait pas à toi...pas comme ça. Pas sans être mariée, je veux dire. Pas aussi jeune, quoi.

Katerina n'hésita pas à avouer à son ancienne meilleure amie qu'elle était mariée. Willa recula d'un pas, la contempla avec suspicion. Elle observa longuement l'alliance de Katerina, qui ne ressemblait pas à une alliance puisqu'il s'agissait d'une bague sertie d'un saphir et taillée avec soin, que Lavrenty avait sortie d'un coffre rempli de bijoux anciens et précieux qui avaient appartenu à des membres de la famille.

-Camille et toi ? Vous êtes...mariés ? demanda Willa, à voix basse. Mais quand ? Pour quoi faire ? Tu crois que c'est à cause de ça qu'il est parti ?

Katerina ne savait que répondre. Elle espérait que ce ne fut pas le cas. Elle aurait cependant préféré qu'il parte de lui-même, plutôt qu'il ne se fasse tuer par Basileus. Willa n'insista pas sur ce sujet. Elle lui demanda plutôt ce qu'elle comptait faire du bébé.

-Tu te vois avec un bébé toute seule ? En pleine guerre ?

-On n'est pas en guerre, riposta Katerina.

-On est en guerre, ma chérie. Anatole a dû fuir, il monte une armée secrète. C'est peut-être là qu'est Camille. Ma mère en fait partie. Elle dit que dès que je serai en âge, j'en ferai partie aussi. On a voulu envoyer papa loin, mais il est trop attaché à son pays. Il ne comprend pas que c'est dangereux et que rejoindre l'armée d'Anatole peut nous causer des ennuis.

-Et tu parles de ça ici ? À l'école ? s'étrangla Katerina. Alors que tout le monde peut entendre ?

Willa accusa le coup, elle avait eu tort d'en parler et se jura de ne plus le faire. Camille ne pouvait être parti rejoindre cette armée d'Anatole. Ce n'était pas son genre de se battre. Il ne l'aurait pas fait sans en parler à quelqu'un, à Charles au moins, et Charles l'aurait dissuadé. Marlvin l'aurait assommé s'il avait tenté de partir se battre, Camille n'était ni un héros ni un guerrier. La remarque fit rire Willa. Il devait s'être fait arrêter, surtout que l'enquête sur la mort de Mélinda avait repris.

-Camille est un héros, excuse-moi de te dire ça. Tu étais tellement tétanisée lors du massacre que tu ne t'es même pas rendu compte que Camille s'est largement débrouillé pour organiser les secours. Les journaux ont fait son éloge. Je te jure. C'est un héros.

Katerina resta là, bouche bée, jamais elle n'aurait cru ça de lui. Elle avait toujours vu Camille comme un bureaucrate. Elle ne le connaissait pas assez apparemment. Pourtant, c'est vrai qu'elle n'avait rien fait pour aider lorsqu'elle avait vu les cadavres sur le sol, Katerina avait été prise d'un malaise étrange qui l'avait tétanisée. Apprendre la disparition de sa tante l'avait plongée dans la tristesse et le mutisme. Elle n'avait plus voulu voir les corps étendus sur le sol, elle était partie sans un mot pour personne, sans s'expliquer.

-Camille doit être en prison, réfléchit Katerina. Attends, c'est exactement ce que nous avez prédit Maud, la prof de divination, en début d'année. Elle a dit que Camille irait en prison et qu'il reviendrait en héros. Elle a aussi prédit la mort de certains élèves.

-Ce n'est qu'une prédiction stupide, objecta Willa. Et si Camille est en prison, ma mère peut le savoir. Elle est avocate.

-Elle n'était pas là, objecta Katerina, toujours en pensant à la professeure de divination.

-Elle était sûrement en vacances, son fils habite loin. C'est maman qui me l'a dit. Elle a eu du mal à revenir. Maman était au magistère lorsqu'ils l'ont interrogée pour savoir où elle se trouvait. Il paraît que le professeur…euh directeur Hurvin a dû venir pour la sortir de là.

-Où alors elle nous a trahis, proposa Katerina. Et les policiers ont voulu faire croire que ce n'était pas le cas.

-Tu lis trop de romans policiers, ma belle, dit Willa. Tu devrais peut-être venir vivre à la maison. Maman pourra s'occuper de toi, dit Willa. Elle s'y connaît en bébé, enfin, je crois. Vu qu'elle m'a eu. Ou va voir ta belle-mère, elle en a eu treize, je crois qu'elle s'y connaît bien mieux que personne.

-Si le père de Camille l'apprend, il me tuera.

-C'est Camille qu'il tuera, pas toi. Au moins, il le retrouvera, ça ne serait pas si mal… Sauf s'il est mort, évidemment, ça ne serait pas terrible…Non, je ne voulais pas dire que Camille est mort ! Juste que si Gilles lui tombe dessus…enfin tu as compris. Et je ferais mieux de me taire. »

Katerina refusa d'aller vivre chez Willa. Elle était aussi bien chez elle, seule à attendre le retour de Camille. Les semaines passèrent sans que personne n'ait la moindre de ses nouvelles. La mère de Willa assurait que Camille ne se trouvait pas au voile. Elle avait eu l'occasion de voir les registres et il n'y avait nulle trace de lui. Anatole avait presque disparu de la surface de la Terre. Il attendait, tapi dans l'ombre à monter son armée secrète. La mère de Willa expliquait parfois qu'il était difficile de savoir qui étaient les amis des ennemis, et qu'Anatole voulait prendre son temps pour trouver la bonne méthode pour tuer les mages noirs. Il faudrait du temps pour venir à bout de la guerre, mais il ne doutait pas une seconde qu'ils puissent gagner.

Les magistrats qui remplaçaient ceux d'avant étaient des idiots à la botte de Basileus. Il était à présent interdit de traverser les frontières sans un visa et un sauf-conduit. Il était tout autant interdit de se réunir. Pas plus que les sorciers n'avaient le droit de se marier avec des humains. Les relations entre sorciers et humains devinrent illégales. Willa s'inquiéta du sort de sa famille, mais sa mère refusa de fuir. Katerina lui proposa pourtant de l'envoyer en Russie, là-bas, personne n'irait leur faire de mal. Ils espéraient que bientôt, quelqu'un se dresserait pour tuer Basileus. Ils misaient beaucoup sur l'armée d'Anatole.

Katerina n'aimait pas ce nouveau gouvernement qui envoyait des policiers magiques à l'école pour venir s'assurer que les professeurs et les élèves respectaient bien les objectifs du nouveau gouvernement. Katerina détestait les voir aller et venir, avec un rythme régulier et métronomique. Hurvin avait cessé d'enseigner pour se consacrer à son travail de directeur, la seule élève qu'il voyait encore était Katerina. Il restait à longueur de temps dans son bureau, personne ne savait ce qu'il s'y tramait et personne ne voulait savoir.

Chapitre 19 : Maud

Maud détestait la période des examens, c'était le moment qu'elle redoutait le plus dans l'année. Celui où elle devait subir les flots discontinus de ses élèves devant son bureau pour lui demander conseil, alors qu'ils n'avaient pas étudié de tout le semestre. En juin, c'était pire encore qu'en décembre, car les élèves pensaient pouvoir rattraper leurs moyennes de l'année. Elle détestait aussi cette période parce qu'elle devait subir les épreuves de tarologie et de numérologie. Chacun de ses élèves devait venir, un par un, tirer les cartes, fournir une interprétation, enfin lui rendre un devoir de numérologie complète. Certains se mettaient à pleurer, d'autres devenaient à moitié fous devant les résultats désastreux de leur interprétation. Une fois, elle avait même eu à faire face à une menace de suicide. Maud ne s'était pas laissé démonter. Tous ces jeunes gens ne montraient que peu d'intérêt pour la magie divinatoire, et elle savait bien que l'écrasante majorité ne suivait ses cours que pour augmenter leurs moyennes, aussi n'avait-elle aucune pitié.

Elle ne s'attendait pas à ce que Katerina Barthély passe son examen dans les derniers. Elle aurait cru que l'adolescente aurait été ravie de passer la divination en première matière pour être débarrassée, mais elle semblait y trouver un certain réconfort depuis le départ de Camille Dellait. Elle aurait presque pu devenir bonne, si elle s'y était mise avec plus de sérieux.

Son ventre rond se dessinait sous son haut trop étroit. Elle ressemblait à toutes ces adolescentes trop jeunes pour être mère qu'elle avait vu défiler dans ses classes depuis son adolescence. Elle était trop belle et trop seule pour être mère. Même le professeur Hurvin ne s'occupait pas d'elle comme il l'aurait dû. Sans personne pour prendre soin d'elle, elle paraissait ne pas se nourrir assez, dormir que trop peu, emplie d'angoisse et de questionnements que personne ne pouvait résoudre. Maud l'encouragea à s'asseoir. Il y avait en cette fille quelque chose de troublant, une force magique qui dépassait de loin tout ce que Maud avait pu connaître jusque-là. Elle prévoyait un grand malheur ou un grand bonheur, les cartes ne savaient dire

176

clairement ce qu'il en retournait, comme si son avenir ne pouvait être qu'incertain. Les choix n'étaient pas encore pris et peut-être échapperait-elle au pire.

« -Quel art divinatoire as-tu choisi de présenter ? demanda Maud, alors qu'elle ne le faisait jamais.

L'adolescente haussa les épaules et lui répondit qu'elle pensait qu'il fallait absolument tirer les cartes. Maud en parut plus troublée encore que ne l'était l'adolescente. Maud lui rappela qu'ils avaient étudié d'autres techniques et que si elle se sentait plus à l'aise avec une autre méthode, elle était libre d'y avoir recours. « *Je fais ça pour Andy*, pensa la professeure. *Ou parce qu'elle me fait pitié.*"

-J'ai lu que l'on pouvait lire l'avenir dans les flammes, répondit Katerina, d'une voix machinale.

-Je n'ai jamais enseigné cette technique, répliqua Maud, étonnée qu'elle en ait entendu parler.

Maud ignorait comment lire l'avenir dans les flammes, elle savait certains grands sorciers capables de le faire, mais il fallait une connaissance magique qui dépassait de loin ses capacités. Même Andy ne s'y était jamais risqué. Lire dans les flammes était à peu près aussi difficile que ramener les morts à la vie. Il fallait faire preuve d'une grande dextérité magique et d'un immense pouvoir. Peut-être même plus encore que pour ramener les corps.

-Je l'ai lu dans un livre. Il paraît que c'est la science première des pyromanciens.

-Il y a bien longtemps que les pyromanciens ne sont plus capables de lire dans les flammes.

-Ils ont vendu leur savoir, répondit l'adolescente, lointaine.

Maud ne lui répondit pas. Elle n'était pas d'accord, il était inutile d'en parler. Ce n'était ni le lieu ni le moment. L'adolescente regardait dans le vide, Maud savait reconnaître les signes avant-coureurs de la divination. Si elle voulait essayer les flammes, qu'elle tente. Une prédiction restait une prédiction, et si jamais elle parvenait à lire quelque chose, Maud lui mettrait la meilleure note qu'elle n'avait jamais mise à personne.

-Tu veux essayer ? proposa Maud, doucement, d'une voix faible pour ne pas la déranger.

-Dans les flammes ? demanda l'adolescente.

Maud la regarda créer une boule enflammée qui s'éleva à quelques centimètres au-dessus de la table. Elle n'en croyait pas ses yeux, avec quelle aisance cette adolescente avait créé une boule de feu de plus de trente centimètres de diamètre. L'intensité des flammes lui paraissait incroyable. Le tout sans utiliser le moindre réceptacle. On aurait cru à un feu de cheminée. Maud recula de quelques centimètres, la chaleur était étouffante. Katerina plongea le regard dans les flammes. « *Elle ne verra rien. C'est impossible,* se répéta Maud, les poils hérissés sur les bras et la nuque.'' Maud espérait qu'elle ne verrait rien et pourtant, elle était plus excitée par cette tentative qu'elle ne l'aurait dû. Pourtant, elle vit dans le regard de Katerina que quelque chose avait changé. Ses yeux étaient plus durs, plus froids, son visage impassible, lisse et presque sans vie. Elle était plongée dans une vision, cela ne faisait aucun doute. Elle ne parla pas, Maud savait qu'elle voyait quelque chose d'important. Il lui fallait du temps pour interpréter sa vision et la mettre en mots. Maud tenta de pénétrer les flammes, mais elle ne voyait qu'un feu dansant et les yeux de Katerina par-derrière.

-Il y aura un incendie, dit l'adolescente d'une voix d'outre-tombe et sans vie. Les flammes vont tout ravager. Des dizaines de personnes vont mourir. Des centaines seront brûlées. Ou peut-être que des centaines vont mourir. Quelqu'un tentera de les aider, en vain. Le lieu où l'on conduira les blessés sera leur tombeau. Il viendra pour les anéantir, pour soumettre ceux qui seront en bonne santé. Il tuera les blessés parce qu'ils ne lui seront d'aucune utilité. Les morts se relèveront pour soumettre les vivants. La destruction et le chaos régneront. Vous devriez rejoindre votre fils en Irlande et partir tous les deux pour l'Écosse. L'Irlande n'est pas une bonne idée, il y a là-bas de mauvais conseillers et une femme dangereuse.

La boule enflammée avait pris une autre couleur, elle était verte à présent. Dans les flammes, Maud y distinguait son fils. Elle le voyait comme s'il eut été à ses côtés. Elle le vit se battre contre un autre sorcier, un membre du gouvernement Irlande, le conseiller Joshua O'Dare. Maud n'avait jamais apprécié O'Dare et voilà que Katerina lui disait qu'il fallait s'en méfier. Maud vit son fils tomber mort et sa fiancée se réjouir en secret. Cela, elle ne le permettrait pas. La boule enflammée retrouva son aspect primaire. Katerina sembla revenir à la réalité. Elle bascula en avant, la flamme disparut. Elle était épuisée. Maud se précipita pour l'aider.

-Je suis désolée, dit-elle, d'une voix faible. Est-ce que je pourrais revenir une prochaine fois ?

Maud la regarda, troublée. Ne se souvenait-elle pas de sa prédiction ? C'était possible, la plupart des maîtres divinatoires n'avaient pas souvenir de leur prédiction contrairement aux voyants et aux médiums, seulement les maîtres divinatoires étaient rares. Maud lui caressa le front, elle était froide, trop froide pour être en bonne santé. Il lui fallait du repos et cesser la magie au plus vite.

-On verra ça l'an prochain, proposa Maud. Quand tout ira mieux, dit-elle. Tu devrais aller te reposer. »

Elle vit Katerina se lever d'un pas hésitant, Maud s'empressa d'aboyer à l'élève suivant qu'il devait l'accompagner à l'infirmerie. Le garçon aux grands yeux noirs ne sembla pas apprécier d'être ainsi commandé, pourtant, il s'exécuta. Maud fit apparaître sur la porte de sa salle qu'elle s'absentait, puis elle referma la porte, s'empressa d'ouvrir son bureau et de prendre le petit miroir de transport en argent. Elle traversa. Elle devait parler à son fils. Il fallait absolument partir pour l'Écosse au plus vite. Son fils comprendrait dès qu'elle lui raconterait ce qu'elle venait de voir.

Chapitre 20 : Katerina

Les mois étaient passés rapidement. Willa l'avait accompagnée à l'hôpital à chaque fois qu'il l'avait fallu. Elle avait eu le droit à un médecin des plus sympathiques. Le docteur Lemoine était jeune, jovial et rassurant. Il n'avait ni posé de questions indiscrètes ni tenté de la convaincre qu'elle faisait une erreur en continuant sa grossesse. Il lui avait conseillé de se reposer et de prendre soin d'elle. Elle n'en avait pas parlé avant que cela ne se voie. Les autres avaient été surpris, mais Alcidie et Guillaume les avaient fait taire. Ni Guillaume ni Alcidie n'avaient tenté de savoir qui était le père, ni même chercher à convaincre Katerina qu'elle ne faisait pas le bon choix. Ils se contentaient de faire comme si de rien n'était. Alcidie, en revanche, était bien plus protectrice qu'auparavant. Le couple ne cessait de jurer qu'ils allaient partir dès qu'ils le pourraient, mais ils n'avaient pas assez d'argent pour fuir. Katerina leur proposa de les aider, cependant ils refusèrent. Guillaume avait sa fierté et Alcidie jurait qu'ils ne pouvaient pas partir avant qu'elle n'ait accouché. Katerina savait que ce n'était qu'une excuse. Les parents de Guillaume étaient portés disparus. Guillaume assurait qu'ils avaient voulu franchir la frontière sans papiers et qu'ils s'étaient fait arrêter. La mère de Willa confirma leur triste sort. Guillaume ne fut ni surpris, ni triste, il enrageait au contraire. Il voulait libérer sa famille, sauf qu'il était impossible de savoir quand le nouveau gouvernement magique accepterait de libérer les prisonniers. Les parents d'Alcidie, quant à eux attendaient, des passeports pour eux et leurs trois plus jeunes enfants. La plupart des élèves de l'école avaient soit pu fuir, soit attendaient un passeport et un visa pour partir en exil. Katerina se doutait qu'il viendrait un temps où les demandes de visa seraient toutes rejetées. Elle attendait de voir ce qu'il adviendrait à ce moment-là. Elle ne doutait pas qu'elle-même pourrait partir pour la Russie. Son grand-père viendrait les chercher s'il le fallait. Katerina répugnait à partir, seulement elle devait se montrer raisonnable à présent. Si la situation se mettait à empirer, elle fuirait.

Au mois de juin, Katerina souffrait d'un mal de dos qui la prenait du matin au soir. Willa jurait que ce devait être normal, puisque les bébés prenaient plus de place. Katerina n'avait su si elle devait se réjouir lorsqu'elle avait appris qu'elle attendait des jumeaux, ou si au contraire elle devait s'en désespérer. Elle ne cessait de se demander ce que Camille aurait préféré, avoir deux garçons, ou deux filles, ou un de chaque. Il ne répondait toujours pas à ses lettres, et aucun membre de sa famille n'avait de ses nouvelles. Personne n'avait plus entendu parler de sa tante non plus. Katerina se demandait si un jour elle retrouverait une vie un peu normale. Elle pleurait presque tous les soirs, dans son grand lit froid. Willa restait souvent près d'elle durant leurs heures de liberté.

Elle avait complètement raté son examen de divination. Elle ne savait au juste pourquoi elle avait proposé de se servir des flammes pour faire de la divination. Elle aurait dû s'en tenir aux cartes. Cela n'aurait pas empêché son malaise, et elle aurait tout de même dû cesser sa prédiction en plein milieu pour aller s'allonger à l'infirmerie. La professeure avait été des plus compréhensive, ce qui étonnait tout le monde. Elle n'acceptait jamais aucun retard, jamais de différer les examens, mais cette fois, elle l'avait fait, pour elle. Peut-être parce qu'elle était enceinte et qu'elle s'était à moitié évanouie dans ses bras. Katerina n'aimait pas cet échec.

Le soleil éclairait le labyrinthe de l'école jouant avec les cascades des petites fontaines. À l'ombre, assise sur un banc de pierre, Katerina discutait avec Alcidie, qui ne cessait de s'inquiétait de la maigreur de Katerina. Katerina n'aimait pas qu'on lui rappelle plusieurs fois par jour qu'elle ne mangeait pas assez, elle n'appréciait pas plus qu'on lui dise ce qu'elle devait faire, ou ne pas faire. Elle se sentait bien, merveilleusement bien. Les voix avaient cessé, elle se sentait enfin libre et presque heureuse. Elle n'avait pas besoin de Camille, ni de sa tante, ni de personne. Elle ne serait plus jamais seule, elle aurait une famille, pour la première fois depuis bien longtemps. Pour le moment, elle regardait les minuscules statues de marbre miroiter au soleil. Un triton et une sirène tiraient les cheveux d'un elfe des mers, en riant. Toutes les statues du labyrinthe représentaient une action réprimandable au sein de l'école. Katerina ne comprenait pas la raison de ce choix esthétique, elle trouvait seulement que les scènes étaient réalistes et plutôt amusantes.

« -Tu es certaine de manger ? lui demanda Alcidie pour la vingt-deuxième fois de la semaine, alors que l'on n'était que mardi. Tu devrais peut-être... manger plus souvent. C'est mauvais d'être aussi maigre.

-Je mange, répliqua Katerina. Je ne vais pas manger plus que ma faim.

-Ce n'est pas une raison.

Katerina soupira. C'était devenu une marotte. Lorsque Willa ne tentait pas de l'empiffrer, Alcidie s'y mettait et le docteur Lemoine aussi. Ils voulaient qu'elle mange bien mieux qu'elle ne le faisait, de plus grosses portions. Il fallait également qu'elle marche plus souvent, pour faire de l'exercice et prendre l'air. Willa l'avait même inscrite à un cours de pilates pour femme enceinte, auquel elle participait avec joie. Katerina n'aimait pas le sport, mais puisqu'il le fallait, elle le faisait sans trop se plaindre.

-J'ai pris quatre kilos, insista Katerina.

-Tu devrais en avoir déjà pris dix-huit.

Katerina fronça les sourcils, Alcidie exagérait toujours, mais elle était touchante. Les bébés lui donnèrent des coups inhabituels. « *Lève-toi*, murmura la voix que Katerina s'efforçait de ne pas écouter. » Il y avait bien longtemps qu'elle n'avait pas entendu une voix magique dans sa tête. Elle n'hésita pas et se leva, puis sortit du labyrinthe, Alcidie et Guillaume sur les talons. Guillaume ne s'était levé qu'uniquement parce qu'Alcidie craignait qu'il n'arrive quelque chose à Katerina si elle restait seule. Au milieu de l'école, il ne pouvait rien lui arriver, elle en avait la certitude.

Elle chercha du regard ce que la voix désirait qu'elle constate. Elle vit un groupe d'enfants plus jeunes jouer à s'envoyer des ballons magiques, d'autres courir autour de la structure magique qui ne cessaient de grandir ou rapetisser. Des élèves plus âgés discutaient dans plusieurs coins de la cour, d'autres se dirigeaient vers le gymnase au fond du parc.

Un groupe remontait la large allée de l'école, en compagnie des policiers de Basileus. Katerina fronça les sourcils. Un groupe des plus hétéroclite. Un homme en costume marchait en tête, une femme à son bras souriait aux élèves comme si son sourire restait figé à tout jamais. Une jeune femme radieuse aux cheveux d'un blond éclatant, vêtue d'une robe vaporeuse, tenait un homme par la main. Katerina retient sa respiration devant le profil qui se dessinait devant elle.

-Mais c'est... Camille, dit Guillaume stupéfait.

Que faisait-il avec ces gens ? Quatre mois qu'il avait disparu et voilà qu'il revenait au bras d'une blonde radieuse et souriante, dans le même style que Mélinda. Si elle tentait de percer ses pensées à lui, il le saurait, mais elle, cette blonde écervelée avait les pensées comme une passoire. Katrina la détesta. Elle n'était qu'une blonde écervelée, elle se demandait si sa nouvelle robe allait avec ses vieilles chaussures. Elle regrettait de ne pas avoir pu apparaître dans l'école, avec les talons vertigineux qu'elle portait, elle craignait de se tordre une cheville.

-Qui est-ce ? souffla Alcidie.

-Sa fiancée, répondit Katerina avec dégoût. Estelle Van Mardick, ajouta Katerina. Et eux ce sont ses parents, des ambassadeurs belges.

-Tu en sais des choses, commenta Guillaume. Tu les connais ?

-Non, je n'ai qu'à lire ses pensées. Elle ne s'en rend même pas compte. Quelle cruche.

-Attends, dit Alcidie affolée. Tu quoi ? articula la jeune femme qui embaumait le dahlia.

-Je lis dans les pensées. Pas vous, assura Katerina, devant leur mine offusquée. Seulement, avec les gens que je n'aime pas. Et elle, je ne l'aime pas, ajouta l'adolescente.

La cloche de l'école retentit avec force pour les réunir tous dans le hall d'entrée, une habitude nouvelle que prenait le nouveau directeur et le gouvernement pour s'assurer de leur collaboration. Katerina emboîta le pas à Guillaume, Alcidie la tenait par la main pour s'assurer qu'elle ne risque pas de tomber ou d'être bousculée. Dans le hall bondé, Guillaume la plaça devant lui, ses deux énormes mains sur les épaules de Katerina comme un garde du corps prêt à bondir pour protéger sa cliente. Willa courut les rejoindre, affolée. Elle ne s'habituait pas à devoir venir dans le hall d'entrée dès que la cloche retentissait.

Dans l'assemblée, les élèves reconnurent Camille debout sur les marches de l'escalier en compagnie du directeur Hurvin, de la jeune blonde, de l'homme en costume et de sa femme au sourire factice. Des membres de la police magique et du nouveau gouvernement se tenaient avec eux, ils ne souriaient pas, ils étaient loin d'être le genre de personne à se réjouir de quelque chose. Ceux qui reconnurent Camille s'empressèrent de dire qu'il avait bien choisi le moment de partir et celui de son retour. On le traita de traître et de mage noir. Camille regardait droit devant lui, sérieux et tendu, il ne ressemblait en rien au Camille qu'elle avait épousé quelques mois plus tôt. Hurvin frappa dans les mains.

-Notre gouvernement a quelques mots à vous dire. Soyez attentif, exigea Hurvin, qui ne semblait pas attentif lui-même.

-Pff, souffla Guillaume, ainsi qu'un bon nombre d'autres élèves.

Le directeur recula de plusieurs marches et parut absorbé par la taille de ses ongles et la forme de ses cuticules. Le nouveau premier magistrat s'avança, les mains croisées devant lui. Il était petit, maigre, malingre et paraissait à l'article de la mort. Il portait des cheveux gris, un long bouc noir, et une longue robe noire et brodée de feuilles violettes. S'il n'était pas un nécromancien, il n'en était pas loin dans la tenue.

-Bien, bien, bien, dit le nouveau premier magistrat, un homme dont personne ne savait le nom, qui se présentait comme Le Grand Maître de La Lumière. Nos amis sont venus ici pour vous parler d'une collaboration entre nos deux pays. Monsieur Edgar...

-Herald, corrigea l'homme serré dans son costume.

-Herald Van Merdick.

Guillaume pouffa en même temps qu'une trentaine d'autres élèves. Le magistrat les foudroya du regard. Katerina le fit crisper la main pour s'emparer de son athamé, son geste s'arrêta là. Il ne pouvait pas prendre le risque de déclencher une émeute.

-Herald Von Mardick, corrigea encore une fois l'homme, avec un sourire bienveillant.

-Bien, bien, bien, dit le grand Maitre de la lumière, agacé de passer pour un imbécile. Monsieur Von Mardick vient vous présenter un plan de travail pour ceux qui seraient intéressés, ce qui commencerait une longue alliance entre nos deux états, et une occasion pour certains d'entre vous de contribuer à la gloire et la grandeur de notre nation.

Katerina n'écouta pas. Elle se concentrer sur la blonde qui se frottait contre le bras de Camille en lui murmurant à l'oreille qu'elle en avait assez d'être là. Katerina ne put s'empêcher de lire dans ses pensées, à vrai dire elle ne pensait que très peu. Tout ce qu'elle voulait, c'était retrouver son immense chambre d'hôtel, de prendre un bain et de le partager avec Camille, avant d'aller faire les boutiques sur les Champs-Élysées. Katerina fronça les sourcils. Alors voilà pourquoi il était parti sans laisser d'adresse. Katerina ferma les yeux, posa une main sur son ventre rond et remuant. L'un des bébés lui donnait des coups de pied des plus vigoureux. Il semblait lui dire qu'elle devait se venger. À travers les têtes des élèves de devant, elle entrevit la hauteur des talons de la blonde. La robe longue et vaporeuse reposait sur la marche supérieure. Katerina glissa la main dans la poche avant du jeans de Willa qui protesta à voix basse.

-Qu'est-ce que tu vas faire ? murmura Willa.

-Chut, souffla Katerina. On va rire.

Katerina posa la petite pierre orange dans le creux de sa main, dessina un huit avec le bout de son index. La marche de l'escalier céda sous Estelle, qui tomba de quelques centimètres. Elle leva le pied, un peu surprise d'être si basse, et tomba la tête la première, dans un long hurlement strident. Hurvin fit un pas de côté pour l'éviter, le Grand Maître de La Lumière ne la vit pas arriver, et elle acheva sa chute en lui roulant dans les jambes. Il tomba lui aussi. Katerina croisa le regard courroucé du professeur Hurvin, il savait que c'était elle. Katerina l'ignora ouvertement, elle rendit la pierre à Willa et claqua des doigts. Le Grand Maître de La Lumière se releva, furieux, en même temps que la blonde. Il marcha sur sa robe, et avant qu'elle ne s'en aperçoive, elle pivota sur le côté pour retourner en haut de l'escalier. Un pan de sa robe se déchira, la laissant en sous-vêtements devant l'assemblée. Elle poussa un long hurlement, en partant se réfugier dans les bras de sa mère. Katerina agita le doigt, une marche disparut, elle se tordit la cheville et resta coincée entre le bois de l'escalier lorsque Katerina remit la marche en place.

-Qui a fait ça ? hurla Le Grand Maître de La Lumière. Qui a fait ça ? Qu'on le dénonce ou vous prendrez tous !

Katerina s'avança, alors que Guillaume tenta de la retenir et que Willa lui disait de ne pas se dénoncer. Le Grand Maître de La Lumière avait sorti son athamé et lançait déjà un sortilège de torture sur un élève de cycle quatre qui se contorsionnait sur le sol. Katerina se fraya un chemin à coups de coude, elle se planta devant le premier rang, les mains sur les hanches. Elle sentit derrière elle un mouvement de foule, comme si tous reculaient d'un pas, terrifiés par ce que Le Grand Maître de La Lumière pourrait leur faire subir.

-Qu'on l'enferme ! hurla le Maître de La Lumière. Qu'on l'enferme !

-N'exagérons rien, protesta Hurvin, en se frayant un chemin jusqu'à elle. C'est un cas de discipline interne. Laissez-moi gérer ça.

Le Grand Maître accepta à contrecœur. Hurvin s'empressa de traîner Katerina au premier sous-sol sous les regards perplexes des autres élèves. Il fulminait. Le Grand Maître de La Lumière reprit son discours pompeux et cérémonial pendant que plusieurs professeurs tentaient de dégager Estelle de la marche.

-Tu peux me dire ce que tu avais dans la tête ? s'écria Hurvin.

-Je m'ennuyais, répliqua Katerina.

-Tu...Tu t'ennuyais ? Tiens donc. Et ça n'a rien avoir avec Monsieur Dellait, je présume, répliqua le professeur que la situation paraissait agacer tout autant que Katerina.

-Dommage, médita la jeune fille. Je l'aurais bien passé par la fenêtre, mais ce n'était pas assez haut, dit-elle avec un sourire amusé. La prochaine fois peut-être.

-Oh non pas de prochaine fois.

-Je peux la tuer ? proposa Katerina.

-Non, trancha Hurvin, qui s'était mis à faire les cent pas dans l'étroit couloir sombre.

-L'envoyer croupir en prison, alors ? J'ai toujours un poste qui m'attend au conseil de Raspoutine, je devrais l'accepter, médita faussement Katerina.

-Il faudrait que tu sois mariée. Répliqua le directeur. Tu accepterais un poste avec tant de responsabilités, uniquement pour envoyer cette pauvre fille en prison ? Ton père n'aurait pas été fier de toi.

-Non, je me suis fait prendre, il m'en aurait voulu pour ça. Mais il aurait été fier, j'en suis certaine.

-Oui, précisément tu t'es fait prendre. Tu aurais pu laisser n'importe lequel des élèves de l'école se dénoncer à ta place.

-Non, je suis responsable. Mon père disait qu'il fallait assumer ses responsabilités. J'ai trouvé ça amusant de voir la tête qu'elle faisait et la tête qu'ils faisaient tous.

-Tu vas aller t'excuser, menaça le directeur. Excuse publique, et tout de suite.

Il attrapa Katerina par le poignet et la tira en avant. Alors qu'elle tentait de résister. Elle poussa un cri de douleur. Son dos la faisait souffrir, comme tous les jours depuis quinze jours, mais elle ressentit un choc dans son ventre, une onde de douleur qui lui vrilla le cerveau. Elle tomba à genoux sur le sol inégal du premier sous-sol, une main sur son ventre. Elle gémit. La douleur avait été si violente et fulgurante qu'elle lui en avait coupé le souffle. Cela n'avait rien à voir avec un coup de pied.

-Katie ? s'inquiéta le professeur Hurvin en tombant à genoux près d'elle. Ça va ? Tu vas bien ?

Elle gémit encore une fois. Jamais elle n'aurait cru que cela puisse être si douloureux d'être enceinte. Elle n'arriverait pas à se relever, la douleur était toujours là, lancinante et cruelle.

-Contractions, gémit-elle, persuadée qu'il ne pouvait s'agir que de cela.

-Quoi, déjà ?»

Il était bien trop tôt pour que les bébés viennent au monde, il lui restait presque quatre mois, ce n'était pas possible. Elle craignait pour leur vie, plus que pour la sienne. Elle ne voulait pas les perdre. Des larmes roulèrent sur ses joues sans qu'elle ne puisse dire qu'il s'agissait de douleur physique ou morale. Elle s'accrochait au bras d'Hurvin, incapable de le regarder. Il allait penser qu'elle faisait semblant pour ne pas faire d'excuses à Estelle. Elle lui demanda ce qu'elle avait, il n'en savait rien. Il passa la main sur son ventre, comme s'il cherchait à savoir ce qu'elle éprouvait. Hurvin resta ainsi quelques instants, les yeux clos, comme s'il cherchait la raison de ce mal étrange. Il se releva. Le directeur de l'école sortit un miroir de transport portatif, le posa contre le mur, souleva Katerina comme si elle ne pesait pas plus lourd qu'une plume, et ils traversèrent le miroir d'un même mouvement.

« -Ce ne sont pas des contractions, assura Lemoine. Au moins, le travail n'a pas commencé. Tu te souviens de ce que l'on a dit ? demanda-t-il avec douceur. Avec des jumeaux, il faut faire deux fois plus attention, manger deux fois mieux, boire deux fois plus, se reposer, et pas de magie. Combien de fois vais-je devoir te le dire ?

Katerina voulait lui répliquer qu'il faudrait le lui dire encore un bon million de fois. Elle tenta de lui expliquer que ce n'était qu'un petit sort de rien du tout, qu'elle était en colère contre Camille, contre cette fille, et qu'elle pensait agir pour le mieux.

-Il voulait que je m'excuse, dit-elle en désignant le couloir d'un geste de la tête. J'ai fait quelque chose de mal, dit-elle. Enfin, non, ce n'était pas si mal que ça. Juste humiliant, dit Katerina, tout en caressant son ventre. Mais c'est eux qui ont voulu, hein, ce n'est pas moi, je vous jure. Ils m'ont dit de le faire.

-Je vois, dit Lemoine, méditatif. Le problème c'est qu'elle aurait pu se faire très mal, assura le médecin. Ne me fais pas ces yeux-là, elle est ici. À l'autre bout du couloir, avec la moitié des os du pied fracturés, c'est extrêmement douloureux. On a dû scier la marche autour de son pied. Quelle magie as-tu utilisée ? demande le médecin.

-Pauvre choupette, marmonna Katerina. Ce n'est pas pire que des contractions. »

Le médecin éclata de rire, puis lui assura qu'elle pouvait rester ici le temps qu'elle se repose et qu'Estelle sorte de l'hôpital. Katerina se jura qu'elle n'appellerait jamais aucun de ses enfants Estelle. Le médecin espérait qu'elle n'aurait plus de douleurs et lui fit jurer de ne plus utiliser la magie, pour quelques raisons que ce soit jusqu'à l'accouchement.

Chapitre 21 : Hurvin

Hurvin alluma une nouvelle cigarette. Le stress n'était vraiment pas bon pour lui, il devenait trop vieux pour tant d'inquiétude. Il pouvait passer pour un homme jeune encore, seulement son âme n'avait plus rien de celle d'un jeune homme. Entre Delphine qui ne semblait pas vouloir sortir de son état cathartique et Katerina qui n'avait pas même idée des dangers qui planaient autour d'elle, il ne savait quoi faire pour les aider. Anatole s'occupait de son armée et ne voyait rien d'autre que cette guerre. Hurvin aurait pensé qu'il s'occuperait de Katerina, en souvenir d'Andy, seulement il avait autre chose en tête. La présence de Katerina à l'hôpital le rendait malade. Il se reprochait de l'avoir tiré par le bras. Il devait s'être montré trop brutal avec elle, ce n'était encore qu'une enfant. Il aurait dû la ménager, prendre soin d'elle mieux qu'il ne le faisait. « *Tu aurais dû envoyer toi-même cette idiote rouler dans les escaliers… Lui avec surtout.* ». S'il arrivait le moindre problème à Katerina ou aux bébés, Hurvin se chargerait lui-même de Camille. Il le tuerait si Katerina venait à mourir. « *À condition que Gilles ne lui tombe pas dessus avant toi,* pensa le directeur de l'école, tout en tirant sur sa cigarette. *Cela ne lui ferait peut-être pas de mal, une bonne raclée.* » Hurvin se souvenait des raclées de son père. Il passait des jours enfermés dans sa chambre après ça, incapable de bouger. Son père frappait fort et n'utilisez jamais la magie pour le punir, c'était une règle dans leur famille, pas de magie pour punir les sales gosses. Hurvin avait employé la même méthode avec ses enfants, sauf qu'il ne les avait jamais battus, pas une seule fois, pas même une tape sur les mains. Il les aimait ses enfants. Aujourd'hui, il aimait Katerina comme sa propre fille. Hurvin s'était juré que jamais il ne battrait ses enfants, pourtant Camille méritait une bonne raclée. Seulement, Camille n'était plus un enfant, à présent, il était un homme et les hommes ne doivent pas agir de la sorte. Pas même une lettre en quatre mois, pas même un signe de vie. Katerina s'en était rendue malade à vouloir le retrouver, et voilà qu'il apparaissait la bouche en cœur, au bras d'une fille sortie de nulle part. Hurvin était prêt à parier que Lavrenty était dans le coup, il ne pouvait pas le prouver., du moins pour le moment.

Hurvin jeta sa cigarette, en alluma une autre, préférant penser à Katerina plutôt qu'à Camille. Le médecin avait dit que ces douleurs-là n'étaient pas normales, il avait catégoriquement refusé qu'Hurvin reste auprès d'elle. Le directeur l'avait vu s'activer autour d'une machine pour les échographies, il avait vu les regards soucieux des infirmières. La porte de sortie de secours s'ouvrit. Hurvin maîtrisa sa rage. Camille le regardait en souriant. Le directeur garda enfouie son envie de lui faire ravaler son sourire.

« -Qu'est-ce que vous faites ici, professeur ? demanda le rouquin.

-Qu'est-ce que ça peut t'foutre, marmonna Hurvin dans ses dents. C'est Directeur Hurvin, maintenant, dit-il, d'un air satisfait. Qu'est-ce que tu veux ? Qu'est-ce que tu fais là ?

-J'attends que l'on soigne Estelle. Katerina a perdu la tête. Qu'est-ce qu'il lui a pris de faire ça ? demanda Camille.

-La même chose qu'à la moitié des élèves de l'école, elle s'est dit que tu étais un traître, répliqua Hurvin. Tu t'es barré juste avant qu'on ferme les frontières, et voilà que tu reviens pour passer un accord avec le nouveau gouvernement. Tu piges ?

-Je ne suis pas un traître, assura Camille. Je n'ai trahi personne, je suis parti parce que je le devais.

-Parti, où ça ? demanda Hurvin.

Camille le toisa, mais ne répondit pas. Hurvin huma l'air, un parfum magique qu'il connaissait bien flottait encore autour de Camille. Il avait raison alors, Lavrenty y était pour quelque chose. Hurvin se gratta le nez de l'ongle du pouce et écrasa sa cigarette avec rage.

-Katerina a cru que tu avais été arrêté, elle t'a cherché partout. Il a fallu qu'on la retienne de traverser la frontière, elle se serait fait arrêter. Elle aurait pu se faire tuer, tout ça à cause de toi.

-Elle sait très bien pourquoi je suis parti, assura Camille.

-Oh ! Qu'elle le sait. Ne t'en fais pas qu'elle le sait. Elle a eu le temps de cogiter en quatre mois. Il n'y a pas qu'elle d'ailleurs. Y'a trois personnes que tu f'rais mieux d'éviter dans ce pays. Ton père, Katerina et moi. Tâche de t'en souvenir. »

Hurvin retourna dans le couloir faire les cent pas, jusqu'à ce qu'il croise le médecin qui semblait sortir de la chambre de cette fille.

Que faisait-il avec cette fille alors que Katerina était en danger ? Katerina valait mieux que toutes les filles d'ambassadeurs corrompus du monde magique. Si Lemoine l'oubliait, Hurvin se chargerait lui-même de lui expliquer.

« -Comment va-t-elle ? s'enquit le directeur, accroché au bras du médecin.

-Son pied s'en remettra... Ah oui. Évidemment, le sort de Mademoiselle Van Mardick ne vous intéresse pas, dit le médecin devant la mine agacée du directeur. Tout va bien, je la garde un peu ici histoire d'être sûr que tout va bien. Dans une heure ou deux, elle pourra rentrer.

-Tout ne va pas bien, c'est ça ? Sa mère avait de gros problèmes de santé, vous savez. Elle a fait plusieurs fausses-couches.

-Comment est-ce que vous savez ça ? l'interrogea le médecin.

Hurvin se sentit pris au piège, il n'aurait jamais dû raconter cela, mais s'il pouvait la sauver. Le directeur hésita un long moment, mais une infirmière le héla, il y avait une urgence. Le médecin s'empressa de traverser le couloir. Hurvin le suivit du regard avec une certaine angoisse. Où allait-il ? Dans quelle chambre ? Quelle était cette fichue urgence ? La porte se referma sur le médecin avant qu'Hurvin n'ait pu voir où il allait. Une infirmière sortie d'une chambre en courant. Hurvin se posta devant la chambre, avec angoisse. C'était justement dans cette chambre, la numéro douze, que l'on avait enfermé Katerina. Hurvin se posta contre le mur en face de la chambre, s'efforçant de contrôler son angoisse. L'infirmière revenait avec cet étrange appareil pour ce que le médecin appelait les échographies. Elle prit le temps de sourire à Hurvin, il ne laissa pas conter. Il se passait quelque chose de grave dans cette pièce et il aurait aimé s'y trouver. Il savait qu'il ne servirait à rien, mais il pourrait lui tenir la main. « *Laisse Gilles se charger de son gamin. Laisse Gilles se charger de son gamin,* se répéta-t-il comme une litanie. »

Le médecin ne sortit de la chambre qu'une quarantaine de minutes plus tard, le visage en sueur, l'air grave, il se posa contre le mur pour reprendre son calme. Hurvin parvint à résister à l'envie de lui sauter dessus pour avoir plus d'informations.

« -Elle va bien, dit simplement le médecin. Vous croyez sincèrement que je n'ai qu'une patiente ?

Il mentait, Hurvin savait que Katerina était dans cette chambre, il sentait sa magie, il percevait son angoisse et sa douleur. Que lui était-il arrivé ?

-Vous ne pouvez pas entrer, dit le médecin.

-Et pourquoi ça ?

-Parce qu'elle veut être seule. Légalement vous n'avez aucun droit. Elle a été déplacée dans une autre chambre.

« *S'il avait seulement la moindre idée de qui tu es,* pensa-t-il. *S'ils avaient tous la moindre idée de qui tu es...*" Hurvin recula, inutile de se mettre le médecin à dos. Dans le couloir, une voix haute perchée résonna. Elle assurait avoir survécu à ce qu'il pouvait y avoir de pire sur terre. Elle jurait encore que cette gamine qui l'avait fait tomber était jalouse de sa beauté. Hurvin sentit la main du médecin sur son épaule. Le médecin le força à pivoter sur lui-même et l'obligea à entrer dans la chambre onze.

La chambre était baignée dans une lumière sourde. Katerina était assise sur le lit blanc sur élevé. Son ventre tendu sous sa blouse rendait Hurvin mal à l'aise. Il aurait aimé la prendre dans ses bras, la bercer et lui dire que tout irait bien, que bientôt tout irait pour le mieux. Gilles saurait ramener Camille à la raison. Il faudrait bien que quelqu'un puisse le ramener à la raison.

-Tout va bien ? interrogea le directeur.

Katerina lui sourit et hocha la tête. Une infirmière l'aide à se mettre debout, la seconde s'empara de ses affaires et la conduisit dans la petite pièce attenante qui devait faire office de salle de bain. Hurvin n'avait plus qu'à attendre qu'elle revienne.

-Elle peut rentrer ? Déjà ? s'enquit Hurvin. Vous devriez la garder.

-Non, ce n'est pas utile. Elle a juste besoin de repos, de se ménager et d'éviter l'usage de la magie. Elle a promis de ne pas rester seule durant les jours qui viennent.

-Et vous la croyez-vous ? grogna le directeur.

-Non, mais tant qu'elle évite de se servir de sa magie, tout ira pour le mieux.

-Quand vous dites « magie » ?

-Toute forme de magie inclut les petits tours comme ceux qui ont coûté une jolie série de fractures à Mademoiselle Von Mardick. Elle peut aller en classe, mais pas de pratique de la magie.

-Elle va être ravie, marmonna Hurvin. »

Chapitre 22 : Camille

Il était parvenu à s'éclipser de la suite qu'il partageait avec Estelle, il n'en pouvait plus de l'entendre se plaindre de sa cheville cassée, et soupirait qu'elle aurait pu y rester. « *Si seulement, elle était morte*, pensa Camille. *Au moins, elle aurait été silencieuse.* » Camille s'était arrangé pour traverser le miroir de transport portatif entre deux escaliers. Il devait voir Willa, elle semblait être de nouveau amie avec Katerina, elle saurait ce qu'il lui était passé par la tête. Camille se souvenait de ce que Lavrenty avait promis, or, Katerina devait être au courant que tout cela n'était qu'une supercherie, pour les protéger tous les deux. Plusieurs fois, Camille avait tenté d'aller à la villa Miller, mais rien à faire, les couloirs magiques le ramenaient toujours à son point de départ. Il y avait eu cette conversation avec le directeur Hurvin. Pourquoi avait-il dit que tout le monde savait bien pourquoi il était parti ? Tant de questions restaient sans réponse.

Il sonna à la porte de la petite maison de ville que partageaient Willa et ses parents. Avec un peu de chance, Willa serait là. L'homme qui lui ouvrit le regarda avec méfiance lorsqu'il demanda à voir sa fille. Il ne voulait pas laisser entrer n'importe qui chez lui, surtout que sa femme ne se trouvait pas à la maison. Camille tenta de s'expliquer. Il connaissait Willa. Il lui donna son nom, mais l'homme ne voulait rien entendre.

« -Laisse papa, je sais qui c'est.

Willa apparut dans son champ de vision, les cheveux courts, la peau toujours aussi caramel. Elle était belle avec ces quelques kilos en plus, bien plus féminine et agréable à regarder. Presque sensuelle dans un haut un peu trop grand pour elle et un jean un peu trop moulant.

-Chérie, est-ce que tu es sûre ? hésita le père. Est-ce que c'est une bonne idée ? s'inquiéta l'humain.

-Camille n'est pas un mage noir, il n'est pas assez intelligent pour ça, c'est juste un connard. Un connard, papa, rien qu'un connard, pas de quoi t'inquiéter, retourne à tes maquettes. Camille et moi devons parler.

Camille décrocha un regard furibond à Willa. C'est ainsi qu'elle osait le présenter à son père, après ce qu'il avait fait pour elle. Willa devait lui en vouloir à cause de Katerina. Si elles étaient de nouveau amies, tout s'expliquait.

-Tu peux me dire ce qu'il lui est passé par la tête ? interrogea Camille, une fois la porte d'entrée refermée sur lui.

-Et toi ? Tu peux me dire pourquoi tu sors avec cette foutue harpie ?

-Je sors avec qui je veux, ça ne lui donne pas le droit de manquer de la tuer.

-Ah bon ? Vraiment ? Avec qui tu veux ? Tu comptes lui expliquer comment à ta blondinette que tu es déjà marié ? Ah ah ! s'écria Willa.

Camille l'encouragea à baisser la voix, inutile que son humain de père ne vienne se mêler de tout cela. Willa n'aurait jamais dû être au courant de cela. Si Katerina lui avait dit, alors elle avait pu le raconter à n'importe qui d'autre, et Camille craignait qu'il ne lui arrive des bricoles. Willa jubilait de cette révélation. Camille l'attrapa par le bras et lui murmura de baisser le ton.

-Tu es bien dans la merde, assura Willa, sans baisser la voix. Tu veux que j'aille lui dire, moi ? Si tu manques de couilles...

-Ferme-la, maugréa Camille, inquiet que quelqu'un puisse les entendre. Dis-moi pourquoi elle a fait ça ?

-À ton avis ? répliqua Willa.

-Dis-lui qu'elle n'a pas intérêt à recommencer. Sans quoi, elle aura affaire à moi.

-Lâche-moi, exigea Willa, les sourcils froncés, la mine renfrognée.

Camille serra davantage sa main autour du bras de Willa. Il fallait que Willa lui dise de ne pas recommencer, sans quoi Katerina mettrait tout le jeu en péril. Il fallait qu'elle soit raisonnable, Camille n'appréciait pas non plus cette situation. Il ne pouvait tout dire à Willa, il ignorait ce que Katerina lui avait dit au sujet de son départ. Willa ne devait pas être au courant de toute l'histoire, Katerina était trop maligne pour lui parler de l'arrangement avec Lavrenty. Willa devait penser que Camille l'avait abandonnée lâchement, pourtant ce n'était pas le cas. Il souffrait de son absence. Chaque heure loin d'elle lui infligeait des blessures des plus profondes. Cependant, Estelle n'était pas responsable et ne devait pas en subir les conséquences. La blonde ignorait tout de l'arrangement que Camille avait passé avec son père, elle devait continuer de tout ignorer. Camille ne pouvait pas encore parler à Katerina, dès qu'il le pourrait, il lui avouerait qu'Estelle n'était en rien responsable. Pour le moment, il comptait sur Willa pour lui apprendre à être raisonnable.

-Camille lâche-moi, murmura Willa, avec une grimace de douleur.

-Dis-lui qu'elle n'a pas intérêt à refaire un truc pareil sans quoi...

-Sans quoi tu vas la battre comme ton père bat ta mère ? cracha Willa à voix basse, elle dégagea son bras, rageuse. C'est ça, hein ? Tu vas la battre jusqu'à ce qu'elle t'obéisse, jusqu'à ce que tu la brises. T'es comme ton père. T'es exactement comme lui. Sauf que lui il ne s'est jamais barré. Il avait plus de couilles que tu n'en auras jamais. Tu es un sale type, Camille Dellait. A sa place, j'aurais demandé le divorce, chuchota Willa. Je t'aurais envoyé croupir en prison. Tu sais qu'ils sont venus lui demander si tu n'étais pas le meurtrier de Mélinda ? Si ça n'avait tenu qu'à moi, je leur aurais dit la vérité, qu'il ne pouvait y avoir que toi pour la tuer.

Camille recula contre la porte, sous le choc. Le sang lui battait aux oreilles, la tête lui tournait, il se sentait mal, jamais personne ne l'avait comparé à son père. Rien ne pouvait lui faire plus mal. Toute sa vie il avait lutté pour ne pas être comme son père, pour ne pas faire de mal. Il n'avait pas tué Mélinda. Il fallait qu'il fasse attention, Willa pourrait le dénoncer. Willa ne savait rien pourtant. Il voulait hurler qu'il n'était pas son père, qu'au contraire, il ne ferait jamais de mal à sa femme, qu'il voulait la protéger, qu'il était prêt à tout pour la sauver. Camille ferma les yeux, recula encore et fit tomber un cadre photo qui se brisa sur le sol. Il tenta de trouver une autre position et fit tomber une coupelle dans laquelle les parents de Willa rangeaient leurs clés. Il ne parvenait pas à s'excuser.

-Tout va bien ? demanda le père de Willa, inquiet de la situation.

-Il s'en va, papa ne t'en fais pas, il s'en va, pour de bon, assura Willa en montrant d'un geste impérieux à Camille le miroir de transport. »

Camille le traversa sans savoir où il allait, tellement sous le choc qu'il fut incapable d'ajouter le moindre mot. Il regarda la petite maison délabrée, c'est donc là que la magie l'avait conduit. Il ne savait si cet endroit était mieux ou pire que l'hôtel. Camille remonta l'allée en silence. L'herbe lui arrivait à la taille. Il restait cependant la petite allée en pierre dessinée à travers la brousse. Des jouets rouillaient dans un coin. Camille vit le vieux cabanon de jardin plus défraîchi que l'année précédente. Les volets tombaient en miettes. La maison devait être belle lors de sa construction, à présent, elle tombait en ruine puisque personne ne s'en occupait.

Dire bonjour à sa mère ne lui ferait pas de mal, elle avait dû être morte d'inquiétude pour lui. Camille entra dans la maison, une odeur de lasagnes flottait dans l'air. Camille sourit, mardi le soir des lasagnes à la maison pour dîner, comme depuis toujours. Il y avait des années que Camille n'en avait pas mangé, il avait faim. Dans la petite cuisine, sa mère cuisinait lasse et mal en point. À quarante-deux ans, elle paraissait en avoir trente de plus. Les grossesses et les enfants l'avaient usé, les coups, les brimades, les humiliations et les privations avaient achevé la pauvre femme. Camille passa un bras autour de sa taille et l'embrassa sur la joue. Elle lâcha sa spatule qui tomba dans la pâte à gâteau en éclaboussant le plan de travail. Camille chercha une raison qui l'aurait poussé à faire un gâteau. Il ne se rappelait plus qui était né au mois de juin, à part Katerina, mais son anniversaire avait lieu juste après le soliste.

« -Camille !

-Maman.

Elle se retourna, inquiète, son œil droit était tuméfié et sa joue enflée. Elle lui prit le visage à deux mains. Des mains de vieilles femmes, ridées, calleuses, les doigts gonflés, qui cherchaient à graver l'image de son visage dans sa chair. Elle n'était pourtant pas si vieille. Pourquoi ressemblait-elle à présent à une vieille femme, courbée et malade ?

-Mon bébé, mon tout petit, dit-elle. Mon Camille adoré. Tu es vivant. J'ai cru qu'ils t'avaient tué. J'ai cru...J'ai cru...

Elle éclata en sanglots, Camille sentit une boule se former dans le fond de sa gorge. Elle voulait savoir pourquoi il n'avait pas écrit. Pourquoi il n'avait rien dit. Elle voulait savoir pourquoi il était parti, où il se trouvait et si ce qu'avait dit Alanna était vrai. Elle n'acceptait pas qu'il soit parti sans lui dire, sans lui donner de nouvelles. Elle murmura qu'elle était sa mère, qu'elle l'avait porté, désiré, chéri et mis au monde, qu'elle avait failli y perdre la vie. Camille sentait le poids de ces reproches, il ne pouvait répondre. Sa mère avait raison, il aurait dû lui parler. Elle était sa mère.

-Tu es fiancé ? Tu vas te marier ? Avec cette étrangère ? Ce n'est pas bon ça...ça ne plaira pas à ton père. Il ne faut pas Camille. Il ne faut pas, insista-t-elle. Il va te battre, encore ; il va te tuer cette fois. Il voulait aller te chercher, répéta-t-elle à moitié terrifiée. Ton père. Mais un homme est venu. Il était en colère, ton père. Il était très en colère. Il a dit à l'homme que s'il mettait un pied chez nous, chez lui, il le tuerait quoi qu'il puisse être, et qu'il se moquait bien depuis combien de temps il vivait.

-De quoi est-ce que tu parles, maman ? demanda Camille, avec douceur pour ne pas la brusquer.

Elle paraissait à moitié folle, la tête penchée sur le côté, les yeux dans le vague comme si elle revoyait la scène, le dos courbé si bas que Camille devait se pencher pour la voir, mais il lui tenait toujours les épaules de peur qu'elle ne s'effondre.

-L'homme a dit qu'il ne fallait pas te chercher, que tu n'étais plus là. J'ai demandé où tu étais, ce que tu avais, quand tu rentrerais à la maison. L'homme a dit « jamais." Ça a fait rire ton père. Il a dit bon débarras, mais il était furieux après l'homme. Il était furieux que l'homme soit là et que tu sois parti. Il a dit que si tu revenais il te tuerait et que si tu ne revenais pas il te tuerait aussi. L'homme a dit que tu étais parti pour toujours, pour toujours et que jamais tu ne reviendrais, que l'on ne revient jamais de là-bas. Puis, ton père a dit que si un jour tu revenais, « on ne sait jamais avec les macchabées » qu'il a ajouté, il te tuerait pour de bon et que si tu ne revenais pas, alors il irait tuer l'homme et qu'il s'en prendrait à toi aussi, répéta-t-elle, en se tordant les mains. Alors va-t-en. Pars. Ne reviens jamais. Cache-toi. Il ne faut pas que ton père te retrouve.

Elle pleurait, le corps tendu, oscillant d'avant en arrière, terrifiée par quelque chose que Camille ne comprenait pas. Il la consola, lui essuya les yeux, lui caressa le dos, lui embrassa les joues. Sa mère ne méritait pas une vie comme celle qu'elle avait toujours vécu. Elle valait mieux. Camille lui jura qu'elle ne devait pas s'inquiéter pour lui, qu'il était vivant et qu'il le resterait.

-Maman, à quoi il ressemblait cet homme ?

-Au diable, dit-elle.

Cela n'aidait pas, Camille. Sa mère devait bien être l'une des seules sorcières du monde à croire au Dieu Catholique et au Diable. Il lui demanda des précisions, lui rappelant que lui ne connaissait rien au diable, qu'il ne l'avait jamais vu. Sa mère se redressa, les yeux exorbités par la peur.

-Grand, brun, des cheveux noirs. Une peau hâlée, par le soleil, des yeux bleus...bleus, répéta-t-elle, comme ailleurs. Beau, trop beau pour un humain ou un sorcier. Ce n'était pas un vampire. J'ai cru au début, mais il était droit dans ses bottes, jeune encore, mais ferme et fort. Un sorcier, un grand sorcier. Avec un bouc noir comme ses cheveux. Des cheveux longs et ondulés. Et des mains, tu aurais vu ses mains. Les mains du diable. Il y avait les feux de l'enfer dans ses yeux. »

Camille ne connaissait aucun sorcier tel que lui. Camille recula. Il fallait peut-être mieux qu'il parte avant que son père ne soit de retour. Camille fouilla dans sa veste, prit son portefeuille et le vida. Il glissa les billets dans la poche du tablier de sa mère et lui dit que c'était pour les petits. Elle hocha la tête. Camille l'embrassa sur les deux joues et partit.

Camille retourna à l'hôtel bien convaincu qu'il n'était pas comme son père, et heureux de ne pas l'avoir croisé. Seulement, il avait eu tort de croire qu'il ne verrait pas son père. Gilles Dellait avait pris les devants et s'était présenté au père d'Estelle, les deux hommes discutaient dans le salon de la suite d'Hérald lorsque Camille arriva. Camille eut la surprise de constater que son père pouvait se montrer poli, courtois, aimable et qu'il savait se tenir en société. Au milieu du salon luxueux de la suite, Gilles Dellait buvait du thé, avec une grâce et une distinction digne d'un prince. Il parlait d'une voix mesurée, tenait ses gestes et ne s'était pas vautré dans son fauteuil.

« -Tiens voilà Monsieur Dellait, dit Gilles, avec un regard qui ne présageait rien de bon pour Camille. Comment va, Monsieur Dellait ? As-tu vu Madame Dellait ? demanda Gilles, avec un sourire en coin.

-J'ai vu maman, oui, répliqua Camille agacé qu'il ose lui poser la question. Elle n'a pas l'air bien, tu devrais l'emmener consulter un médecin.

Gilles le foudroya du regard. À l'évidence, Gilles ne parlait pas de sa mère de Camille, mais de Katerina. « *Il sait,* pensa Camille, avec crainte. » Camille pensait réellement que son père avait pu être au courant pour le mariage, seulement, le constater de ses yeux le terrifiait.

-Veuillez m'excuser, dit Gilles à l'adresse d'Hérald. Il faut que je parle à mon fils, en privé. Des affaires de famille, vous savez ce que c'est.

Camille sentait le sol se dérober sous ses pas. Il allait passer un mauvais quart d'heure et il aurait de la chance d'en sortir vivant. Hérald hésita à sortir, mais il le fit finalement, il était pourtant dans sa propre chambre.

-Je vais aller voir les femmes, assura Hérald, mal à l'aise. Estelle a trouvé sa robe de mariée pas plus tard que ce matin, elle est en train de l'essayer. Ce ne sera que la huitième cette semaine, pouffa l'homme.

La porte se ferma. Camille se ressaisit, il n'allait tout de même pas courir comme un enfant pour se réfugier dans la suite avec les autres.

-Tu as vu ta mère...dans quel état tu l'as mise. Tu es fier de toi, j'imagine ? Le grand Camille qui n'en fait qu'à sa tête et qui tue sa mère de chagrin.

-Papa, protesta Camille, sans savoir quoi dire de plus.

-Papa ? C'est tout ce que tu sais dire. Je t'avais dit de ne pas te faire manipuler par ce vieux schnock de Lavrenty et toi, qu'est-ce que tu fais ? Exactement ce qu'il te demande. Y'a quoi qui ne va pas dans ta tête de rouquin déglingué ? J'aurais dû te faire sauter du ventre de ta putain de mère... Ce n'était pourtant pas faute d'avoir essayé... Rien à faire avec la mauvaise graine, quand c'est là ça reste, ça envahit tout. Ça détruit tout.

-Dis pas ça de maman. Couina Camille.

-Tu ne devais pas revenir... Alors qu'est-ce que tu fous là ? C'est toi qu'as organisé ça ?

-Non, du tout. Ce n'est même pas Hérald, c'est juste...

-Humm. La magie...La magie...ah, il doit être content le Lavrenty. Son plan n'a pas tenu face au Destin.

Gilles éclata de rire, un rire amusé, franc, joyeux que Camille ne lui connaissait pas. Il riait aux éclats, comme s'il y avait là le sort le plus extraordinaire du monde. Gilles finit par se lever. Il s'approcha de Camille, lui tapota l'épaule de sa grosse main puissante et lui jura qu'il allait passer un mauvais quart d'heure. Camille se contracta. Il allait être battu encore, comme lorsqu'il était enfant.

-Non, je ne vais pas te battre. Je ne vais même pas te crier dessus. Ni même te dire ce que tu devrais ou ne devrais pas faire. J'ai essayé durant des années de te montrer le bon chemin, la bonne route, j'ai tout fait pour que tu deviennes l'homme que tu aurais dû être, seulement tu n'as jamais rien voulu écouter. Alors je vais te laisser te débrouiller avec la merde dans laquelle tu patauges. Je vais te regarder t'enfoncer, encore et encore. Quand j'étais petit, je suis tombé dans des sables mouvants, le temps qu'on aille chercher mon grand-père, j'avais du sable jusqu'au menton. Je ne pouvais plus respirer, j'ai cru mourir... J'ai toujours dit que c'était une mort que je ne souhaitais à personne... Jusqu'à ce que toi, tu pointes ta sale petite tronche de rouquin. Je vais faire comme ce gamin qui me regardait me débattre et paniquer en riant, je vais m'asseoir, et regarder le sale petit con que tu es te débattre. Ne compte pas sur moi pour venir te sortir du merdier dans lequel tu t'es mis. Par contre, tu t'es engagé devant la Grande Déesse.

Camille ouvrit la bouche pour répondre, Gilles lui signifia de se taire et d'écouter.

-Tu as pris un engagement devant la grande Déesse, dit-il les yeux clos. Cet engagement, tu dois le respecter, que tu sois d'accord ou non. Si tu le regrettes, je ne t'aiderais pas à sortir de là. N'oublie pas que tu as signé un contrat, que tu l'as signé selon des lois qui ne sont pas celles de ce pays et que tu restes celui qui a fauté.

-Je ne comprends pas, répondit Camille, hésitant.

Son père s'approcha de lui. Il n'avait rien de menaçant, il voulait seulement lui parler à l'oreille pour que personne ne puisse entendre. Il lui murmura que si sa femme décidait de mettre un terme à leur mariage, Camille aurait de gros ennuis. Katerina ne l'enverrait pas en prison, elle savait pourquoi Camille était parti, et jamais ils ne divorceraient. Seulement, Camille ne pouvait rien en dire. Il garda son calme et s'efforça de sourire à son père. L'homme n'appréciait pas les sourires de son fils et le lui fit savoir. Gilles traversa une partie de l'espace qui le séparait de la porte. Puis il marqua un temps d'arrêt, se retourna vers Camille, le toisa des pieds à la tête avec une grimace.

-Si j'avais été ce qu'est Hurvin et si j'avais été à sa place, je t'aurais défoncé le crâne. Tu as de la chance qu'il soit maître de ses émotions. Que Sa Seigneurie aille donc voir sa sœur, ce soir, que son éminence passe voir son bébé. C'est un affreux petit gamin aux cheveux blonds, mais enfin il n'est pas trop laid. Camille... dit le père en marquant une pause. Ça t'apporte quoi cette histoire ? demanda-t-il, avec plus de douceur. De l'argent ? Du pouvoir ? Des femmes ? De la gloire ? Qu'est-ce qu'il t'a promis ?

-Qui ça ?

-Le vieillard débile qui se prend pour le roi du monde, et qui n'est qu'un trou du cul comme les autres. Qu'est-ce qu'il t'a promis en échange de ton départ ?

-Protéger Katerina. Basileus s'en serait pris à moi et à elle. »

Camille se mordit la langue, jamais il n'aurait dû dire la vérité. Cependant, que pouvait faire son père ? Il n'imaginait pas son père allait tout raconter à Basileus. Gilles ne prit même pas la peine de répondre. Il sortit en levant les yeux au ciel. Camille ne savait que penser de son père et de cette étrange affaire. Après les menaces d'Hurvin, les craintes de Willa, puis celle de sa mère et les nouvelles menaces de son père, Camille ne savait plus que penser. La vie devenait des plus étranges pour lui, peut-être aurait-il mieux fait de ne pas quitter le Québec. Camille resta assis longtemps sur le canapé à se demander à quoi tout cela rimait. Il devait voir Katerina, savoir si Lavrenty lui avait bien tout dit comme il l'avait promis.

Camille passa voir sa sœur puisque son père le lui avait conseillé. Camille apparut devant la petite maison mitoyenne dans laquelle vivait Lolita. Camille entendit de l'extérieur les pleurs d'un bébé. Camille monta les deux marches, sonna et attendit, se demandant si on lui ouvrirait. Lolita se tenait sur le seuil, vêtue d'une robe du soir, magnifique et près du corps, laissant entrevoir son opulente poitrine.

« -Tiens, un fantôme, dit-elle, en faisant demi-tour.

Camille entra, referma la porte et la suivit dans l'autre pièce. Lolita prit un bébé d'un couffin. Il était déjà grand et braillard. Camille se demanda comment sa sœur pouvait supporter d'avoir un enfant aussi bruyant.

-Tu peux sortir, ce n'est que Camille, dit-elle, à quelqu'un qui se cachait dans la cuisine.

Thomas Miller faisait face à Camille, il y avait bien longtemps qu'ils ne s'étaient vus tous les deux. Camille salua Thomas, qui hésita à lui rendre la pareille. Thomas n'avait pas changé. Toujours aussi grand, musclé et blond. Il était plus pâle que la dernière fois qu'ils s'étaient rencontrés, en dehors de cela, il paraissait en bonne santé et heureux.

-Laisse tomber, ce ne sont pas nos histoires, dit Lolita. On ne prend pas parti. Tu te souviens ? C'est ce que l'on avait promis.

Lolita se tourna vers son frère. Elle souriait au bébé en lui murmurant que maman l'aimait et qu'elle serait toujours là pour lui, à condition qu'il ne devienne pas aussi stupide qu'oncle Camille, sans quoi elle se chargerait de le noyer. Camille en profita pour demander à Thomas ce qu'il faisait là et depuis quand il était revenu.

-Quelques semaines. Katie ne le sait pas, alors ne va pas lui raconter. En même temps, je ne suis pas certain qu'elle t'écouterait. En fait, personne ne sait que je suis revenu, et je compte bien que ça reste comme ça.

-Tu as oublié papa et Alanna, dit Lolita, avec un demi-sourire.

-Ton père s'en moque et Alanna n'est qu'une gamine, répliqua Thomas.

Camille ne partageait pas cet avis. Alanna était une adorable adolescente mature et responsable, bien plus que la plupart des adultes.

-On va être en retard, marmonna Lolita. Tiens, il s'appelle Clément Charles Maxence Dellait-Miller, dit-elle en présentant le nourrisson de quelques mois à Camille. Tu vois, chéri, lui c'est ton oncle Camille, mais tu peux aussi bien l'oublier, tu ne le reverras pas avant fort, fort, longtemps. Comme on le connaît, il va trouver le moyen de partir à des millions de kilomètres, sur la lune ou sur Pluton. Il se peut même qu'oncle Camille découvre une toute nouvelle galaxie. Si, si, je t'assure, dit-elle, au petit garçon qui riait à présent.

Camille grinça des dents. Lolita lui sourit, jura qu'elle plaisantait et qu'elle adorait son grand-frère chéri. Elle lui déposa Clément dans les bras, puis elle lui mit un biberon dans l'autre main.

-Non, non, s'empressa de dire Camille. Je ne sais pas...

-Là, tu as la tête, dit Lolita. Et à l'autre bout, tu as les pieds. Le biberon c'est dans la bouche. Tu peux toujours essayer de le tenir la tête en bas, mais il n'aime pas ça et il te le fera sentir.

-Parfois, il donne des décharges magiques, assura Thomas, non sans fierté. Un vrai petit Miller.

-Dellait ! répliqua Lola. Tu le changeras. Les couches, c'est dans la salle de bain. Tu sais les couches, c'est pour les fesses, pas sur la tête, hein ? Fais attention, il a tendance à attendre d'avoir les fesses à l'air pour faire pipi.

-Et il sait très bien viser, pouffa Thomas. Surtout sur les idiots.

-Quoi ? s'étonna Camille. Vous partez ?

-J'ai demandé à papa qu'il m'envoie quelqu'un pour garder Clément, ce soir. Je pensais qu'il enverrait Alanna, mais tu es venu. C'est prodigieux. Un miracle que l'on doit à la Grande Déesse. Louée soit la Grande Déesse.

Thomas éclata de rire devant la mine dévastée de Camille. Camille en revanche, ne trouvait pas cela très amusant. C'était même tout le contraire. Il savait s'occuper des enfants. Toute son enfance, il s'était occupé de ses frères et sœurs, le goût pour les couches et les biberons ne lui est pourtant pas venu, bien au contraire.

-Avec un peu de chance, Alanna passera te voir, s'assurer que tu es toujours en vie, assura Thomas, en enfilant sa veste de cuir de dragon vert. En attendant, entraîne-toi. Ça ne peut pas faire de mal.

-M'entraîner ? demanda Camille, suspicieux. M'entraîner à quoi ?

-Oh, rien. Rien, ricana Thomas avec un regard amusé pour Lolita. »

Camille resta seul en tête à tête avec Clément, qui ne l'aimait pas. Camille parvint à lui faire boire son biberon, se rappela qu'il fallait lui faire faire son rôt, oublia de mettre un torchon entre lui et le nourrisson et se retrouva poisseux de vomi alors que l'enfant souriait, visiblement amusé *« ou tout simplement heureux de vivre,* pensa Camille. »*. Camille le changea, le berça et le mit au lit. Le petit s'endormit rapidement, et Camille put se détendre en lisant les journaux magiques.

Alanna apparut peu avant dix heures du soir, vêtue de son pyjama rose fluo qui était devenu trop petit pour elle. Elle sauta dans les bras de Camille qui la souleva du sol avec aisance, même si sa sœur avait grandi de presque dix centimètres depuis la dernière fois qu'il l'avait vu. Ses cheveux flamboyants étaient bien plus longs qu'auparavant, et ses taches de rousseur plus prononcées. Elle était plus mince, plus adulte. Elle l'embrassa sur les joues et sur les lèvres, comme ils le faisaient lorsqu'ils étaient enfants, un baiser rapide et affectueux.

« -Papa vient de me réveiller, dit-elle. J'ai cru qu'il plaisantait. Je t'ai vu tout à l'heure. Tu étais beau dans ton nouveau costume. Il doit coûter cher. Je voulais venir te voir, mais j'ai eu peur. Les policiers sont cruels et ils frappent forts, assura Alanna. Quand j'ai vu Hurvin traîner Katerina hors de la pièce, j'ai cru qu'il allait la tuer. Mais Hurvin n'irait pas la tuer, tout le monde le sait. Qui c'est cette fille avec toi ? On dit que tu es fiancée avec elle, mais pourquoi ? Papa dit que ce n'est pas bien, et je suis d'accord, c'est mal ce que tu as fait. Maman est malade. Je voulais aller te parler après le discours, mais tu es parti avec les docteurs et la fille. Katerina et Hurvin ne sont pas revenus non plus cet après-midi. Je me demande ce qu'elle a eu.

-J'ai vu maman cet après-midi, dit Camille, en s'asseyant sur le divan, en compagnie de sa sœur. Elle a l'air étrange, on dirait qu'elle est malade.

-Elle a cru que tu étais mort et que papa t'avait tué. Puis il y a eu l'homme bizarre et là elle a cru que c'était Basileus qui t'avais tué. Elle a cru que tu étais un fantôme, elle y aurait cru si je n'étais pas rentrée lui dire que tu étais revenu. Ce n'est pas vraiment ta copine la blonde, hein ? C'est pour de faux ? Tu vas revenir pour de bon ? Tu vas te remettre avec Katerina maintenant ? C'est obligé, hein ? Tu ne vas pas te marier avec la blonde quand même ? Tu ne vas pas faire ça ?

-Tu es trop jeune pour comprendre Alanna.

-Mais... protesta l'adolescente.

-Je ne me remettrai pas avec Katerina, mentit Camille. Jamais.

-Mais... Mais tu n'as pas le droit. Tu es obligé de retourner avec Katerina. Charles a dit que tu l'aimais.

-Charles ne sait pas de quoi il parle.

-Oh ! Si, il sait. Papa a dit que tu devrais retourner avec Katerina.

-Papa ne peut pas m'obliger, répondit Camille avec douceur.

-Ils ont raison, tu es un traître. Tu nous as tous trahis. Tu es un menteur ! »

Alanna partit dans les étages, Clément pleura, et Camille ne sut lequel des deux il devait aller voir en premier. Il se pencha sur le berceau de l'enfant, mieux valait qu'il cesse de pleurer. Alana finirait par se calmer toute seule, ce n'était plus une enfant. Camille n'avait pas imaginé que son retour soit aussi mal vécu par les membres de sa famille et par les élèves de l'école. Il n'avait pourtant trahi personne. Tout en changeant la couche de Clément, il se demanda si Lavrenty n'avait pas fait tout cela pour le piéger. Ne l'avait-il pas envoyé au loin pour le séparer de Katerina et non pour la protéger ? Avait-il vraiment été correct avec Camille ? Il commençait à en douter. Soudain, il fut pris d'un doute. Et si Lavrenty n'avait rien dit à Katerina ? Il fallait qu'il parle à sa femme au plus vite. Pour l'heure, il était coincé avec le bébé et il avait un rendez-vous important au magistère le lendemain matin qu'il ne pouvait pas annuler. Ensuite, il irait voir Katerina pour lui parler, il lui expliquerait tout et il mettrait fin en même temps à cette mascarade avec Estelle et sa famille. Et tant pis si Herald n'obtenait pas tout l'argent qu'il lui fallait pour rembourses ses dettes, il n'avait qu'à pas vivre au-dessus de ses moyens.

Chapitre 23 : Le Masque Vert

Il hésita quelques instants avant de mettre la première bombe dans son sac à dos. Devait-il le faire ou ne devait-il pas le faire ? Il avait préparé les trois bombes sous le coup de la colère, n'avait pas réfléchi aux conséquences, ce qu'il voulait, c'était faire voler le magistère en morceaux. Bam Booum Pan et hop fini tranquille, bye-bye le magistère et le pouvoir. Il en aurait presque crié les slogans des humains « *vive la liberté, vive la république, vive la France.* » On lui enseignait depuis toujours que les mortels étaient égaux, il n'y croyait pas. Dans ce monde, personne n'est l'égal de personne, il n'y a que les riches et les pauvres, que les puissants et les faibles, personne ne se vaut, personne n'est bon. Il n'y a que le mal, la soumission, l'argent, la corruption et la haine. La haine, il en avait à revendre. Pourtant, il savait que le magistère serait bondé. Il y aurait des enfants, des jeunes, des vieux, des coupables et des innocents. Il y aurait des gens qu'il connaissait et d'autres, parfaitement étrangers.

Il referma son sac. « *Qu'ils crèvent tous, puisque nous mourrons tous un jour.* » Il enfila l'une des bretelles. Il fallait mieux éviter de sauter avec les bombes avant d'avoir atteint le magistère. Puis il enfila le masque en cuir de serpent vert qu'il s'était confectionné. Il ne portait que du vert et du noir. Basileus ne portait bien que du noir et du violet, il pouvait en faire autant, les terroristes ont tous une marque de fabrique, lui ce serait le vert et les bombes.

Elle le regarda, les bras croisés, furieuse. Elle ne partageait pas ses idées. Elle voulait l'empêcher de partir, seulement, elle savait ce que contenait le sac à dos.

« -Espèce de con, lança la rouquine, sur le pas de la porte de la chambre. Pour qui tu te prends sérieux ? Un superhéros ? Un type qui veut sauver le monde ? Tu ne sauves personne, t'es qu'un con, toi et tes bombes chéries.

-Ferme-là, dit-il. Je suis pressé.

-Ouais, c'est ça ! Barre-toi !

Elle le laissa passer, elle ne le repoussa même pas lorsqu'il se trouva à ses côtés. Elle le regarda descendre les escaliers du deuxième étage et le suivit seulement lorsqu'il atteint le palier du premier.

-Tu comptes revenir ? demanda-t-elle inquiète.

-Peut-être pas.

À vrai dire, il n'en avait pas la moindre idée. Vraiment pas la moindre idée. Pouvait-il seulement revenir de cette mission ? Il avait de sacrés doutes, ce ne serait pas facile de revenir, peut-être même se ferait-il prendre, mais il avait déjà prévu une capsule de poison, bien cachée dans l'une de ses dents, juste au cas où. Mieux valait la mort, il le savait et il n'hésiterait pas à mourir. Par contre, il pouvait avoir des doutes sur ses bombes qu'il tenait à poser, mais pas sur sa propre mort.

-Comment ça peut-être pas ? demanda-t-elle. Je vais aller chercher...

Elle n'eut pas le temps de finir sa phrase, il la gifla. Il n'était pas ravi de frapper une femme, mais elle dépassait les bornes. Il lui avait dit de partir, qu'il ne pouvait pas s'occuper d'elle, qu'elle était de trop dans sa vie. Elle tenait à rester, soit, mais qu'elle la ferme et qu'elle ne mêle personne à ses magouilles. Elle ne pleura pas, c'était une bonne chose, vraiment une très bonne chose. Il n'aurait pas accepté qu'elle pleure, ou qu'elle gémisse. Elle le foudroya du regard.

-Tu vas te faire tuer, dit-elle.

-Qu'est-ce que j'en ai à foutre ? Je t'ai dit de te barrer, de retourner chez ta mère. Tu m'ennuies.

-Je suis enceinte. Qu'est-ce que je vais devenir si tu meurs ? Tu y as pensé ? Tu as pensé à ta famille ? À moi ? À nous ?

Il descendit le premier étage. Enceinte ou non, il avait mieux à faire. Sa décision était prise, il irait poser ses bombes, faire exploser le magistère comme il l'avait toujours voulu, et peut-être ne reviendrait-il jamais. Mieux valait la mort à la lâcheté, hors de question que l'on dise de lui qu'il était lâche. Il ne pouvait pas faire demi-tour, il ruminait sa vengeance depuis bien trop longtemps pour renoncer si près du but.

-Tu iras chez ton frère.

-Tu vas tuer mon frère ! Tu vas tuer tous les gens qui sont là-bas, espèce de monstre.

-Alors, tu iras chez un autre de tes frères, qu'est-ce que ça peut me faire.

-Qu'est-ce que ça peut te faire ? hurlait-elle hystérique. Qu'est-ce que ça peut te faire ? Tu oses… »

Il n'écouta pas et traversa le miroir de transport. Oui, il tuerait tous ces gens avec joie. Puisqu'ils croyaient tous en la suprématie de la loi, c'est qu'ils devaient tous mourir. Il remonta sa capuche sur sa tête pour que personne ne voie ses cheveux blonds ni son masque vert. On ne pouvait pas le reconnaître. Restait qu'il valait mieux être prudent, au cas où il s'en sortait et au cas où il restait des survivants, cacher le plus possible son identité. Il était neuf heures quarante-huit du matin, bien plus tard qu'il ne l'aurait voulu. Au moins, le magistère était bondé, bien plus qu'il ne l'aurait été à l'ouverture. Il traversa le hall d'entrée sans être inquiété. On le salua, il répondit par un hochement de tête pour ne pas attirer l'attention. Il savait où il voulait poser ses bombes. Il y pensait depuis des années.

Il traversa le couloir de gauche, passa devant les toilettes qu'une femme de ménage nettoyait, il continua sa route jusqu'au pied du grand escalier. Il regarda autour de lui. C'était bondé, véritablement bondé. Des enfants venaient faire leur visite annuelle du magistère, des bambins pour la plupart. « *Tant mieux, cela laissera un souvenir amer aux parents.* » Il sourit, incapable de s'en empêcher. Il n'était pas méchant ni cruel, encore moins sadique avant que les mages noirs ne pointent leur nez, mais il avait vu trop de gens mourir, tués par ceux du mauvais côté. Il était temps de renverser la balance : montrer au peuple sorcier que le magistère ne pouvait rien pour eux, qu'ils devaient se battre pour eux-mêmes, et ne permettre à personne de les défendre, puisque personne ne prenait réellement leur parti. Il faisait cela pour leur ouvrir les yeux à tous, montrer que les magistrats n'avaient pas tous les pouvoirs.

S'il survivait, il poserait des bombes au Coven, faire exploser la vieille tour serait aussi un symbole. Le symbole que la magie n'existe pas si on n'en fait rien, si on se contente de suivre le chemin des humains. Il frappait fort, par nécessité. À présent, il ne pouvait plus reculer. On se souviendrait de lui après sa mort, on le féliciterait d'avoir su ouvrir les yeux du peuple stupide. Il regarda les enfants, deux par deux, mains dans les mains, monter les marches. C'était long, bien trop long, mais il n'osa pas les bousculer.

Rapidement, il passa son sac devant lui et en sortit l'une des bombes, elle était petite, vraiment toute petite, mais si puissante. Elle devait assurer que les rescapés ne puissent pas se servir de la magie, il lui avait fallu quatre ans pour la mettre en place et la rendre totalement opérationnelle. Il glissa la bombe dans la paume de sa main. Le petit garçon devant lui avait un sac à dos avec une tête de dragon, il ouvrit délicatement la fermeture, fourra la bombe dans le sac à goûter et referma le sac. Puis, il s'éloigna quelque peu. Il fallait qu'il place la seconde bombe un peu plus loin de la première pour être sûr qu'elles n'interfèrent pas l'une avec l'autre.

Il monta au premier étage en évitant les enfants. Sur le palier, il découvrit un pot de fleurs, il jeta cette bombe là-dedans. Elle devait lui assurer un incendie phénoménal. Devait, car il ne l'avait jamais testée, c'était une invention récente et il ne savait pas trop à quoi s'attendre. Il prenait un risque avec cette bombe, de toute manière, la dernière bombe serait assez puissante pour faire tout le travail.

Il redescendit les marches, les enfants étaient arrivés au second palier. Il retira son sac à dos, l'ouvrit légèrement, juste assez pour qu'il puisse enclencher le détonateur. À partir de maintenant, il avait quarante-cinq secondes pour partir ou périr. Il compta mentalement, posa son sac et descendit les escaliers sans courir, mais d'un bon pas. Il arriva dans le couloir au bout de douze secondes, lorsqu'il y eut une énorme déflagration.

La bombe avait explosé trop tôt. Il vit sa vie défiler devant ses yeux. La seconde bombe dans le sac à dos de l'enfant explosa avec fracas, mais il n'entendit pas la troisième déflagration. Ce qu'il entendit, en revanche, fut un vacarme sans nom. Puis ce fut le silence, un silence assourdissant et total.

Il leva la tête, le ciel lui tombait littéralement sur la tête. La verrière avait explosé, le plafond au-dessus de lui avait explosé, le sol se pulvérisa sous la force de l'impact. On hurla. Il hurla aussi. Le monde lui tombait dessus. Il se retrouva dos sur le sol, mais ce n'était pas le sol du premier étage. Quelque chose lui perfora le ventre, un autre morceau dur lui écrasa la jambe droite, un morceau de pierre sculptée lui broya les deux jambes, un morceau de bois lui transperça le bras gauche et pour achever le massacre, des tonnes de débris vinrent s'effondrer sur lui. Il sentit son masque s'enfoncer dans son visage, son nez explosa et sa bouche s'emplit de poussière. Il suffoqua.

Le calme terrible et mort s'abattit sur lui, sur le magistère. Après les cris d'effrois, le silence, plus mort et pesant encore. «

Qu'est-ce que j'ai fait ? s'interrogea-t-il. Si ma mère me voyait. » Mais sa mère était morte. C'était parce qu'elle était morte qu'il avait voulu tout détruire, et maintenant, il le regrettait amèrement. Il regrettait parce qu'il était pris au piège des débris, que sa troisième bombe n'avait pas fonctionné et qu'il mourrait, incapable de s'en sortir.

Péniblement, il réussit à dégager sa main droite de sous les décombres. Il avait juste assez de place pour bouger un bras, la douleur lui arracha des larmes. Dans la poche de sa veste, il avait un petit miroir de transport, juste au cas où. Il espérait qu'il n'était pas brisé. Les doigts gourds, la respiration pénible, il réussit à l'attraper, mais le laissa tomber. Avec la force du désespoir, il réussit à bouger son bras gauche pour le reprendre, il enfonça ses doigts brisés dans le miroir et demanda la maison. Il était le premier à se servir de la magie et savait que le bâtiment en souffrirait, ceux coincés à l'intérieur aussi, mais tant pis pour eux.

Il s'écroula sur le sol de la maison. Elle hurla en le voyant ainsi sur le sol de l'entrée. Le bébé dans ses bras pleurait. Elle le posa sur le sol près de lui. Elle hésita longuement sur ce qu'elle devait faire. Elle essaya de lui retirait son masque, mais la douleur fut intolérable.

« -Qu'est-ce que tu as fait ? Qu'est-ce que tu as fait ? demanda-t-elle, en larmes.

Elle arracha ses vêtements en lambeaux. Elle essayait de le soigner, elle n'y parvenait pas. Il faudrait du temps avant qu'il ne se remette, il le savait. Elle attrapa le bébé et disparut dans une autre pièce de la maison. Lorsqu'elle revint, l'enfant était dans son cosy, et elle tenait des pansements et des bandes dans son autre main pour le soigner. Il savait que cela ne suffirait pas, il en faudrait plus. Il lui faudrait des soins magiques.

-J'ai fait une connerie, dit-il.

-Sans dec' ! grogna-t-elle, en larmes et en proie à la panique. Une connerie. Tu as risqué ta vie, gros débile.

Elle essaya longuement de le soigner, en vain. Elle ne savait où donner de la tête. Alors elle fit ce qu'il refusait qu'elle fasse, elle plongea dans le miroir de transport et en revient avec son père. L'homme déjà âgé au corps massif et aux mains larges le regarda avec haine et dégoût. Son père le haïssait. Le masque vert savait que l'homme n'avait autorisé leur mariage que pour l'enfant qu'elle portait, parce qu'il tenait aux conventions et à la bonne réputation de sa fille, aussi parce qu'il ne voulait pas prendre le risque qu'elle se retrouve mère célibataire. Le mariage signifiait avoir des garanties. Seulement, s'il tenait à ses garanties, il allait devoir mettre sa rancune de côté et le soigner.

-Papa, pitié, soigne-le. On fera tout ce que tu veux. Pitié.

L'homme soupira, pourtant il s'agenouilla devant lui, posa les mains sur son corps. Le contact de ces mains sur son corps brûlé lui arracha des cris de douleurs qui résonnèrent dans toute la maison. Le bébé se réveilla et pleura de nouveau. La douleur lui tira des larmes. Une douce chaleur lui caressa le corps, elle s'arrêta trop tôt, et la douleur reprit de nouveau, plus cuisante encore.

-Fais taire ton gosse, ordonna le père.

Elle attrapa leur fils et sortit de la pièce. Une lueur chaude et douce entra dans le corps du blessé. Il se sentait déjà mieux. Il avait déjà vu quelqu'un faire ça, pour soigner les autres. Bientôt, il irait mieux, il le savait, qu'il soit mort ou guéri.

Chapitre 24 : Camille

La détonation et le souffle de l'explosion projetèrent Camille sur le sol. Était-ce la fin du monde ? Un tremblement de terre ? Un tsunami ? Une météorite ? Une bombe ? La bombe devait être le plus vraisemblable. Qui jetterait une bombe au beau milieu du magistère un mercredi, alors que des enfants s'y trouvaient, des personnes âgées et d'autres visiteurs, en plus du personnel ? Camille attendit, une deuxième explosion se fit entendre, ébranlant plus encore la vieille structure du magistère. Le bâtiment datait du haut moyen-âge, il avait survécu aux guerres en tout genre, il avait tenu bon, malgré les intempéries, malgré les bombardements, malgré le temps, et voilà qu'il était attaqué dans sa structure même. Des bruits d'éboulements, de roulements et de hurlements se firent entendre, mais Camille resta allongé. Mieux valait attendre, le temps d'être sûr qu'il n'y avait pas d'autres bombes. Il n'y en eut pas d'autres. Les yeux clos, il attendait, calme, décidé à ne pas mourir. Il pensait à Katerina, il voulait la revoir, il devait la revoir. Le sol trembla sous lui, la structure même du magistère était touchée. Camille refusait d'ouvrir les yeux. Le bureau dans lequel il se tenait reflétait le luxe du magistère, avec ces dorures, ses tableaux magnifiques, des meubles anciens et garnis. Il savait que, dès qu'il rouvrirait les yeux, tout cela serait évanoui à jamais.

Camille resta allongé encore quelques secondes, vérifia qu'il respirait, bougea lentement ses membres et s'assit sur le sol péniblement. Le sang lui battait aux oreilles et il se sentait nauséeux, en dehors de cela, il se portait à merveille. Il se savait chanceux. Le jeune homme regarda autour de lui. Deux des quatre murs du bureau étaient tombés, le mur extérieur ne tenait plus à grand-chose. Les vitres brisées jonchaient le sol. Le plafond s'était écroulé et Camille en était sorti sans la moindre blessure, comme par miracle. Le sol était couvert de gravats et de débris. Le silence glaça le rouquin. Cet abominable silence qui ne dura pas plus de quelques secondes sembla s'éterniser. Camille passa la langue sur les lèvres, elles étaient sèches et couvertes de poussières, mais il vivait. Il se remit debout. Hérald se tenait juste derrière lui avant l'explosion, à présent, sa place était couverte de morceaux de plafond en pierres sculptées, tandis que Maryse était assise sur le canapé en velours vert. À présent le mur de gauche n'existait plus, remplacé par un trou béant dans le sol. Camille s'approcha du trou avec précaution, tenant à éviter que le reste du sol ne s'effondre sur de pauvres malheureux en dessous. Il sentait que la journée s'éterniserait et qu'il n'arriverait pas à parler à Katerina aujourd'hui. Cette perceptive lui brisa le cœur.

Des cris émergeaient de toutes parts du magistère, mais Camille ne les écoutait pas. Pas encore, pas pour le moment. Il essayait d'entendre la voix de Maryse ou encore celle d'Hérald. Il espérait qu'ils s'en étaient sortis, de même qu'Estelle. Pourquoi avait-il fallu qu'elle parte aux toilettes juste avant que cette maudite explosion ne se produise ? « *Elle est certainement morte,* se surprit-il à penser. » Camille chassa cette pensée et se concentra sur ce qu'il avait à faire pour le moment.

Il y eut une troisième explosion, puis une autre encore et encore une autre, presque toutes produites en même temps, elles avaient moins d'intensité que les premières. Camille parvint à rester debout, il lui semblait que ces explosions n'avaient rien à voir avec les autres. Le magistère s'ébranla dans ses fondations. Le magistère tremblait, des morceaux de mur ou de plafond continuaient de tomber, de rouler ou de se détacher pour faire davantage de dégâts. Qu'était-ce donc ces petites explosions ? Il y en eut d'autres, puis quelqu'un cria : « *pas de magie* ». D'autres voix s'ajoutèrent à la sienne, se répercutant dans les murs détruits. Camille hurla la phrase sans la comprendre, pour que d'autres aient le message.

Au-dessus de lui, on répéta les mêmes mots encore et encore, jusqu'à ce qu'il n'y ait plus de petites explosions. Pas de magie ? Que signifiaient ces mots ? Camille cherchait encore à les comprendre lorsqu'il vit Maryse, allongée sur le sol de l'étage du dessous, un morceau de bois planté dans la jambe. Camille l'appela, Maryse n'ouvrit pas les yeux. Était-elle morte ? Camille appela plus fort. Derrière lui, un bruit se fit entendre, Hérald devait être vivant. Une tête apparue à l'étage du dessous. Une femme en tailleur avec des escarpins, dont l'une de ces jambes formait un angle étrange. Elle toussa à plusieurs reprises, couverte de poussière puis rampa jusqu'à Maryse.

« -Vous la connaissez ? demanda l'inconnue.

-Elle s'appelle Maryse. Essayez de voir si elle respire, conseilla Camille.

-Elle respire. Que dois-je faire ?

Camille n'en avait aucune idée, jamais de sa vie il n'avait pratiqué de magie de guérison ou même fait de secourisme. Il avait bien mis de la crème sur ses blessures couvertes des plaies avec de la gaze et du sparadrap, mais ses notions de médecins s'arrêtaient là. Il savait soigner une entorse, un nez qui saigne, un bleu, mais quant au reste, il en ignorait les usages. C'était Katerina qui s'y connaissait en soins magiques. Elle savait tout, sauf qu'elle n'aurait pas été utile ici, pas si la magie déclenchait de petites explosions.

-Restez près d'elle. Surtout, essayez de ne pas bouger. Et pas de magie. Parlez-lui, essayez de la réveiller.

La femme hocha la tête.

Camille se retourna, il appela Hérald cette fois. L'homme vivait, écrasé sous des morceaux de plafond qui lui compressaient le corps et l'étouffaient. Camille n'avait pas le choix, il devait faire quelque chose pour le sortir de là. Inutile d'aller chercher de l'aide, il n'en trouverait pas. Il s'accroupit et sous pesa l'une des plaques. Il était certain de pouvoir la bouger, mais serait-ce suffisant ? Il n'avait qu'un seul moyen de savoir. Il attrapa du mieux qu'il put la plaque à mains nues et se hissa sur ses jambes. Toutes ces années d'entraînement à soulever de la fonte finiraient-elles par porter ses fruits et être utiles ? Le père d'Estelle se trouvait bien là. Il vivait encore. Camille réussit à faire pivoter la pierre et la laissa s'écrouler sur le côté, dégageant ainsi l'homme. La plaque tomba en miettes lorsqu'elle tomba sur d'autres débris. Hérald bougea les membres lentement, vérifiant qu'il n'avait rien de cassé. Camille l'aida à se remettre debout. L'homme saignait d'une blessure à la tempe, pourtant ce n'était pas à lui qu'il pensait.

-Maryse ? s'enquit-il.

-Elle respire, elle est sonnée, dit le jeune homme. Et vous ?

Il y eut une nouvelle secousse et une détonation. Camille allait répéter qu'il ne fallait pas utiliser la magie, lorsqu'il vit un morceau du plafond se détacher. Sans réfléchir, il plongea pour protéger l'ambassadeur. La manœuvre était stupide, ils allaient certainement se retrouver tous les deux prisonniers sous une énorme plaque de pierre. Il y eut un bruit assourdissant autour de lui, Camille fut heurté par plusieurs petits débris. Lorsqu'il rouvrit les yeux, la plaque était tombée à quelques centimètres de leur tête. En heurtant les autres gravats, la pierre se fendit en plusieurs minuscules morceaux. Le magistère n'avait rien du bâtiment solide qu'il avait toujours cru.

-Y a quelqu'un en dessous ? demanda une voix par le trou de l'étage.

Une tête apparue au-dessus de Camille.

-J'ai besoin d'aide, dit Camille.

-J'arrive, dit l'homme.

Camille l'entendit appeler quelqu'un, puis des pleurs auxquels il n'avait pas encore fait attention, mais à sa décharge, on pleurait et hurlait partout dans les murs fracassés qu'il n'y faisait pas attention. En attendant l'homme, Camille retourna voir l'inconnue à la jambe cassée.

-Hey ! Madame.

Elle releva la tête, surprise de le voir là, elle regardait autour d'elle sans comprendre, en état de choc sûrement.

-Comment vous appelez-vous ?

-Célia, répondit-elle.

-Bien, Célia. Ça va aller, d'accord ? Essayez de parler à Maryse. Tout ira bien. Assura-t-il.

Il y eut encore une décharge et des débris roulèrent jusqu'à Maryse et Célia. Célia hurla, se protégea la tête de ses bras, tremblante et terrifiée, elle voulait partir. Camille hurla qu'il ne fallait utiliser la magie, on lui répondit, à croire que personne n'écoutait vraiment ce qu'il racontait. Au-dessus de Camille, on siffla. L'homme était revenu, mais il n'était pas seul. Une petite fille était à ses côtés.

-Tu vois le monsieur, il va t'attraper, là juste en bas, assura-t-il.

La fillette refusa. Elle ne voulait pas sauter, elle ne voulait pas partir. Elle serrait contre elle une peluche noire pleine de poussière, ses cheveux longs étaient nattés, et elle portait une petite robe bleue. Quel âge pouvait-elle avoir cette fillette ? Six ou huit ans ? Et pourtant, il semblait à Camille revoir Katerina à douze ans, le jour où il avait mis les pieds chez les Miller. « *Si je sors d'ici, je l'épouse, un vrai mariage avec tout le tralala, comme elle en rêvait*, se dit-il, alors qu'un frisson lui parcourait l'échine. »

-Allez viens. Tu ne crains rien. Tu sautes et je te rattrape, assura le jeune homme.

La fillette roula ses grands yeux bleus dans la direction de l'homme et hocha la tête.

-Puisqu'il te dit qu'il te rattrape.

Alors elle se mit debout contre le bord du trou béant et ferma les yeux. Camille l'attrapa au vol. Elle ne cria pas, ne pleura pas, mais serra très fort son chien en peluche contre elle, les yeux clos. Il lui assura qu'elle était très courageuse et la posa sur le sol. L'homme s'assit sur le bord du plafond effondré et sauta avant que Camille n'ait le temps de lui dire que c'était dangereux. L'homme atterrit sur ses fesses avec un bruit étouffé.

-J'ai toujours dit que je me cassais le cul au travail, rit le type, pour ne pas céder à la panique.

Camille lui tendit la main pour le relever, puis retourna en direction de l'étage inférieur. Maryse n'avait toujours pas repris connaissance et Célia bougeait le torse d'avant en arrière, les bras autour de la taille les yeux hagards.

-Elle s'en remettra, assura l'employé du magistère.

-Vous la connaissez ? demanda Camille.

-Non. Mais qu'importe on est dans le même bateau. Moi, c'est Hervé et la miss là-bas, c'est ma fille, Catherine. Une idée d'ma femme ça. Elle trouvait que la petite ressemblait à la petite Barthély. Un hommage qu'elle disait.

-Pourquoi elle ne le dit plus ? demanda Camille, étrangement de bonne humeur.

-Elle risque pu de dire grand-chose maintenant, répondit l'homme dans un murmure, les yeux levés en direction du plafond. Chut, ajouta-t-il avec un signe de tête en direction de sa fille.

Camille hocha la tête d'un air entendu. Hérald se tenait debout. Camille prit la main de l'enfant et décida qu'il était temps de partir pour venir en aide aux autres, et mettre la fillette et l'ambassadeur en sécurité.

Le couloir était jonché de débris ainsi que de plusieurs cadavres. Camille sut qu'ils étaient morts, il ignorait comment, mais il le savait. Il prit l'enfant dans ses bras et lui conseilla de ne pas regarder, puis il fit signe aux autres de le suivre. Le couloir n'était pas en trop mauvais état et semblait stable, mais Camille avança prudemment. L'escalier était à quelques mètres de là, accessible et pour ce qu'il en voyait, intact.

-Tu sais que je la connais, Katerina Barthély ? dit-il à la fillette, tout en se tournant pour voir si les autres suivaient.

-Ah bon ?

-Oui, je t'assure. C'est une de mes amies.

-Pour de vrai ?

-Vrai de vrai, assura-t-il.

Hérald tangua et Hervé eut du mal à le retenir. Camille alla les aider du mieux qu'il put.

-Tu sais quoi ? dit-il à la fillette. Elle n'est même pas aussi jolie que toi.

Elle rit. Elle riait encore lorsqu'une secousse ébranla encore une fois l'édifice. Le pied de Camille roula sur une pierre et il tomba la tête la première, il pivota sans trop s'en rendre compte et son dos accusa l'impact. Il sentit son dos racler les débris, et une longue balafre lui ouvrir la peau. Katerina aurait intérêt à le soigner. Il se releva, la fillette n'avait rien et lui non plus, ce qui l'étonna plus qu'il ne le laissa supposer.

-Que fait-on ? demanda Hervé. On monte ou on descend ?

-Mieux vaut descendre avant que tout nous tombe sur la tête, assura l'ambassadeur. Mais pas sans Maryse.

À la moitié de l'escalier, des marches manquaient, ainsi que la rampe. Camille sauta, récupéra Catherine, la déposa contre le mur, et avec l'aide d'Hervé, ils aidèrent Hérald à descendre. Hervé quant à lui retomba lourdement sur la dernière marche, se rattrapant de justesse.

-Hervé, emmenez-les dehors. Le plus loin possible du magistère, il doit y en avoir d'autres là-bas et reviens... si tu veux.

-Où tu vas p'tit ? demanda l'homme.

-Sauver du monde. »

Camille était au premier étage, il ignorait s'il devait remonter pour chercher les victimes des étages supérieurs ou sauver ceux qu'il pouvait sauver en bas. Il traversa le grand hall du premier étage et rencontra des hommes qui déblayaient le couloir complètement enseveli sous les gravats. Camille aida, organisa sans trop savoir comment le déblayage pouvait être utile, remarquant sans le comprendre où se trouvaient les failles et les fissures dans les murs, les pierres ou les briques ou le plâtre qu'il fallait retirer et ceux qu'il ne fallait pas toucher. Jamais il ne s'était senti aussi utile et efficace. Il avait soif, la poussière se collait à ses lèvres, entrait dans sa bouche et ses narines, ses mains s'entaillaient davantage à chaque pierre qu'il soulevait, mais ce n'était rien. On dégagea le couloir, on secourra une dizaine de personnes avant même d'avoir atteint les salles de réunions ou les bureaux. Camille resta et envoya d'autres hommes sortir les victimes. Il demanda à l'un d'eux d'aller chercher de l'eau, d'en trouver, il devait bien y avoir un moyen de trouver des bouteilles d'eau dans cette ville.

Camille retrouva Célia et Maryse dans l'une des salles de réunions. Célia avait la jambe cassée et refusait de bouger ou même de parler, elle restait là les yeux dans le vide, ondulant d'avant en arrière à la manière d'un métronome, les bras autour de son corps, elle ne voyait personne. Maryse s'était réveillée et la blessure à sa jambe n'était pas aussi grave que Camille l'avait pensé. Le morceau de bois n'avait pas traversé la jambe, mais on le laissa là le temps de là sortir de là. Célia fut elle aussi transportée sur une civière.

Plus loin, Camille trouva un autre groupe d'hommes et de femmes qui tentaient de se frayer un chemin à travers les décombres, la plupart étaient blessés, mais ils n'avaient subi aucune perte humaine dans l'espace où ils se trouvaient. Il devait bien y avoir une heure que la première explosion s'était fait entendre, peut-être plus, Camille ne savait pas sa montre s'était arrêtée, mais que faisait-on les secours ?

« -Les secours ? demanda un grand type aux cheveux longs. Les types étaient en bas ce matin.

-Comment ça en bas ?

-Entraînement aux évacuations d'urgences, dit l'homme aux cheveux longs. Au début, j'ai cru que c'était un exercice, il n'y avait que moi et quelques autres types au courant, ça devait être un putain d'entraînement... Ça n'en a pas l'air.

-Pourquoi ils ne sont pas remontés ? demanda Camille.

-Parce qu'ils sont en bas, je viens de vous le dire, s'époumona le type.

-L'une des bombes a fait exploser la verrière et maintenant, il n'y a pu rien là-bas qu'un trou béant intervint un autre.

-Un trou ? Et le grand escalier ? demanda Camille.

-Ah bah mon gars, y'a pu de grand escalier, dit le premier.

Camille regarda ses deux compagnons sans comprendre. Si les secours se trouvaient coincés en bas, ou morts, alors qui viendrait les aider ? Hervé était revenu avec des bouteilles d'eau et des hommes valides, des médecins aussi qui sauraient quoi faire devant les blessés. Camille se demanda s'il pourrait à le faire sans l'aide de la magie.

-L'école est au courant, lança Hervé. Ils nous envoient du renfort. Qu'est-ce qu'on fait, chef ?

Chef ? Était-ce lui que l'on appelait chef ? Camille regarda autour de lui, n'y avait-il pas moins de cris que plutôt ? Et qu'elle était cette odeur étrange ? Les autres ne la sentaient-ils pas ?

-Incendie, dit-il, machinalement.

-Quoi incendie ? demanda le type aux cheveux longs.

-Le magistère brûle, lança Camille, avant de s'élancer en direction de l'ancien grand escalier.

Il en avait la certitude. Une certitude effrayante et prenante. Il n'avait pourtant aucun talent pour la divination, et ses facultés d'intuition n'étaient pas des plus développées. Peu de temps après sa révélation, des cris s'élevèrent des sous-sols. On hurlait « au feu ». On implorait de l'aide. Camille s'arrêta net devant un trou béant constellé de morceaux de verres acérés, tombés de la verrière qui pour l'heure n'existait plus. Les autres l'avaient rejoint.

-Hervé, va chercher des cordes, des civières et des poulies, dit Camille. Tout ce qui peut servir à remonter et déplacer des gens. Toi, dit-il à l'homme aux cheveux longs. Quand les secours seront là, tu envoies la moitié en haut, au dernier étage, tu leur dis de descendre ceux des étages, d'abord le dernier, puis en descendant, que ceux valides les aident. Quant à l'autre moitié, tu me l'envoies.

Hervé était déjà parti, l'homme aux cheveux longs en fit autant.

-Et nous ? demanda un des médecins.

Camille se frotta le front.

-Allez soigner ceux qui ne peuvent pas attendre, mais dehors. Les autres, envoyez-les ailleurs. Il faudrait que quelqu'un fasse un plan, indique les zones évacuées et celles détruites. Connaître les dégâts. Essayez de savoir aussi qui était où, avec qui, qui il peut manquer. Faire des listes, avec des noms.

-Je m'en charge.

Camille ne vit pas qui avait parlé, mais cela ne faisait aucune importance. Il fallait secourir les gens, rien ne comptait plus en cet instant.

-Que quelqu'un trouve les magistrats ! Et surtout, aucune magie dans l'enceinte du magistère.

-Comment ça aucune magie ? demanda l'un des secouristes. Comment vous voulez qu'on soigne les blessés sans magie ?

-Comme des humains. Si vous en êtes incapables, faites venir ceux qui savent le faire et allez soigner les blessés à l'hôpital. À l'école de magie, ce serait mieux. Il y aurait plus de place.

On hocha la tête autour de lui et on murmura, des hommes partirent promettant de ramener untel ou unetelle. Camille évalua sa situation. Il espérait qu'Hervé reviendrait au plus vite. Il lui fallait une corde pour descendre voir ce qu'il se passait en bas. Le temps qu'il donne des ordres, la chaleur des flammes se faisait sentir. Il devait trouver le moyen de descendre, un chemin peut être plus sûr que les autres, mais tout lui parut dangereusement instable. Peut-être pouvait-il appeler, savoir combien il restait de gens en bas, combien de blessés et de vivants, et aviser. Le jeune homme se retourna et demanda un plan à l'un des hommes qui étaient restés près de lui. Il devait bien y avoir un plan accroché au mur quelque part et qui soit encore en bon état.

-Quelqu'un n'entend en bas ? hurla Camille.

Camille répéta sa question plus fort, puis il ordonna de répondre. Des bruits de pas se firent entendre, et tout en bas, d'un trou obscur, Camille vit s'agiter des lumières frontales.

-On est là ! On est là ! Pas la peine de gueuler comme ça ! maugréa le type.

-Qui êtes-vous ? demanda Camille, en direction des trois lampes frontales qu'il distinguait à des mètres de là.

-Le chef des pompiers, répondit l'un des hommes. Y'a aussi Rufus, le second de la police magique et un des magistrats.

-Lequel ? interrogea Camille.

-Camille, c'est toi ? Camille, qu'est-ce qu'il s'est passé ? C'était quoi ces explosions ?

-Anatole ?

Camille était presque heureux de le savoir en vie, mais coincé dans les entrailles du magistère ce n'était pas cela qui l'arrangeait le mieux. Camille s'étonna qu'Anatole soit encore magistrat et qu'il se trouve là. Il lui semblait qu'Anatole était parti pour lever une armée secrète. Ce n'était pas le moment d'y penser. Hervé était revenu avec des cordes et des jeunes.

-Vous êtes combien en bas ?

-Chez les pompiers : quarante-huit en état ! Douze morts et vingt-six blessés, répondit le premier homme.

-Tant que ça ?

-Y a tous les pompiers sorciers du pays, ici, dit le chef de la police. Plus cinquante-cinq policiers, cinquante morts et quinze blessés.

Camille se surprit à penser qu'il y avait étonnement plus de morts chez les policiers que chez les pompiers. Les pompiers avaient toujours été du côté d'Anatole, les policiers bien moins du côté des magistrats. « *Arrête ça n'a rien à voir. Ça ne peut pas avoir un rapport,* se força-t-il à penser. *Anatole n'aurait jamais posé de bombe dans le magistère.* »

-On a besoin d'eau, de pansements et de lumière pour l'instant, dit le chef des pompiers.

-On a des cordes, on peut vous remonter, informa le rouquin. On peut vous remonter.

-Je ne laisse pas mes gars en bas, gamin !

-Les miens non plus ! rétorqua le nouveau chef de la police.

-On a des blessés civils, la moitié des tunnels se sont effondrés, dit le chef des pompiers. Envoyez-nous du matos qu'on répare ça !

-Du matos ? Mais la moitié du magistère est en ruine. On ne peut pas utiliser de magie.

-On sait ça, gamin ! rétorqua le chef des pompiers. Envoyez ce qu'il faut.

-Anatole ?

-Tu te débrouilles bien ! Gère la crise, Camille. Tu sais comment il faut faire.

-Vous allez laisser un Dellait gérer ça ? demanda l'un des deux hommes en compagnie d'Anatole.

À l'évidence, Camille n'aurait pas dû entendre. Camille devait faire ses preuves, c'était une chance, mais s'il devait le faire ce n'était pas pour lui, mais pour tous ces gens.

-D'accord, Hervé va s'occuper de vous ! Il vous faut des médecins.

-Non, gamin ! On sait y faire mieux que ces cons !

Camille ne releva pas l'insulte, il avait mieux à faire. Il se tourna alors vers Hervé, lui demanda si Hérald, Maryse et la petite étaient en sécurité. L'homme répondit qu'aucun d'eux ne désirait aller à l'école pour se faire soigner, mais qu'ils allaient bien, on s'était occupé d'eux.

-Très bien, alors vois ce que tu peux faire pour eux, dit Camille avec un signe de tête en direction des sous-sols.

-Où tu vas, petit ?

-Trouvez des pompiers, répondit-il.

-Tes pompiers sont tous en bas, dit Hervé.

Camille ne prit pas la peine de répondre. Les pompiers-sorciers du pays peut-être, mais pas tous ceux du monde entier. Il y avait des pompiers non sorciers, également des pompiers dans d'autres pays. Il lui fallait du papier à en-tête du magister, un stylo et des enveloppes. Camille entra dans le premier bureau qu'il vit, fouilla dans les tiroirs d'un petit bureau branlant et trouva ce qu'il cherchait. Il lui aurait fallu des en-têtes différents pour les courriers internationaux, les circonstances restaient exceptionnelles. Il rédigea un premier message rapide, il ne disait rien d'autre que ce qu'il fallait savoir : le magistère français avait explosé, il fallait des pompiers, des secouristes et des médecins en urgence, et que le chef des opérations était Camille Dellait. Il informa que l'hôpital se trouvait au Coven. Il signa, plia le papier, puis le mit dans une enveloppe. Il inscrit sur l'enveloppe « *Urgent* » et « *faites passer* ». Puis il prit un autre papier, expliqua encore une fois que le magistère avait été attaqué, qu'il fallait de l'aide de toute urgence. Camille signa de son nom et sortit de la pièce. Il confia les deux messages à une femme en blouse blanche. Le papier dans l'enveloppe devait être envoyé à tous les magistères des pays voisins, quant à l'autre, elle devait le donner au journal des sorciers le plus vite possible. La femme sembla plus que ravie d'échapper aux décombres et à la mort.

Puisqu'une équipe était partie s'occuper des étages supérieurs, Camille récupéra une partie de l'équipe qui se dirigeait vers les pompiers et s'élança dans la partie ouest du premier étage. La moitié du couloir était inaccessible. Camille reconnut certains élèves du Coven.

-On a retrouvé les élèves de Madame Herbras ? Ma sœur était avec eux, dit l'un des garçons.

-Et ceux de Justine aussi étaient là, dit une fille.

-Ils faisaient une visite ? s'étrangla Camille.

-Il était à trois classes, je crois. C'est la sortie annuelle. Margot était avec ses sœurs, elles ont trois ans, les jumelles, ajouta un autre garçon.

Camille se souvenait d'avoir visité le magistère lui aussi lorsqu'il était enfant. Quel âge avait-il à l'époque ? Quatre ou cinq ans ? C'était ce jour-là qu'il s'était décidé à devenir magistrat. Il fallait les retrouver. De si jeunes enfants perdus au beau milieu de ce carnage. Camille ordonna que l'on déblaye le couloir, et il courut voir Anatole. Anatole saurait sûrement où les enfants pouvaient se trouver. Hervé coordonnait les opérations, envoyait des marteaux, des bouteilles d'eau, des pansements et des sceaux en bas. Camille le trouva des plus efficaces et se félicita de l'avoir désigné pour ce travail.

-Anatole est là ? demanda Camille, à bout de souffle après avoir couru et évité les obstacles.

On demanda le magistrat, le temps que Camille arrive jusqu'au bord du précipice.

-Madame Herbras faisait visiter le magistère aujourd'hui, dit Camille. Où est-ce qu'ils peuvent être ?

-Quoi ? s'écria le second magistrat.

Camille répéta sa question, mais Anatole lui assura avoir compris la première fois. Il s'étonnait qu'une classe soit venue au magistère.

-On devait faire les entraînements d'urgence, répondit Anatole. Jamais l'école n'est autorisée à venir ces jours-là. Tu te trompes Camille. C'est impossible.

-Non, Anatole. Les élèves du Coven sont formels. La classe de Madame Herbras est partie ce matin pour le magistère. Ma montre s'est arrêtée à dix heures. Qu'est-ce qu'ils pouvaient visiter à dix heures ?

Il y eut un silence lugubre. Quelque part dans le magistère, il y avait des flammes. Camille les sentait, il en sentait la chaleur, mais plus personne ne semblait s'en soucier.

-Camille, il va nous falloir plus de lumière, des grosses lampes comme sur les chantiers des mortels. Tu vois de quoi je parle ?

-Parfaitement, répondit le jeune homme. Anatole... est-ce qu'il y a encore une chance ?

-Fais vite. Je vais prévenir les autres.

Lorsque Camille se retourna, Hervé avait déjà donné des ordres : envoyer chercher plus de cordes, plus de pics et de lampes. L'homme que Camille avait aidé était pâle.

-Je me demandais bien ce qu'elle faisait là, avec sa mère, marmonna Hervé. Elles venaient d'arriver quand... boum. Tu crois qu'ils étaient tous...

-Ouais.

-Putain de merde, lâcha Hervé. Y'a encore une chance ? C'était que des mômes, des trucs tout petits. Ça tient dans pas grand-chose à cet âge. Les élèves d'Herbras ont quoi, cinq ans, six ans ?

-Ils étaient trois classes, les plus jeunes.

-Un véritable attentat, alors. Ceux qui ont fait le coup devaient le savoir, non ? Si les gamins étaient dans l'escalier et que la bombe était elle aussi dans l'escalier...

-Peut-être l'un des enfants avait l'une des bombes sur lui, acheva Camille. C'est trop long, décréta le jeune homme, impatient.

Il avait vu trop de petits corps allongés, les yeux ouverts, le corps raidi, lors de l'attaque du coven. Il ne voulait plus revivre cela. Camille se baissa, prit l'une des cordes sur le sol et la noua autour de sa taille. Il devait faire les recherches lui-même.

-Tu es fou, petit. Tu vas te tuer, assura Hervé.

-Bah, mieux vaut que ce soit moi plutôt que vous.

Camille attacha le bout de sa corde à un pic enfoncé dans le sol que l'on avait mis là pour coulisser le matériel demandé par les pompiers. Jamais Camille n'avait fait de l'escalade ou de l'alpinisme, mais ce ne devait pas être aussi compliqué que cela en avait l'air.

-Y'a du verre partout ! dit Hervé. Ta corde, si elle lâche...

-Booum. Comme tu le dis si bien, rit le rouquin.

Camille amorça sa descente, moins rassuré qu'il n'essayait de le montrer. Le moindre faux mouvement et il tomberait sans que rien ne puisse l'empêcher. Il n'était pas alpiniste, il ne connaissait rien à l'escalade, et sans l'aide de la magie, le monde semblait étrangement dangereux. « *Fais confiance à ta magie,* se dit-il. » Katerina lui répétait toujours qu'il fallait faire confiance à la magie et avoir la foi en la grande Déesse. S'il n'avait pas la foi aujourd'hui, il ne l'aurait jamais.

Des pierres roulèrent sous ses pieds et il manqua bien de se retrouver aplati sur le sol avant même d'avoir descendu un mètre. Cela ne devait pas arriver. Camille posa une main sur le tas de décombres, le tout restait d'éviter les éclats de verre. Les pierres et le marbre de l'escalier et le bois de chêne étaient solides, tout du moins d'après les premières constatations de Camille. Le seul avantage c'est qu'il ne voyait pas le fond, ce n'était qu'un gouffre béant qui l'empêcher d'avoir le vertige. Le soleil était haut dans le ciel, Camille pouvait voir le soleil à travers le plafond ouvert. Plus il descendait, plus la chaleur se faisait sentir. Un feu dévorait les entrailles du magistère, sûrement à l'endroit même où l'une des bombes avait explosé.

-Tout va bien ? demanda Hervé.

Anatole lui répondit que tout allait bien, le magistrat ne comprenait pas pourquoi on lui posait la question. Camille aurait préféré qu'Anatole ne soit pas au courant de ce qu'il manigançait. Anatole lui dirait qu'il était fou. « *Mais qu'est-ce qu'il fait là ?* se demanda-t-il, pour la énième fois. *Le grand maître de la lumière a dit qu'Anatole était un ennemi.* » Il s'en souvenait, maintenant. Le maître de la lumière avait assuré que tous les anciens magistrats avaient dû quitter leur poste.

-Pas vous ! répliqua Hervé. Le petit escalade l'escalier.

-Il va se tuer ! hurla le chef des pompiers.

Camille trouva cela fort encourageant et le motiva à faire de son mieux pour ne pas mourir. Il penserait plus tard à Anatole et aux morts policiers.

-Remonte immédiatement, Camille ! Je ne plaisante pas, s'époumona Anatole. Si tu meurs, qui gouvernera ce pays, imbécile ? Il ne reste plus que toi, moi et le vieux Dominique.

-Vous avez oublié Julien, pouffa Camille, alors que son pied droit manqua sa prise et qu'il dut se hisser à la force des doigts sur une marche qui se trouvait là.

-Julien est mort.

Julien Drive avait été l'assistant d'Anatole. Camille se demanda quel poste il occupait avant sa mort. Quant au vieux Dominique, il se positionnait comme président du conseil de l'ordre, un poste qui ne servait pas à grand-chose, en dehors d'accepter les lois ou de les refuser. Le conseil de l'ordre se rangeait toujours du côté du premier ou de la première magistrate. À présent qu'il y avait un grand maître de la lumière, Camille s'interrogea sur l'utilité d'un conseil de l'ordre.

-Cet abruti s'est fait décapiter par un morceau de verre, ajouta le pompier, en parlant de Julien Drive.

Comme si Camille avait besoin d'entendre cela. Il risquait déjà bien assez sa vie comme cela pour ne pas en plus s'imaginer finir décapité.

-Remonte, Camille. Ne va pas te faire tuer, insista Anatole.

Camille rencontra un trou plus large que les autres sur son passage. Il le contourna par la droite pour s'assurer de son étendu, peut-être le feu se consumait-il à cet endroit, il devait savoir. Camille entendit des voix au-dessus de lui, mais il ne les entendait pas assez clairement pour les comprendre. Tout ce qu'il avait en tête, c'était ce trou dans l'escalier. Était-il assez grand pour que des gens puissent y être abrités ? Il devait savoir.

-Camille, si tu ne remontes, je fais chercher Katerina.

Camille esquissa un sourire. Que pourrait bien faire Katerina ici ? Lui hurler de remonter, qu'il serait un excellent magistrat, mais que non, l'escalade ne faisait pas partie de ses compétences.

-Dites, intervint Hervé. C'est si important que ça que le vieux Barthély ait fait envoyer huit toubibs, un bataillon de secouristes et de lanciers ?

Camille manqua de lâcher prise. Lavrenty Barthély venait d'envoyer des secours, c'était presque la fin du monde. En d'autres circonstances, Camille aurait littéralement sauté de joie, mais pour l'heure, il tâchait d'essayer de voir où il posait les pieds avec le peu de lumière qui lui parvenait.

-C'est la plus grande nouvelle de tous les temps ! assura Anatole, hilare. Tellement bonne que je suis presque heureux que le magistère ait explosé.

-L'Angleterre et la Belgique nous envoient des renforts dès que possible, mais il faut que l'on fasse avec ce que l'on a d'ici là, informa Hervé. Petit, t'es toujours là ?

Camille se débattait avec deux morceaux de débris qui avaient encerclé son pied droit. Impossible de le décoincer, et pourtant il tirait de toutes ses forces.

-Camille ? Camille ?

-Je suis coincé, tout va bien.

-Tout ne va pas bien, maugréa Anatole.

Il allait faire appeler Katerina si Camille ne se dépêchait de remonter, le jeune homme le pressentait. Alors, Camille fit la seule chose qu'il avait à faire : il s'agrippa avec les mains et de son pied gauche, il ôta sa chaussure. Lorsqu'il posa le pied droit à côté de la chaussure, il crut défaillir. Un morceau de verre venait de se planter au beau milieu de sa voûte plantaire, et s'il ne hurla pas, c'était simplement parce que des larmes roulaient sur ses joues. Il hésita à remonter en quatrième vitesse, sortir de là et aller chercher Katerina. Il résista à la tentation, il était un homme et les hommes ne courent pas chercher les petites filles pour qu'elles les soignent. Camille continua de descendre, lentement, jusqu'à la crevasse. Maintenant qu'il s'y trouvait, il posa les pieds à l'intérieur, le trou était assez grand pour qu'il s'y tienne debout, penché en avant, mais debout. La chaleur n'était pas insupportable, mais significative d'un brasier.

-Il y a un incendie dans la structure, annonça-t-il, confirmant ses craintes.

-Partez ! ordonna le chef des pompiers. C'est du suicide.

-Il y a une crevasse. Je vais voir. »

Camille avança, la crevasse était assez haute, mais plus étroite qu'il ne l'aurait imaginé. Il regretta de ne pas avoir pris une lampe avec lui, ainsi en demanda-t-il une à Hervé. Lorsqu'il reçut la corde avec une lampe, il se sentit subitement en danger. Plus exactement, il prit conscience du danger et de sa propre vulnérabilité. Il avait réussi à survivre jusqu'ici sans trop d'encombres, mais une autre secousse et il pourrait très bien finir enseveli vivant. Pourtant, il ne recula pas, ce n'était pas le moment de renoncer. Un jour, il deviendrait magistrat et l'on vanterait son courage, son abnégation et les vies qu'il aurait sauvées, un quatre juin, dans les entrailles mêmes du magistère. Il se raccrocha à cette idée, parce qu'il savait que Katerina, si elle avait été là, lui aurait parlé ainsi. Il n'entendait pas un bruit ou peut-être en entendit-il tellement depuis le début qu'il avait fini par s'y habituer et n'entendait-il pu rien. Camille avança d'un pas, puis d'un second avec lenteur et précaution, tendant l'oreille, ouvrant les yeux et s'habituant peu à peu à l'obscurité. Puis il discerna quelque chose dans les ténèbres. Une forme petite et humaine. Les yeux clos, la silhouette était recroquevillée en position fœtale, c'était un petit garçon, un bambin, assoupi peut-être, mort sûrement. Camille s'agenouilla et le toucha, sa peau était chaude, mais cela ne signifiait rien. Son pantalon était mouillé à l'entrejambe. Camille lui caressa le visage, le petit ouvrit les yeux.

« -J'ai fait pipi dans ma culotte, sanglota l'enfant.

Camille l'embrassa sur le front et lui jura que ce n'était pas grave. Cela ne suffit pas à le consoler. Camille trouva extraordinaire que l'on n'ait pas peur d'être enseveli vivant. Il se demanda s'il en avait seulement conscient.

-Tu es tout seul ? interrogea le rouquin.

-Non, Julie elle est là-bas, indiqua le garçonnet, le doigt pointé en direction d'un trou beaucoup plus étroit.

-Qui est Julie ? interrogea Camille. Ta copine ?

-Non, c'est la maîtresse. Elle m'a dit d'être sage et d'attendre, parce qu'il y a un trou. J'ai peur de tomber dans le trou. J'étais derrière. La maîtresse était pas contente que je sois derrière.

Camille laissa l'enfant et essaya de passer. L'espace était bien trop étroit pour lui, alors il revint vers l'enfant, et tous les deux, ils se dirigèrent vers la sortie. Camille demanda à Hervé de faire descendre quelqu'un, il n'eut pas besoin d'attendre. Une silhouette équipée d'une lampe frontale apparue devant lui.

-On dit que c'est toi le chef ici, lança une voix familière.

Camille leva les yeux. Juste au-dessus de lui une silhouette qu'il connaissait bien descendait la paroi. Il y avait bien longtemps que Camille n'avait pas vu Guillaume et il avait complètement oublié la passion de Guillaume pour l'escalade.

-C'est bien moi, répondit Camille, presque trop fier de lui.

-Alors qu'est-ce qu'un chef fout dans un trou ?

-Je dois être fou. Mais toi, il va falloir que tu remontes.

Guillaume arriva à sa hauteur et ne parut pas se satisfaire de cet accueil. Il semblait peu enclin à remonter si vite.

-Il faut que tu remontes ce petit bonhomme.

Guillaume esquissa un sourire en direction de l'enfant. Guillaume était bien mieux équipé que Camille, pourtant, il semblait prudent. Camille le vit regarder en direction du plafond avec appréhension.

-C'est qu'il est plutôt grand ce bonhomme, dit Guillaume, en prenant l'enfant dans ses bras.

-Tu peux le faire ? Tu es sur ? s'enquit Camille.

-Ne t'en fais pas, j'escaladais des montagnes quand j'étais pas plus haut que celui-là. Mais toi, ne t'amuse pas à essayer de remonter tout seul, tu as eu une veine de cocu pour descendre, mais tu ne remonteras pas comme ça. Si tu meurs, elle ne s'en remettra jamais, ajouta-t-il.

Camille hocha la tête. Qu'importe, c'était son jour de chance, à l'évidence. Il avait échappé plusieurs fois à la mort et il y réchapperait peut-être encore. L'enfant confié à Guillaume, Camille retourna dans le fond de la cavité. Il se faufila au maximum et appela. Rien, il avança encore un peu, entendit sa veste se déchirer, mais continua d'avancer encore un peu, espérant ne pas rester coincé.

-Il y a quelqu'un ? Entendit-il appeler. Samuel, c'est toi ?

-Qui est Samuel ? demanda Camille.

-Un de mes élèves, un petit garçon blond, il ne répondait pas.

-Il va bien, on le remonte. Je suis Camille Dellait. Vous êtes seule ?

-Non. On est dans une poche d'air, on est huit. Six enfants et deux adultes. J'ai essayé de passer, mais...

-Les petits peuvent s'y glisser, assura Camille. »

Camille aida les élèves à se frayer un chemin jusqu'à lui. À chaque aller-retour, Guillaume descendait du matériel pour que Camille agrandisse et sécurise la poche d'air, puis il remontait avec un enfant dans les bras.

Camille avait fini par perdre sa seconde chaussure, il ne savait plus où ni comment. Il avait aussi abandonné sa veste quelque part, remonté les manches de sa chemise, perdu deux boutons, troué son pantalon aux genoux. Il s'était égratigné les bras, les pieds, et il était couvert de poussière. Il avait l'impression d'étouffer tant ses poumons étaient emplis de poussière et de suie, mais il avait échappé à la mort plus d'une fois. L'incendie qui couvait au cœur des décombres de l'escalier avait pris et s'était propagé dans les étages, on tentait de le maîtriser depuis des heures déjà, mais en vain. Tous ceux qui avaient pu être évacués l'avaient été. En bas, les hommes consolidaient les fondations, mais c'était en vain Camille leur avait ordonné de remonter. Mais l'incendie rendait l'ascension périlleuse. Guillaume avait fait venir des amis à lui, des types bien plus habitués à la neige qu'aux incendies, mais qui avaient l'expérience de l'escalade.

Camille n'avait pas pu sauver tous les enfants dans la poche d'air, il s'en voulait, mais qu'aurait-il pu faire lorsque tout s'est effondré ? Il avait appelé, mais en vain, et puis l'incendie avait véritablement commencé à se propager dans les instants qui suivirent, et il avait fallu remonter. Les secours envoyés par les autres pays mirent deux heures pour arriver, il ne restait plus dans l'édifice que les plus graves blessés, ceux coincés dans les décombres et que l'on ne pouvait bouger que difficilement. C'était long et épuisant, Camille était partout et nulle part à la fois. Tous venaient près de lui chercher conseils et emplois. Qui pouvait faire quoi ? Comment aurait-il pu savoir ? Parfois il doutait, si tout s'effondrait sur les blessés, que dirait-on ? Qu'il s'était trompé, qu'il avait mal fait les choses et toute la responsabilité retomberait sur lui. Ces pensées ne faisaient que le conforter dans l'idée qu'il fallait se dépêcher et sauver le plus de monde possible avant qu'il ne reste rien du magistère.

Il avait cherché Estelle, il avait essayé de la reconnaître dans les traits de chaque personne qu'il avait vu passer. Jamais il n'avait demandé si on l'avait vu, il ne voulait pas que l'on croie qu'il s'inquiétait plus pour sa fiancée que pour les autres, parce que tel n'était pas le cas. Il souhaitait retrouver Estelle en vie. Ou espérait qu'elle soit sortie de là depuis longtemps, mais il désirait plus encore que chaque sorcier et sorcière encore vivants soient secourus et sauvés.

Camille avait eu le plan qu'il désirait du magister. C'était plus simple de dire qu'il ne restait rien, des morceaux de couloirs, des morceaux de salle à droite et à gauche. Il fallait parfois sauter d'un étage à l'autre, utiliser des cordes, des poulies et des échelles. On faisait descendre les brancards avec l'aide de cordes, ce n'était ni sécurisant ni rapide, il n'y avait pas d'autre solution. Chaque fois que quelqu'un se servait de la magie, le magistère s'ébranlait, le sol tremblait, les fissures devenaient plus profondes et le feu prenait davantage de terrain. Il avait fallu expliquer longuement aux étrangers qu'ils ne devaient pas se servir de la magie, Camille regretta amèrement de ne pas en avoir parlé plus tôt. Il regretta aussi de ne pas avoir demandé de l'aide aux humains, mais il lui semblait impossible de se le permettre. Lavrenty Barthély avait aussi envoyé trois Russes, des grands types aux cheveux longs et demandé aux dragonniers s'ils voulaient aider. Camille avait croisé Charles au détour d'un couloir qui le lui avait expliqué en quelques mots. Jamais Camille n'aurait cru Lavrenty Barthély capable d'une telle générosité. Il y voyait un semblant d'espoir pour le futur. À moins que Lavrenty n'ait envoyé ses hommes que pour s'assurer que Katerina n'était pas morte ou en danger. C'était possible et même plus que probable.

Dans le dédale de couloirs, il croisa de nouveau Guillaume. Il semblait revenir du magistère. Alcidie n'était pas là, elle était restée au coven pour aider les blessés. Camille attrapa son ami par le bras. Il avait besoin de savoir comment allait Katerina. Il lui fallait une bonne nouvelle, sans quoi il n'aurait pas le courage de continuer.

« -Écoute, lui répliqua Guillaume. Ce n'est pas mes affaires. On a toujours été plus ou moins amis, toi et moi, pas vrai ?

Camille ne savait que répondre. Plus ou moins était ce qu'il y avait de plus juste. Ils s'entendaient bien, voilà tout. Camille n'avait jamais eu d'amis proches. Camille ne comprenait pas pourquoi tout le monde lui répondait qu'ils ne voulaient pas se mouiller et que les histoires entre lui et Katerina ne les regardaient pas.

-Tu sais, c'est vraiment nul ce que tu as fait. Être parti comme ça, l'avoir abandonnée et tout. On n'abandonne pas les gens que l'on aime. Je veux dire, il y avait sûrement une autre solution qui vous aurez convenue à tous les deux. Tu vois ce que je veux dire ?

Camille ne voyait pas de quoi Guillaume voulait parler. Le sorcier ne paraissait pas vouloir en dire plus. Seulement, il se contenta d'expliquer à Camille qu'il avait mal agi, qu'il aurait dû être plus raisonnable et moins terrifié. Camille ne se sentait pas terrifié.

-J'espère que ça s'arrangera, dit Guillaume. J'espère vraiment pour elle. »

Guillaume s'éloigna à grands pas. Camille écarquilla les yeux et tourna les talons. Il avait mieux à faire que de tenter de comprendre les paroles sibyllines de ses amis.

De longues heures passèrent avant que Camille ne trouve une paire de chaussures à sa taille, il en avait assez de marcher pieds nus, de retirer des morceaux de verre et des cloques. Ce fut la seule fois où il sortit à l'extérieur du bâtiment en ruine. Il permit à un médecin de le soigner. Il y avait peu de gens dehors. Les blessés et les morts étaient directement envoyés à l'école, sauf ceux dont il fallait stabiliser l'état avant le transport. Sur un banc, Camille vit les parents d'Estelle en compagnie de la petite Catherine. Ils vinrent le voir, émus et larmoyants. Catherine glissa sa petite main dans celle de Camille, le temps qu'on le panse.

« -Estelle n'est pas sortie, informa Hérald. Ni vivante ni morte.

-Elle est encore là-dedans, renifla la mère.

-Je fais tout ce que je peux, assura Camille.

-Personne n'en doute, répondit le médecin.

Camille doutait d'en faire assez. Plus les heures passaient, plus il devenait impossible de retrouver des gens vivants, de les sauver, de contenir l'incendie et d'éviter que tout ne s'écroule sur les derniers coincés dans les décombres. Les pompiers et les policiers étaient remontés, on avait laissé les cadavres au fond du trou béant. Camille détestait cette idée. Sauf qu'il n'y avait aucune autre alternative, les vivants obtenaient la priorité sur les morts.

Le jeune homme écourta la conservation et s'enfuit dès qu'il eut chaussé la paire de rangers, sûrement empruntée sur un cadavre. Jamais il n'avait marché avec de telles chaussures, et il détesta aussitôt l'inconfort des bottes trop lourdes et rigides. Catherine le rattrapa et glissa sa petite main dans la sienne. Elle l'obligea à descendre à sa hauteur, Camille dû s'accroupir devant l'enfant. Elle paraissait grave et solennelle, presque autant qu'aurait pu l'être Katerina elle-même en pareil instant. Catherine se jeta à son cou et l'embrassa sur la joue.

-Tu prends soin de mon papa ? demanda l'enfant.

-Bien sûr, promit Camille, alors qu'il n'avait pas vu Hervé depuis un moment.

-Ma maman, elle ne va pas revenir, dit-elle, comme si elle comprenait l'horreur de la situation.

Camille ne sut que lui répondre. Il lui caressa les cheveux avec douceur. Elle ne semblait pas triste, pas encore. Il lui faudrait du temps pour admettre que sa mère était morte ou pour réaliser que vraiment, elle ne reviendrait jamais à la maison.

-Tu veux que je te confie un secret ? demanda-t-il à la fillette qui hocha la tête. Katerina, c'est ma femme. Dès que l'on sera à l'école, je te la présenterai. On va faire un grand mariage, bientôt, et tu seras notre demoiselle d'honneur. Ça te dirait ?

-Pour de vrai ? interrogea Catherine.

-Pour de vrai.

-Et j'aurais une belle robe ? demanda la fillette.

-La plus belle qui soit ! assura Camille. Maintenant, retourne avec Maryse, d'accord ? Sois sage et ne t'inquiète pas. »

Catherine hocha la tête et s'enfuit à toutes jambes. Camille retourna à l'intérieur, se demandant pour combien de temps encore il en aurait. La nuit allait tomber, il faudrait encore des lampes, trouver de quoi manger pour les secouristes, peut-être même organiser des lits à l'école pour que les hommes puissent se reposer, des douches et du change aussi, il fallait y penser. Anatole, pendant ce temps, paradait devant les journalistes, allait et venait d'un pays à l'autre pour obtenir davantage de soutien. Il se chargea de l'enquête avec des policiers, il se chargea également de faire la liste des victimes et des disparus, et mit en place un système d'information pour les familles. Camille ne lui envia pas sa place le moins du monde. Bientôt, il le savait, il faudrait renoncer, mais on n'en était pas encore là.

Chapitre 25 : Katerina

Les blessés arrivaient en nombre depuis ce matin, bien que depuis trois heures déjà, le flux s'était clarifié. Les secouristes ne ramenaient plus que des cadavres, calcinés ou écrasés, presque plus reconnaissables, qu'ils entreposaient dans la salle de bal du coven, aménagée en morgue réfrigérée pour l'occasion. Katerina avait proposé son aide, ses méthodes n'étaient pas des plus orthodoxes sauf qu'elles étaient efficaces. Plusieurs médecins lui avaient offert de rejoindre leur rang une fois la journée terminée, Katerina avait décliné leur offre. Non, l'argent et la gloire ne l'intéressaient pas, ce qu'elle voulait, c'était étudier la magie noire et se rendre utile. Les malades la remerciaient. À chaque fois, elle prenait soin de noter le nom des blessés, le nom de membres de leur famille qui s'étaient trouvés au magistère. C'était elle qui avait eu l'idée de noter tous les noms des blessés sur une feuille à l'entrée de chacune des salles, pour que les familles n'entrent pas, découvrant l'horreur et le carnage laissés par l'explosion. Elle avait cru comprendre que le magistère était en ruine, que ce qui n'avait pas été détruit par la déflagration était en proie aux flammes, qu'il était difficile de les contenir. Ceux qui avaient la force de parler racontaient comment ils étaient sortis des décombres, ou comment on les en avait extirpés à la force des bras ou de la magie. « *Il vaut mieux éviter d'utiliser la magie là-bas.* », lui murmura une femme, dont le corps était criblé de morceaux de verres. Katerina voulait lui demander pourquoi, mais elle n'en eut pas l'occasion, d'autres avaient besoin qu'elle les soigne. Parfois, sur son passage, elle entendait des bribes de conversations : « horrible » ; « atroce » ; « mon voisin de bureau... mort, j'ai eu de la chance » ou d'autres plus heureux « ah, vous aussi...oui, il n'a pas peur ce petit » ; « on n'aurait pas cru ça d'un de ceux-là. » Quelqu'un organisait les secours là-bas, bien avant que les secours à proprement parler ne puissent se rendre sur place. Katerina ne pouvait pas prendre assez de temps pour s'intéresser au déroulement des opérations de secours, mais elle était ravie que d'autres viennent en aide aux blessés. Beaucoup de ceux que l'on avait amenés à l'école étaient morts. On lui avait dit qu'Anatole Vincent s'occupait de gérer les secours internationaux. Katerina ne comprenait pas, Anatole n'était plus magistrat. Il vivait caché depuis des mois et il organisait son armée secrète. Il était impossible qu'il se soit trouvé au magistère au moment de l'explosion. Quelque chose ne collait pas. Plus Katerina y pensait, plus elle se demandait s'il n'y avait pas là une raison de croire qu'Anatole avait lui-même posé les bombes qui avaient fait exploser le magistère. Elle connaissait Anatole, pourtant, sa conscience lui répliquait que l'on ne connaissait jamais vraiment quelqu'un.

Le Coven tout entier servait d'hôpital, jusqu'au cinquième étage, toutes les salles étaient prises et même les bibliothèques. À chaque salle, on triait les blessés : une salle pour les membres cassés, une autre pour les brûlures légères, une salle pour grands blessés, et une autre pour les enfants. Tout était organisé pour que les médecins puissent travailler. Katerina était épuisée. Des heures qu'elle était debout, elle n'avait rien mangé, presque rien bu, eut à peine le temps d'aller aux toilettes, des heures qu'elle utilisait la magie. Jamais elle n'avait fait d'efforts à la fois physiques et magiques aussi intenses. Allait-elle tenir le coup ? Elle en doutait, mais elle ne pouvait l'admettre. Elle n'osait pas demander à prendre une pause, à s'allonger quelques instants, son dos la faisait souffrir, son ventre aussi, des crampes la tiraillaient, mais elle luttait. Après tout, elle était en vie, elle était en bonne santé, elle n'avait pas vu le monde s'écrouler sous ses yeux ni ses amis être écrasés par le plafond du dessus. Elle se promit qu'après cette journée, elle n'utiliserait plus la magie, qu'elle se reposerait et suivrait les conseils du docteur Lemoine, d'Alcidie et de Willa. Elle se laisserait dorloter et même, elle partirait vivre chez Willa. Elle ferait tout pour qu'Alcidie et Guillaume partent du pays avec leur famille, elle s'arrangerait avec son grand-père. Elle aiderait aussi le père de Willa à partir, elle en parlerait avec son grand-père. Il ne pourrait pas refuser. Elle allait avoir deux garçons, deux héritiers pour la famille, Lavrenty ne serait plus ne point de discuter. Par-dessus tout, elle divorcerait. Elle rendrait sa liberté à Camille. Il n'était pas heureux avec elle, sans quoi il ne serait pas parti, autant qu'il puisse épouser sa blonde bécasse.

Tous les élèves en âge d'aider le faisaient, les plus jeunes étaient soit rentrés chez eux, soit en haut, dans la salle de réception, à lire, manger ou dormir en compagnie de leurs professeurs ou de leurs parents. Katerina se refusa de faiblir, alors elle s'attela à la tâche, soigna encore et encore, pansa des plaies, couvera les morts, et vomit deux ou trois fois de plus dans une cuvette, tant l'horreur du spectacle était insoutenable, *« à moins que ce ne soit encore ses fichues nausées »*, se dit-elle. Personne ne lui demanda d'en faire moins, à chaque fois qu'elle croisait quelqu'un, un infirmier, un médecin, un élève ou même un professeur, on lui donnait davantage de travail. Elle voulait se rouler en boule dans un coin, attendre que le temps passe. Jamais elle ne pourrait oublier l'odeur de la chair calcinée ni celle du sang qui imprégnait les tissus et la peau. Elle reverrait toujours les membres sectionnés qu'il fallait achever d'amputer parce que le patient risquait sa vie. Elle ne comprenait pas pourquoi des sorciers ne parvenaient à sauver, à remettre en place un bras, une jambe, un pied ou un doigt.

Katerina traversa le couloir du deuxième étage, le sang lui bourdonnait aux oreilles. Elle se sentait mal, chaque pas lui coûtait davantage. Si seulement elle avait pu s'allonger quelques instants, pas longtemps, juste quelques minutes, elle se serait sentie mieux, sa magie serait revenue plus forte, elle le savait. Elle longeait le mur de peur de perdre l'équilibre, si seulement le sol ne s'était pas mis lui aussi à tanguer.

« -Je vous tiens, entendit-elle.

Un patient avait dû essayer de se lever pour retrouver un ami ou un parent. C'était arrivé plusieurs fois dans la journée, les gens se pensaient sortis d'affaire, et pourtant, faire quelques pas les mettait dans une situation de malaise. Sauf que ce n'était pas à un patient que l'on s'adressait, mais à elle. Elle sentit le sol se dérober sous ses pieds, puis le mur contre son dos. Une lumière vive l'obligea à cligner des yeux, puis il y eut le contact froid du métal sur sa peau, puis sur son ventre. Des doigts se posèrent sur son cou, puis ses joues. On lui parlait lentement et avec calme, sans reproche.

Katerina reprit peu à peu ses esprits. Elle voulait rentrer chez elle, même si elle n'était pas certaine d'avoir encore un endroit à elle, d'avoir encore quelqu'un pour s'occuper d'elle et s'intéresser à ces problèmes.

-J'avais dit repos !

Katerina observa le docteur Lemoine, visiblement fâché de la voir ici.

-Rentrez chez vous. Allez dormir. Vous allez vous tuer.

-Mais…

235

-Mais rentrez chez vous. Immédiatement. Plus de magie, plus de magie jusqu'à ce que ces bébés soient sortis de là où ils sont. J'ai été clair ? »

Il aida Katerina à se remettre debout, s'assura qu'elle tenait sur ses jambes et lui conseilla de l'appeler en cas de problème. Il l'aida à descendre quelques marches, mais il fut appelé en urgence avant que Katerina n'atteigne le rez-de-chaussée. Elle se sentait perdue, sonnée, épuisée comme jamais. Si seulement sa tante était encore là, elle l'aurait pu l'aider, lui dire quoi faire. Pourquoi avait-elle été assez stupide pour garder ces bébés ? En théorie, elle était riche, en pratique, elle n'était qu'une gamine de presque dix-sept ans, seule et enceinte, sans famille. Elle ne vit pas les secours revenir avec un autre corps allongé sur une civière, elle évita simplement le cortège machinalement, pour se diriger lentement en direction des miroirs de transport. Elle pouvait rentrer, le docteur Lemoine le lui avait ordonné. À présent, il n'y avait aucune honte à rentrer à la maison et à se reposer.

Quelqu'un la saisit par le bras et l'obligea à faire volte-face. Elle crut que le docteur Lemoine revenait vers elle pour l'aider à partir ou pour la contraindre à aller s'allonger dans l'un des lits de l'école pour la garder à l'œil.

« -Viens vite ! ordonna une voix.

-Je dois...

Elle ne termina pas sa phrase, les doigts qui lui rentraient dans la peau lui faisaient mal. C'était un homme couvert de poussière, les vêtements brûlés à certains endroits, déchirés à d'autres, en manches de chemise et en pantalon. Les chaussures qu'il portait ne devaient pas être les siennes, elles semblaient trop grandes pour lui et c'était le même genre de chaussures que portaient les pompiers ou les militaires humains, rien à voir avec un costume et une chemise à l'évidence.

-Il faut que tu la sauves. Tout de suite, ordonna l'homme, visiblement pressé.

Katerina ne voulait pas le suivre, elle devait se reposer, tout cela n'était pas bon pour elle. Après tout ce qu'elle avait fait, tout ce qu'elle avait donné aujourd'hui, pourquoi ne la laissait-on pas en paix ? Elle ne voulait plus aider personne, puisque personne ne l'aidait elle. Cet homme devait comprendre, si seulement elle lui permettait de s'expliquer, au lieu de parler à tort et à travers. Il l'obligea à courir pour le suivre, elle s'essouffllait vite et courir n'était pas bon pour elle.

-Je dois partir, insista l'adolescente. Je dois partir maintenant.

L'homme toussa violemment, de la poussière blanche tomba de ses cheveux. Une femme agita les bras au bout du couloir du troisième étage. Elle criait par-dessus les bruits, agitait les bras dans la direction de l'homme. La femme était âgée, sûrement, la jupe de son tailleur était fendue de chaque côté de ses cuisses, ses bas filaient, ses jambes écorchées. Elle avait perdu ses chaussures, sa veste de tailleur devait être perdue elle aussi, elle portait à la place un t-shirt d'homme, son chignon était défait et Katerina la trouva étrangement familière.

-Par la déesse, vous êtes venue ! s'écria la femme. Je vous en supplie, elle est tout ce que j'ai.

La femme pleurait, implorait Katerina de l'aider. L'homme poussa Katerina dans la chambre. Il n'y avait qu'un seul lit occupé dans cette chambre aménagée, tous les autres étaient vides. Vides, car leurs occupants étaient morts, les uns après les autres, c'était là que l'on envoyait les cas désespérés, ceux pour qui les médecins ne pouvaient rien faire.

-Je ne peux rien faire, confessa Katerina.

L'homme l'obligea à faire volte-face pour le regarder. Ces yeux-là lui étaient encore plus familiers que le reste, mais elle hésita à les reconnaître. Ce ne pouvait être lui.

-Je t'en supplie, sauve-la.

-Camille ?

-Sauve-la, insista-t-il.

Katerina reçut comme un coup de poignard dans le ventre, une crampe violente et douloureuse. Son estomac parut descendre de quinze centimètres, le vomi lui remonta dans la trachée. Il ne pouvait pas lui demander cela, pas maintenant, pas alors qu'elle se sentait si faible, si mal. La seule pensée qu'elle réussit à avoir fut *« je vais mourir si je la sauve. »* Elle se tourna en direction du lit. Puisque Camille aimait Estelle, alors mieux fallait qu'elle vive plutôt que Katerina. Elle le trouva égoïste.

-Elle a été écrasée sous des poutres, annonça sa mère. On l'a retrouvée dans les sous-sols. Elle est restée seule si longtemps. Elle aurait pu mourir. Elle pourrait encore... sanglota la femme. Il faut l'aider.

Les larmes ruisselaient sur le visage de la mère d'Estelle. Un homme que Katerina n'avait pas encore vu serra la femme contre lui, lui assura que tout irait bien, qu'elle vivait encore, que l'espoir était là.

-La Déesse veille sur elle, dit-il.

« *Et moi qui veille sur* moi ? » se demanda Katerina. L'adolescente s'approcha du corps inerte. L'odeur de brûlé lui retourna l'estomac. Une odeur affreuse et âpre qu'elle espérait ne plus jamais sentir de sa vie, une odeur de soufre et de belladone, un peu de poudre du cap, mais elle n'en était pas sûre. Cette odeur-là lui rappelait Thomas et ses mélanges. Thomas était reparti depuis longtemps. Le corps était entièrement brûlé, elle n'avait plus de cheveux, ses chairs étaient à vif, brillantes, suintantes, nauséabondes. Sa jambe droite était noire, son bassin ne devait même pas être bien placé, son bras droit formait un angle singulier, sa clavicule gauche dépassait des chairs. Elle devait avoir tout un tas d'autres problèmes médicaux dont Katerina ne comprenait ni les tenants ni les aboutissants. Elle souffrait assurément. Même en forme, Katerina n'aurait probablement rien pour faire pour Estelle.

-On ne vous en voudra pas si vous ne...Vous comprenez, n'est-ce pas ? dit le père.

Un coup d'œil rapide dans la direction de Camille lui confirma que si, il lui en voudrait si elle ne sauvait pas Estelle. Il la mépriserait et le lui ferait payer. Son visage ferme et résolu semblait dire « *meurs, mais sauve-la* ». Alors elle s'exécuta, par amour. Elle plaça les mains sur le bras droit d'Estelle et se concentra. Elle devait bien avoir assez de magie pour en sauver une de plus. Katerina sentit la chaleur se répandre autour de ses doigts, elle vit, bien qu'elle eût les yeux fermés, sa magie traverser le corps d'Estelle, parcourir ses os, ses muscles et sa peau. Cela ne dura pas assez longtemps pour réussir à faire autre chose que de remettre ses os en place, de réduire les nombreuses fractures que la jeune femme avait.

-Je suis désolée, dit-elle. Vraiment. Je ne peux pas.

-Si tu peux, assura Camille. Tu es capable ! Fais-le, ordonna Camille.

Katerina baissa les épaules, courba l'échine. Se battre contre Camille, elle n'en avait pas la force, alors elle recommença. Cette fois, elle répara les dommages subits par les organes de la victime, son cœur, ses poumons, son foie, ses intestins, mais n'alla pas plus loin, c'était impossible.

Katerina recula, sourde aux suppliques de la mère d'Estelle et aux cris de Camille. Katerina sortit de la pièce et longea les escaliers aussi vite qu'elle put. Il ne fallait pas qu'elle reste là. Hors de question qu'elle meurt dans ce lieu maudit. Elle voulait rentrer chez elle, fermer les yeux dans son lit et attendre la fin, car ce serait bientôt la fin pour elle. Elle ne pleurait pas, mais ses yeux la brûlaient, son cœur battait irrégulier, ses crampes étaient devenues insupportables.

-Katie !

Katerina leva les yeux et vit Willa accourir dans sa direction.

-Ma chérie qu'est-ce que tu as ? Qu'est-ce qu'y t'arrive ?

-Je vais mourir, murmura Katerina, les larmes à présent lui montèrent aux yeux. Je ne peux pas, Willa.

-Tu ne peux pas quoi ?

Katerina s'affaissa sur elle-même. Willa l'aida à rester assise.

-Dis-lui que je suis désolée.

Katerina passa la main dans ses cheveux, une mèche épaisse et longue lui resta entre les doigts. Willa étouffa un cri et la prit dans ses bras plus pour se réconforter elle-même que pour aider Katerina.

-Qui ?

-Je ne peux pas. Je vais mourir.

Willa l'aida à s'asseoir sur le sol, lui caressa le ventre et assura que Camille allait l'entendre. Camille n'avait aucun droit d'exiger quoi que ce soit de qui que soit, encore moins d'elle. Il n'avait pas le droit de l'obliger à mourir. Elle était une Barthély.

-Bouge pas. Je reviens, cria Willa, alors qu'elle grimpait les marches quatre par quatre. »

Katerina resta assise sur sa marche, incapable de retenir ses larmes. Si seulement elle avait eu plus de magie, elle aurait pu sauver Estelle. Si la belle blonde mourait, Camille le lui reprocherait toute sa vie. C'était la mort qui l'appelait, Katerina le sentait, elle se sentait mourir à chaque fois qu'elle utilisait sa magie, à chaque fois qu'elle respirait. Cette journée devait finir, ou elle n'y survivrait pas.

Le couloir était presque vide, les cris avaient cessé, laissant place à des gémissements de douleur, presque aussi déroutants et terribles. Des hommes transportaient un corps sur une civière, ils étaient aussi las que possible. La mort flottait atour d'eux, s'infiltrait dans chaque pierre de la tour, renforçait la magie des lieux, à croire que l'école se nourrissait des chairs en décomposition, de la souffrance et de la magie. Il fallait qu'elle aille aux toilettes. Elle n'allait tout de même pas vider sa vessie sur elle au beau milieu des escaliers. Elle se hissa debout, à l'aide de la rampe d'escalier. Une douleur lui parcourut le ventre, elle serra les dents pour ne pas crier, alors que des larmes lui montaient aux yeux. Chaque pas lui coûtait beaucoup. Une main agrippée à l'escalier, l'autre sur son ventre, elle descendit deux étages, et traversa un couloir sombre. Appuyée contre le mur, elle marcha à pas lents jusqu'à la porte des toilettes en se demandant si Willa penserait à venir la chercher là. Elle entra dans les toilettes vides. Elle gémissait à chaque pas. Elle devait soulager sa vessie au plus vite. Elle souleva sa robe, vida sa vessie avec soulagement. Elle avait au moins évité un terrible accident honteux. En se relevant, elle constata avec horreur qu'elle saignait, le sang maculait ses cuisses, se rependait sur le sol. Katerina tangua. Elle se sentait mal, la douleur dans son ventre lui coupa le souffle. Elle se laissa glisser sur le sol, en tenta de rester calme. Elle saignait, son ventre était dur et tendu, ce qui n'était pas bon signe. Elle n'aurait jamais dû soigner cette maudite fille. Elle ouvrit la porte de la cabine où elle se trouvait. Elle hurla en s'écroulant sur le sol. Le sang chaud lui maculait le corps. Elle ferma les yeux un instant. Tout tournait autour d'elle. Lorsqu'elle rouvrit les yeux. Une femme se tenait au-dessus d'elle. Katerina serra la clé dans la paume de sa main.

« -Tu vas crever, dit la femme, une grande brune, les cheveux noirs de jais, la peau trop blême, portant une robe noire et un corset. Fais chier, ajouta-t-elle, visiblement déçue.

La femme lui caressa le visage. Katerina murmura qu'elle souffrait. La femme semblait très contrariée, très froide et mauvaise. Une mage noire dans sa splendeur.

-C'est trop tard, assura l'autre. Je venais te tuer, mais c'est déjà fait, assura-t-elle.

La femme essaya de lui arracher la clé des mains. Katerina tient bon. Elle était l'élue, la clé lui appartenait tant qu'elle était en vie.

-Non, murmura Katerina. Mes bébés. Vous pourrez avoir la clé, mais sauvez-les.

La femme souleva sa robe et la rabaissa avec une mine de dégoût. Katerina la sentit la toucher, soulever quelque chose et le reposer avec délicatesse.

-Trop tard. Pour toi, comme pour eux. C'est tellement simple, murmura l'autre. J'aurais préféré te vaincre, me battre.

-Si je meurs, personne n'aura la clé, avoua Katerina, les yeux rivés au plafond, se rappelant les paroles d'Hurvin.

Elle arracha la clé de son cou. L'autre s'empressa de la prendre.

-Elle ne restera pas, murmura Katerina.

-Liée à la magie de l'élue ? demanda l'autre, comme si elle savait déjà ou lisait dans les pensées de Katerina.

Katerina hocha la tête. L'autre marqua un temps d'arrêt, leva la main dans laquelle elle tenait la clé. Elle observa la clé magique avec un sourire narquois. Katerina se sentait de plus en plus mal. Elle ferma les yeux, à bout de force. C'était la fin, elle le sentait. Personne ne pouvait plus rien pour elle. Plusieurs fois, elle rouvrit les yeux quelques secondes, à chaque fois, la femme se tenait là au-dessus d'elle, avec ce même sourire narquois. Elle mourait dans les toilettes des filles, avec une inconnue qui avait voulu sa mort. Sa dernière pensée fut pour Camille.

-S'il t'avait aimé, il serait là ! assura l'inconnue aux cheveux noirs et la peau blême. S'il t'avait aimé, il n'aurait pas accepté de t'abandonner pour de l'oseille et cette greluche. Fais-moi confiance, il ne t'aime pas. C'est un homme, les hommes sont mauvais. J'ai vu ce qu'il t'a demandé de faire. Il a choisi que tu meures.

-Non, murmura Katerina, qui ne voulait plus y croire.

L'autre se pencha sur elle encore un peu. Katerina rouvrit les yeux, tout était trouble. Elle sentait le sang coulait le long de ses jambes.

-Tu es seule. Tu as toujours été seule. Ce type ne t'aimait pas. Il savait que tu étais enceinte, Lavrenty le lui a dit. Je connais Lavrenty. Je sais qu'il faut s'en méfier, expliqua la femme. Il a tout simplement fait un choix, ta vie, vos trois vies, contre une autre. La Grande Déesse voudrait que tu te venges… Seulement, dit l'autre dans un souffle, tu vas mourir dans quelques instants.

-Prend ma magie.

-Tu veux que je vous venge ? demanda la sorcière, ravie de cette perceptive. »

Katerina ne trouva pas la force de répondre. Tout devenait noir autour d'elle. Elle se laissa envahir par les ténèbres et la mort, sans même lutter. Lutter était inutile et impossible. L'inconnue se pencha sur elle, lui prit la main, murmurant des paroles incompréhensibles. Des mots qui ressemblaient à une berceuse. Le froid l'envahit. Elle n'avait pas trouvé le sanctuaire. Elle avait échoué à sauver ses enfants, elle n'avait pas réussi à protéger la clé, et voilà qu'elle offrait ce qu'il lui restait de magie à une femme dangereuse. La mort lui faisait faire des choix étranges.

Chapitre 26 : Camille

« -Fiche-moi la paix, Willa ! protesta Camille.

Il avait tellement mieux à faire que de lui parler. Il s'inquiétait pour Estelle. Il avait besoin d'une douche, de changer de vêtements, de rentrer chez lui et de parler à ses amis. Il restait tant à faire pour identifier les corps. Il fallait qu'il écrive un discours, qu'il parle aux journalistes, qu'il dirige l'enquête. Le grand maître de la lumière était mort. Personne ne savait ce que Basileus et Guyla comptaient faire, pour le moment, les mages noirs semblaient se tenir tranquille. Camille savait que beaucoup de leurs partisans étaient morts dans l'attentat du magistère, ce qui prouvait qu'ils n'y étaient pour rien. Ils n'auraient pas tué autant des leurs.

-Oh ! Pardonnez, Monsieur Camille, Monsieur le misérable petit abruti.

-Je suis fatigué, Willa. Estelle est seule, ses parents sont partis se faire soigner je dois...

-Elle n'est pas seule, y'a au moins quinze toubibs avec elle.

Camille serra les mâchoires. Seuls ses mains, son visage et ses cheveux avaient été nettoyés grossièrement avec un peu d'eau. Il lui restait de la poussière blanche dans les cheveux, des traces de suif sur les mains, ses bras étaient entaillés à plusieurs endroits et il avait tout l'air d'un héros en pleine gloire. Willa le trouva bien plus séduisant de la sorte, avec ses manches retroussées, le haut de sa chemise ouverte sur un torse musclé et ses vêtements sales et déchirés. Dommage qu'il puait la sueur et la chair calcinée. Oui, mais voilà, tout grand héros que Camille puisse être, il n'en restait pas moins un petit imbécile, un avorton, un abruti, un mécréant. C'est ce que pensait la blonde. Camille s'étonnait d'entendre aussi clairement ses pensées, sans même cherchait à le faire. Il n'avait jamais eu ce don de l'esprit, pourtant depuis quelque temps, sa magie changeait. Elle évoluait et lui avec.

Il frappa du poing contre le mur près de la porte de la salle de cours où se trouvait Estelle. Il détestait entendre les pensées de Willa. Il méprisait que l'on puisse le prendre pour un avorton, et moins encore pour un abruti. Il n'aimait pas la manière dont ses amis le traitaient.

-Si tu me disais ce que vous me reprochez tous ? Que je sache pourquoi tout le monde me déteste. J'ai sauvé des gens toute la journée, et vous me regardez comme si c'était moi qui avais posé cette bombe. J'ai failli mourir, moi aussi. Je mérite le respect.

Un médecin en blouse maculée de sang arriva dans le couloir, hors d'haleine. Camille reconnut le docteur Lemoine qui avait soigné le pied d'Estelle la veille. Un médecin sympathique et jovial, très compétent, mais ouvertement du côté des Barthély. Il n'avait cessé de faire comprendre à Estelle que Katerina Barthély n'était pas totalement responsable de ses actes. Personne ne pouvait se montrer plus responsable que Katerina.

-Je vous cherchais, dit le médecin.

Camille se redressa, fier et bouffi d'orgueil. L'homme s'adressa à Willa, alors il préféra s'asseoir devant la porte. Maintenant que toute l'adrénaline était partie, il se rendait compte qu'il avait faim, soif, sommeil et que ses muscles avaient fait des efforts inhabituels. Camille avait besoin de repos, alors qu'il lui restait tant à faire. Katerina ne le soignerait pas, il le savait. Pourtant, après tout ce qu'il avait fait aujourd'hui, il estimait devoir mériter un traitement de faveur. Le médecin voulait connaître l'adresse de l'amie de Willa qui était enceinte. En lui-même, Camille rigola, vraiment Willa avait de mauvaises fréquentations. Il n'avait jamais compris pourquoi Katerina et elle étaient amies. Willa était vulgaire, bruyante, agaçante et toute son existence tournait autour du mot régime.

-Vous avez dû la croiser dans l'escalier, protesta la blonde, inquiète. Je vous cherchais aussi.

-Quoi ? Elle n'est pas encore rentrée ? demanda le médecin, subitement affolé. Je lui avais ordonné de rentrer. De ne pas rester ici et de ne pas se servir de sa magie.

Les médecins étaient connus pour garder leur calme, si celui-ci s'inquiétait, ce devait être grave. Quels qu'aient été les choix de cette fille, elle ne méritait sûrement pas qu'un médecin s'inquiète autant pour sa santé.

-Dites ça au héros du jour, persifla Willa. Monsieur, depuis ce matin, ne se sent plus pisser.

Camille fit tout ce qu'il trouva le courage de faire : la fusiller du regard et lui marmonner qu'il ne voulait pas être mêlé à ses histoires. Il ne savait même pas de qui Willa parlait et il s'en moquait ouvertement.

-Elle n'a pas pratiqué la magie, n'est-ce pas ? interrogea le médecin, en proie à une angoisse perturbante.

Cette fois, il s'adressait à Camille, mais il ne voyait pas de qui ou de quoi le grand type brun parlait, vraiment, il ne comprenait pas. Il avait un discours à écrire. Il fallait qu'il se concentre et on lui parlait de quelqu'un qu'il ne connaissait pas.

-Katerina Barthély. Elle n'a pas pratiqué de magie, n'est-ce pas ?

-Bien sûr que si, dit Camille, agacé. C'est son truc ça la magie. Pour faire tomber les gens dans les escaliers, ça on peut lui faire confiance. Par contre, quand on lui demande une fois un petit service de rien du tout, il n'y a plus personne. Elle est … elle est… dit-il, trop en colère pour parvenir à terminer sa phrase.

Cette fois, il était bel et bien en colère contre elle. En colère parce qu'elle laissait mourir une chic fille dont les parents n'avaient qu'elle au monde. Le médecin pâlit, grave, et la fatigue qui s'était accumulée durant la journée s'envola de son visage.

-De la magie… dans son état ! s'offusqua le médecin. Après tout ce qu'elle a fait aujourd'hui ? Vous êtes cinglé ! Dans les escaliers ? dit-il à l'adresse de Willa. Il n'y avait personne dans les escaliers.

La panique de l'homme sembla contaminer Willa. Camille ne se trouvait pas cinglé. Bien au contraire, il devait être la seule personne raisonnable de la journée.

-Quelqu'un est monté ?

-Non, deux types sont descendus avec un cadavre, mais personne n'est monté, assura Willa.

-Bon, bon. Peut-être que quelqu'un l'a transportée dans l'une des salles, faites celles de droite, je ferai celles de gauche.

L'homme s'élança dans les escaliers, Willa sur ses talons. Camille soupira. Il fallait qu'il sache, puisqu'il était inutile auprès d'Estelle, il pouvait au moins en apprendre plus sur les raisons de la haine qu'on lui portait.

-C'est quoi cette histoire avec Kate ? demanda Camille.

Willa ne répondit pas, elle entra dans une salle. Camille renonça à la suivre.

-C'est quoi cette histoire ? répéta le rouquin lorsque Willa réapparut.

-Va parader en attendant une médaille. Tiens, va parler aux journalistes, ça t'occupera.

Camille fit mine de n'avoir rien entendu.

-Dis, tu es devenu con là-bas, ou tu cachais juste ton jeu avant ? dit Willa, en courant.

Willa entra dans une salle, Camille sur ses talons.

-Je peux te poser une question ? dit-elle.

-Comme si tu allais te gêner, répliqua-t-il, alors que Willa observait les patients d'un coup d'œil circulaire.

Elle ressortit en courant. Elle s'arrêta subitement, obligeant Camille à faire de même. Elle avait le visage grave et sérieux, elle réfléchit un instant qui parut interminable.

-Tu sais ce qu'est une capote ?

Camille leva les yeux au plafond. Vraiment, mais pour quoi cette question ?

-Vu que ton engin traîne n'importe où, moi à ta place j'apprendrais à m'en servir, ajouta l'adolescente.

Camille était gêné, au moins elle avait la décence de parler bas, pour une fois dans sa vie, cela devait être un exploit. Il détestait que l'on parle de sa vie privée.

-Willa, ma vie sexuelle ne te regarde pas.

-J'aurais bien aimé qu'elle ne me regarde pas, figure-toi. Figure-toi que j'aurais aimé ne rien savoir sur toi, parce que je te déteste.

Elle tourna les talons, traversa la salle à toute vitesse, obligeant Camille à courir derrière elle. S'il n'avait pas eu les pieds en sang cela aurait été plus facile, mais il avait perdu ses chaussures dans la matinée et il avait dû attendre deux heures pour en trouver une paire à peu près à sa taille. Deux heures à fouiller les décombres pieds nus, marchant sur du verre, des morceaux de bois et du fer, on l'avait soigné rapidement, mais il souffrait à présent.

Willa stoppa net de nouveau. Elle lui tapait sur les nerfs.

-T'en fais pas, elle a gardé le secret longtemps. Je me disais bien qu'elle était bizarre quand tu es parti comme ça du jour au lendemain. Quand j'ai su, crois-moi que j'ai compris pourquoi elle passait son temps à pleurer. Tu es un abominable petit salaud. Tu l'épouses et tu t'en vas comme ça, sans laisser d'adresse, sans un mot.

Tu t'imaginais quoi au juste ? Qu'elle allait faire quoi ? On t'a cherché partout. Elle a cru que tu avais été arrêté ou que tu étais mort. Il aurait mieux fallu que tu sois mort.

Le doigt de Willa s'enfonça dans la poitrine de Camille à chaque syllabe de sa dernière phrase. Peut-être avait-il bien mérité ce traitement-là. Il avait eu le temps de regretter ce qu'il avait fait, non pas de partir, mais coucher avec Katerina. Il l'avait regretté durant des semaines, mais à présent, il avait tourné la page, une bonne fois pour toutes.

-Tu es une ordure de la pire espèce. Un de ces types qui font croire que et qui se barrent au beau milieu de la nuit... Sauf que toi, tu as poussé le vice à te barrer complètement du continent... Encore un peu et tu serais parti sur la lune.

Camille croisa les bras, s'efforçant d'oublier à quel point ses gestes étaient douloureux pour son corps épuisé. Allait-elle lui passer un savon toute la nuit ? Pourquoi n'en venait-elle pas au fait ?

-En quoi cela te regarde-t-il ? articula Camille. C'est entre elle et moi. Rien qu'entre elle et moi.

Willa ragea et reprit sa course effrénée, cette fois, Camille préféra l'attendre devant la salle plutôt que de la suivre comme un petit chien.

-Entre elle et toi ? Bordel ! hurla Willa en donnant un coup de pied dans le mur. Tout le monde aurait aimé que ça soit juste entre elle et toi. Que ce soit mes parents, Alcidie, Guillaume, Hurvin et même cet imbécile de docteur Lemoine. Tout le monde aurait aimé que ça ne te concerne pas. Même ton père j'en suis certaine. Tu sais pourquoi Katerina est ma meilleure amie ? demanda-t-elle, plus calme.

Camille retient pour lui le fait qu'il se l'était toujours demandé préférant éviter les ennuis.

-J'avais onze ans quand je me suis retrouvée enceinte, annonça Willa.

Camille pouffa. C'était à mourir de rire. À onze ans, Willa ne devait être encore qu'un bébé, Allana avait treize ans et elle était encore un bébé. Willa avait toujours eu de très mauvaises fréquentations. Elle n'était qu'une idiote, une enfant qui avait voulu jouer à l'adulte trop tôt.

-Tu es passé du biberon à la …

Willa le foudroya du regard. Camille reprit son sérieux. Il ne devait pas porter de jugement de valeur. Il avait trop de défauts pour juger les autres. En tant que futur magistrat, il se devait d'accepter que ses citoyens puissent commettre des erreurs.

-C'était mal venu de ma part, dit-il. Vraiment mal venu.

-Toutes mes amies de l'époque m'ont abandonnée. J'étais ultrapopulaire. J'ai fait la bêtise de dire à une fille que je pensais être mon amie que j'avais couché avec un garçon. Elle l'a répété et alors je suis devenue à fille facile, la menteuse, celle qui se vante d'avoir couché... Katerina m'a vue pleurer dans les toilettes un matin. J'avais un test de grossesse dans une main et un rouleau de papier toilette dans l'autre. Tu sais ce qu'elle a fait... Elle s'est assise à côté de moi et elle m'a demandé ce qui n'allait pas. Elle était dans ma classe, mais elle ignorait tous les ragots. Elle aurait aussi bien pu ne pas être là à l'époque. C'était la fille dans le fond de la classe qui ne parle à personne, qui invite toute la classe pour son anniversaire et où personne ne vient. Quelques semaines plus tôt, je me moquais d'elle avec mes amies, et voilà que c'était cette fille-là qui venait s'asseoir à côté de moi pour entendre mes problèmes.

Willa marqua une pause, entra dans une autre salle et revint. Ils descendaient les escaliers pour aller au premier étage lorsqu'elle reprit son récit.

- À l'époque, on ignorait que les sorcières n'ont pas le droit de se faire avorter. On est allé voir un médecin, c'était un sorcier, il nous a envoyé balader. Il nous a donné une carte avec l'adresse d'un centre pour humain. Ce qu'on ne savait pas, c'est qu'il avait reconnu Katie. Il a écrit à sa tante. Elle était furieuse. Delphine était toujours en colère. Mais elle a été sympa quand elle a su que c'était pour moi. Elle m'a emmenée au centre, avec Katie. Mais elle n'a pas voulu que Katerina voie le sang et le reste. Alors elle est restée avec moi. Je ne m'en suis jamais remise d'avoir dû tuer mon bébé.

Camille se gratta la joue. À quoi rimait toute cette histoire ? À part à lui prouver que Willa était vraiment une gamine bizarre et un peu stupide. Elle ajouta qu'elle savait qu'elle n'aurait pas pu garder l'enfant ni l'élever, et que ses parents l'auraient probablement étripée sur place s'ils avaient su, elle s'en voulait toujours. Camille comprenait, seulement, il ne voyait pas le rapport entre l'histoire de Willa et son histoire avec Katerina.

-Tu sais ce qu'elle m'a dit Delphine pendant qu'on attendait que les choses se fassent ? Elle m'a parlé de sa sœur et de Andreilévitch. Il a couché avec elle et, hop direct, il est parti en Roumanie. Il n'est pas retourné chez lui, il a préféré fuir avec une fille, une écervelée qu'il a épousée entre-deux. Sauf que Solange s'est retrouvée enceinte. Au début, elle l'a caché, et puis elle a perdu le bébé. Lavrenty l'a su alors il est allé chercher son fils, il a fait annulé le mariage, a prévenu la fille de ne plus jamais se montrer, et il est venu en France avec Andreilévitch. Il a dit « on les maris, fin de la conversation. ». Le père des jumelles n'a pas voulu. Lavrenty a répondu qu'il n'en avait rien à faire, que le déshonneur était sur sa famille et qu'il ne l'accepterait jamais, que c'était soit le mariage soit la mort. Andreilévitch a choisi le mariage, sans quoi son propre père l'aurait tué.

-Mais pourquoi tu me racontes tout ça ?

-Elle est enceinte, annonça Willa. Si Katerina meurt, j'expliquerai à son grand-père que c'est de ta faute et il t'enverra croupir dans les prisons russes. Je me demande si quelqu'un s'inquiétera pour toi.

Le ton de Willa était d'un calme distant, elle était résolue, pas aussi froide que Camille ne l'aurait cru.

-Tu veux dire que je vais avoir un bébé ? demanda Camille.

-Non, Katerina va avoir un bébé, toi tu vas avoir un sacré tas d'emmerdes.

-Quand ?

-Dans quatre mois, à peu près. Sûrement avant, même. Je me demande comment tu as pu ne pas le remarquer, elle est énorme.

Willa disparut. Camille ferma les yeux. Un bébé. Il fallait qu'il écrive à Lavrenty, expliquer au vieil homme qu'il prendrait ses responsabilités, que tout cela était bien joli, mais qu'à présent, Camille ne marchait plus dans ce plan sordide.

-Attend, j'ai dit un ? dit Willa, avec malice. Je voulais dire deux. Des jumeaux. Tu auras deux fois plus d'emmerdes. »

L'annonce laissa Camille sans voix. Il n'arrivait pas à y croire. Il devait retrouver Katerina au plus vite. Willa lui apprit que Lavrenty n'avait rien expliqué à Katerina. Elle ignorait tout du départ de Camille, qu'elle jugea déroutant et débile. Elle lui reprocha d'avoir écouté Lavrenty. Camille sentit que son père avait eu raison de lui dire de se méfier de Lavrenty. Il l'avait floué et arnaqué. « *Il voulait que je l'abandonne, et qu'elle le croie. Il m'a menti et pris au piège,* pensa-t-il. » Il devait à tout prix retrouver Katerina au plus vite.

Table des matières

Dépôt légal février 2019

PGCOM Editions Route Inthatarteak 64480 Ustaritz